教育部人文社会科学研究一般项目"历史的规约与文学的建构：中国解放区文学研究"（08JA751030）成果。

教育部人文社会科学研究项目资助。

历史与现场丛书

孟繁华 贺绍俊 主编

# 传统的建构与延拓

## ——解放区文学研究及其他

胡玉伟◎著

中国社会科学出版社

图书在版编目（CIP）数据

传统的建构与延拓：解放区文学研究及其他/胡玉伟著 . —北京：
中国社会科学出版社，2017.8
（历史与现场丛书）
ISBN 978 - 7 - 5203 - 0634 - 8

Ⅰ.①传…　Ⅱ.①胡…　Ⅲ.①解放区文学—文学研究
Ⅳ.①I206.6

中国版本图书馆 CIP 数据核字（2017）第 149044 号

出　版　人　赵剑英
责任编辑　郭晓鸿
特约编辑　席建海
责任校对　郝阳洋
责任印制　戴　宽

出　　　版　中国社会科学出版社
社　　　址　北京鼓楼西大街甲 158 号
邮　　　编　100720
网　　　址　http://www.csspw.cn
发　行　部　010 - 84083685
门　市　部　010 - 84029450
经　　　销　新华书店及其他书店

印刷装订　北京君升印刷有限公司
版　　　次　2017 年 8 月第 1 版
印　　　次　2017 年 8 月第 1 次印刷

开　　　本　710×1000　1/16
印　　　张　14
插　　　页　2
字　　　数　188 千字
定　　　价　48.00 元

# 目　　录

# 《在延安文艺座谈会上的讲话》与 20 世纪 40 年代的文学转型

## 一

　　长征的结束，使得西北成为中国革命的大本营。随着革命中心向延安的转移，革命文学也被拉入一个新的生长环境和运行轨道。革命文学最终完成了"上海—延安""城市—乡村"的中心位移，从此在一个新的人文地理环境和外部的战争环境中开始了新的行程。

　　革命中心的转换不仅意味着一个新空间的创造，也意味着新的时间的开始。毛泽东《在延安文艺座谈会上的讲话》[①] 中明确地指出了这种空间位移的时间（历史）意义："同志们很多是从上海亭子间来的；从亭子间到革命根据地，不但是经历了两种地区，而且是经历了两个历史时代。一个是大地主大资产阶级统治的半封建半殖民地的社会，一个是无产阶级领导的革命的新民主主义的社会。到了革命根据地，就是到了中国历史几千年来空前未有的人民大众当权的时代。我们周围的人物，我们宣传的对象，完全不同了。过去的时代，已经一

---

[①]　以下简称《讲话》。

去不复返了。"① 地域上的偏远并没有导致解放区文化上的边缘感，相反，这里却升腾出一种自觉、自信的文化中心意识。空间上的中心意识蕴藏着鲜明的历史（时间）内涵，支撑着它的是一种成立新中国、创造新历史的崇高感和神圣感。在中国共产党的政治叙述中，作为空间存在的解放区成了与历史时间中的未来相对应的光明、进步的象征和新世界的代名词，而其他区域则更多地与黑暗、落后、腐朽没落发生着必然联系。

上海曾是 20 世纪 30 年代左翼文学的中心，抗战的爆发使这个中心难以继续存在。夏志清也不得不承认的一个事实是，"因为共产党的势力和声誉日渐增长，延安在那时候也成了文化中心"②。延安以自己独特的魅力吸引了众多满怀救国热情、同情革命、对国民党政府失去信心的知识分子的目光。随着中共新根据地的稳固，大批作家从上海或经大后方辗转迁徙到延安。据周扬后来回忆，在解放区文学发展的早期，延安的作家中大部分"都是上海去的"，"而且大部分都是过去的左翼，或者是党员"③。左翼知识分子在解放区的大规模集结，标志着革命文学中心空间转换的开始。

地处偏远的根据地虽然拥有一个相对和平、安宁的小环境，但笼罩在它四周的却是战争这个大的背景。陈思和注意到了在 20 世纪文学史上战争与文学之间的关系，指出："战争文化要求把文学创作纳入军事轨道，成为夺取战争胜利的一种动力，它在客观上的成绩是有目共睹的。"④ 的确，战争不但把文学拉入一个非常的境地，而且也在很大程度上打破了和平时期的文学秩序，对文学规范的形成产生极为深刻的影响。毛泽东说："战争就是政治，战争本身就是政治性质的

---

① 《毛泽东选集》第 3 卷，人民出版社 1991 年版，第 876 页。

② 夏志清：《中国现代小说史》，刘绍铭等译，传记文学出版社 1985 年版，第 332 页。

③ 赵浩生：《周扬笑谈历史功过》，《新文学史料》1979 年第 2 期。

④ 陈思和：《鸡鸣风雨》，学林出版社 1994 年版，第 9 页。

行动……一句话，战争一刻也离不了政治。"① 与战争相伴而存的是不同的政治集团和政治观念之间的错综复杂的斗争，而这种斗争则更为直接地导致了中共对解放区内部文化规则、机制等方面的策略性调整，影响到解放区文学秩序的宏观建构。文学与革命和战争的历史相遇引发出的则是文学自身的原则与种种外在限定性因素的矛盾和冲突。投奔到解放区的作家中相当一部分原本就拥有中共党员的身份，而另一部分虽然并非中共党员但却属于"左倾"、进步的知识分子，这些作家无疑对解放区怀有一种认同的情感和理念。对于他们中的大多数人来说，在来到根据地之前，解放区还只是存在于头脑中的抽象的向往对象。当他们面对一个真实的解放区时，那种汹涌在心中的浪漫激情不得不沉静下来。摆在他们面前的是一个现实的、严肃的问题：在这种革命的、战争的特殊环境中，文学如何与解放区的政权建立一种适当的关系；作家如何转换角色，将知识分子的身份与革命和战争的历史情境统一起来以防止历史的偏离和误差。

文学的形态总是和它的生态环境相适应。上述诸多无法人为改变的客观存在要素作为主要方面共同构成了环绕着解放区文学活动的开放性的生态环境。在这个环境系统中，作家与农民、共产党与作家、革命文艺与民间文艺等构成要素之间在一个整体的时空中发生着复杂、紧密的互动关联，在确定的条件下决定着解放区文学活动的性质和功能。

事实上，无论是苏区作家还是来自上海等地的左翼作家，他们在解放区相遇之后都将面临新的"历史力量"的整合。新的时代有新的历史任务、新的文艺方向，而面对新的时代，作家亦应及时调整自己的写作姿态。毛泽东将他讲话的目标特别针对了那些外来的左翼

---

① 《毛泽东选集》第1卷，人民出版社1991年版，第479页。

知识分子作家："亭子间的'大将''中将'"到了延安后，"不要再孤立，要切实。不要以出名为满足，要在大时代在民族解放的时代来发展广大的艺术运动，完成艺术的使命和作用"。1939 年 5 月，毛泽东为鲁艺成立周年题词，提出"抗日的现实主义，革命的浪漫主义"① 的文学创作主张。在延安整风之前，毛泽东就注意利用各种场合时时提醒作家保持与"历史"的联系。他不但对作家提出种种期望，同时还亲手绘制文学的"蓝图"。这一连串的言行与其说是一种倡导，还不如说传达了毛泽东对文学现状的不满和急于改变现状的焦虑。

在刚刚来到陕北时，丁玲就已经意识到她进入的是一个"新的世界"。在《文艺在苏区》中，她这样写道："过去的十年中，中国曾有过两个世界，一个是荒淫糜烂，一天天朝堕落灭亡的路上走去，另一个新的世界却在炮火的围墙里，慢慢地生长，慢慢地强壮了。新的制度，新的经济建设，新的军队，一天天的稳固，一天天的坚硬，而新的人格，伟大的个性的典型也产生出来了。这就是炫耀了同时代的地球上所有人类的苏维埃红军的建立。"② 然而，当这种空间的感觉还没有真正与时间（历史）建立起密切联系时，还只能算作是一种初步的情感上的体验。在种种因素的限制下，解放区文学发展初期的作家创作中的"新世界"的建构还往往闪现出"旧世界"的影子，发出"旧世界"的"回响"。

在 20 世纪 40 年代初的解放区文坛上，最令人瞩目的莫过于"杂文运动"。从另一个角度来考察，解放区的杂文运动体现出的正是作家们"旧"的创作观念与新空间及其所代表的新时代（新历史）要求

---

① 胡乔木：《胡乔木回忆毛泽东》，人民出版社 1994 年版，第 252—253 页。
② 丁玲：《文艺在苏区》，《解放》1937 年第 1 卷第 3 期。

之间的错位，借用毛泽东的话来说，他们还没有分清"是延安还是西安"①。丁玲认为："我们这时代还需要杂文，我们不要放弃这一武器。举起它，杂文是不会死的。"② 罗烽则更直接指出："在边区——光明的边区，有人说'杂文的时代过去了'……然而如今还是杂文的时代。"③ 这种对时代"一厢情愿"的主观判断，使得作家们仍然沿用过去的理念去面对历史转折时期的现实世界。"杂文运动"的确体现了知识分子作家对"自由新世界"和"新生活"的单纯、美好的热望在现实面前的某种失落，以及他们所信奉的创作原则与解放区这一新的文学环境方方面面的"冲突"。

有学者将1942年以前解放区文学的活跃期称为"文学的新潮"④。在笔者看来，如果从历史的角度考察，这种所谓的"新潮"可以被视为左翼文学在新环境中的一种延续。"文学的新潮"期可以说是左翼文学进入解放区和它最终被改造成"工农兵文学"之间的"缓冲阶段"，这一阶段的左翼文学还在很大程度上保持着原有的创作惯性。在当时的政治高压环境中发生的左翼文学（包括革命文学），是以与国民党政权及其意识形态相对抗的"他者"的姿态出现的。这种处于"在野"状态的文学形成了一种反抗强权的精神结构，是一种燃烧着"愤火"的文学，体现出强烈的社会批判精神。

左翼文学运动为解放区文学的起步准备了理论基础（如"文艺的阶级性和党性原则""文艺与政治斗争、历史进步的关系""文艺的大众化"等），成为解放区文学发展的逻辑基点，同时，这种作为另一种文学发展基点的文学本身还存在一些"先天不足"：一方面，左翼文学的理论体系尚未完善，对某些问题的探讨未来得及展开，还存在

---

① 《毛泽东选集》第4卷，人民出版社1991年版，第1444页。
② 丁玲：《我们需要杂文》，《解放日报》1941年10月23日第4版。
③ 罗烽：《还是杂文的时代》，《解放日报》1942年3月12日第4版。
④ 黄昌勇：《〈野百合花〉的前前后后》，《新文学史料》2000年第3期。

较大的分歧和争论，这些在"革命文学"的论争中得到充分体现；另一方面，由于历史条件的制约，此时的文学理念还不可能真正付诸实践，对一些问题的认识还处在笼统的、模糊的、概念化的阶段。以上这些因素又为在新的历史阶段中共对左翼文学的重新阐释和改造留下了较大的空间。

丁玲、王实味等人言辞尖锐激烈的杂文创作在《轻骑队》《矢与的》等墙报和媒介的呼应下，形成了一股来势汹涌的"暴露黑暗"的潮流。《三八节有感》《野百合花》等文章的发表在延安引起了不小的轰动，黎辛回忆说："这是当时延安发生的大事，在有些党员、干部中，一段时间内，议论的简直比战争还多。"① 1942 年 4 月 17 日，毛泽东分别致信萧军、欧阳山、草明、舒群，要他们代为收集文艺界的反面意见。为了了解具体情况，毛泽东还邀请丁玲、艾青、罗烽、刘白羽以及鲁艺的何其芳、严文井、周立波、曹葆华、姚时晓等作家谈话，同时中组部部长陈云和中宣部代部长凯丰等领导人也分别与作家交谈和接触。经过一番以摸清文艺界问题症结所在为目的的调查研究之后，一场专门针对文艺界的思想整风计划酝酿成熟。1942 年 4 月 27 日，毛泽东同凯丰向 100 多位作家发出邀请他们参加文艺座谈会的请柬："为着交换对于目前文艺运动各方面问题的意见起见，特定于五月二日下午一时半在杨家岭办公厅楼下会议室内开座谈会，敬希届时出席为盼。"② 然而，座谈会的真正目的并非请柬上所写的"交换意见"，而是要解决一个有关文学方向性的大问题。

---

① 黎辛：《〈野百合花〉·延安整风·〈再批判〉：捎带说点〈王实味冤案平反纪实〉读后感》，《新文学史料》1995 年第 4 期。

② 中共中央文献研究室编：《毛泽东年谱：一八九三—一九四九》中卷，中央文献出版社 2005 年版，第 377—378 页。

# 二

在充满动荡和危机的 20 世纪 40 年代的中国文学生产场域中，文学的力量并不仅仅表现在高高浮在生活之上的抽象形式的构造中，而是对接、聚合在一个个特殊的历史事件中，融入了历史话语的生成过程。与新历史的开启相呼应，具有历史创造意义的新的文化、新的文学艺术必然建立。《讲话》宣告了文学旧时代的终结和一个文学新时代的来临。在这个文学新时代中，旧有的文学观念和审美原则遭到了颠覆，一种前所未有的新型文学随之产生。文学艺术以一种特殊方式参与了新历史的建构以及"理想中国"的想象性书写，成为革命进程中的重要"事件"和历史话语的实践者。

《讲话》揭示了文学创造活动中主体与对象的关系，强调了文学的实践性质。通常而言，作家主体与对象世界的关系包括精神关系和实践关系，其中实践是更为根本的。因为人与对象的精神关系只有在实践中才能实现，离开了社会实践，也就无所谓反映和认识。毛泽东非常重视实践的作用。他在《实践论》中指出，"人的社会实践，不限于生产活动一种形式，还有多种其他的形式，阶级斗争，政治生活，科学和艺术的活动"，而这些实践活动均承担着改造世界的历史任务，"这种根据科学认识而定下来的改造世界的实践过程，在世界、在中国均已到达了一个历史的时节——自有历史以来未曾有过的重大时节，这就是整个儿地推翻世界和中国的黑暗面，把它们转变过来成为前所未有的光明世界"①。

---

① 《毛泽东选集》第 2 卷，人民出版社 1991 年版，第 296 页。

毛泽东总是善于将他的理论阐述与现实的政治关怀结合起来，将他的理论和话语引导到实践的方向上，这种"实践"的观念在《讲话》中被具体地运用到文艺领域。毛泽东对五四以来的革命文艺运动的"反思"更多地体现为一种"武器的批判"，也就是要在批判"旧文艺"中创构一种"新文艺"，这种"新文艺"是与解放运动以及建立共产主义社会这个历史性的政治实践活动融为一体的，因此更能符合现实实践的需要。《讲话》中总是将文艺活动和"阶级""解放"等与历史实践密切相关的范畴和概念建立联系。毛泽东认为，"检验一个作家的主观愿望即其动机是否正确，是否善良，不是看他的宣言，而是看他的行为（主要是作品）在社会大众中产生的效果。社会实践及其效果是检验主观愿望或动机的标准"。他指出延安文艺界中存在的必须改正的"一个事实"，也就是"文艺界中还严重地存在着作风不正的东西，同志们中间还有很多的唯心论、教条主义、空想、空谈、轻视实践、脱离群众等等的缺点，需要有一个切实的严肃的整风运动"。《讲话》赋予文艺以改造历史的任务，将其纳入历史创造的实践活动中，从此文艺不再仅仅局限于文化革命范围内与旧世界的对抗。中共的历史诉求规定了解放区文学的行动目标和行为特征，文学进入了历史，成为历史进程中的重要"事件"。解放区文学由此获得了"实践的文学"的特征，这种实践的特质不仅使解放区文学与五四以前的文学形成根本区别，也与左翼文学拉开了距离。

在当时的历史语境中，革命是一个基本的存在事实，文学的书写活动、阅读活动等就要从这个政治事实开始，在革命进程中使精神对象化。如果说物质层面的实践使历史渐进发展的话，革命的实践则使历史发生断裂式的变革。"作为现实主义者，不是模仿现实的形象，而是模仿它的能动性；不是提供事物、事件、人物的仿制品或复制品，而是参加一个正在形成的世界的行动，发现它的内在节奏。"① 在毛泽东的"实践的"文学观念中，实践不仅是一个历史的概念，也被赋予了本体论的地位，成为历史的真正基础。文学已不仅是一种社会意识形式，不再是个人的行为，更是一种由确定的意愿、意志支配的活生生的话语实践，与历史进程、社会的福祉休戚相关。

毛泽东向来非常重视文艺的作用，将文艺视为中共创造新历史的一支重要力量，认为"革命的文艺，应当根据实际生活创造出各种各样的人物来，帮助群众推动历史的前进"。他喜欢将文艺比作"军队"和"武器"，在《讲话》的"引言"中仍沿用了这种说法："在我们为中国人民解放的斗争中，有各种的战线，就中也可以说有文武两个战线，这就是文化战线和军事战线。我们要战胜敌人，首先要依靠手里拿枪的军队。但是仅仅有这种军队是不够的，我们还要有文化的军队，这是团结自己、战胜敌人必不可少的一支军队。"② 延安文艺座谈会召开的目的"就是要使文艺很好地成为整个革命机器的一个组成部分，作为团结人民、教育人民、打击敌人、消灭敌人的有力的武器，帮助人民同心同德地和敌人作斗争"。既然如此，那么接下来需要解决的一个重要问题就是"党的文艺工作和党的整个工作的关系问题"。毛泽东将这个问题提升到"路线"和"政治"的高度，强调的是"一元论"。他说："现在世界上，一切文化或文学艺术都是属于一定的阶级，属于一定的政治路线的。为艺术的艺术，超阶级的艺术，和政治并行或互相独立的艺术，实际上是不存在的。无产阶级的文学艺术是无产阶级整个革命事业的一部分……党的文艺工作，在党的整个革命工作中的位置，是确定了的，摆好了的；是服从党在一定革命时期内所规定的革命任务的。反对这种摆法，一定要走到二元论或多元论，而

---

① ［法］加洛蒂：《论无边的现实主义》，吴岳添译，上海文艺出版社 1986 年版，第168 页。

② 以下本节中未加注释的引文均出自《讲话》。参见《毛泽东选集》第 3 卷，人民出版社 1991 年版，第 847—879 页。

其实质就像托洛茨基那样：'政治——马克思主义的；艺术——资产阶级的。'"毛泽东对列宁的《党的组织与党的文学》① 非常重视，1942年5月12日，毛泽东指示《解放日报》副刊版特辟一个《马克思主义与文艺》专栏，发表马克思主义文艺经典著作和文艺家对文艺工作的意见。5月14日第一次见报，在第4版头题位置刊登的经典著作就是《党的组织与党的文学》，翻译者为博古（译者署名是 P. K.），而专栏的按语则是由毛泽东处送来的。②《党的组织与党的文学》被认为是文学"党性原则"的最高范本，《讲话》中引入了它的相关的理念。毛泽东认为："文艺是从属于政治的，但又反转来给予伟大的影响于政治。革命文艺是整个革命事业的一部分，是齿轮和螺丝钉，和别的更重要的部分比较起来，自然有轻重缓急第一第二之分，但它是对于整个机器不可缺少的齿轮和螺丝钉，对于整个革命事业不可缺少的一部分。"在这段话中，毛泽东已经点出文艺与政治的"轻重缓急第一第二"的问题，确定了文艺从属于政治的地位。关于文艺批评的两个标准，毛泽东认为："任何阶级社会中的任何阶级，总是以政治标准放在第一位，以艺术标准放在第二位的。""革命的思想斗争和艺术斗争，必须服从于政治的斗争，因为只有经过政治，阶级和群众的需要才能集中地表现出来。"毛泽东说："文艺服从于政治，今天中国政治的第一个根本问题是抗日。"可以看出，在毛泽东看来，革命作为创造新世界的历史行为，是一种最大的"政治"，而这种政治在不同的历史阶段会相应地呈现出不同内容。因此，从一定角度上说，文艺与政治的关系亦即文艺与"历史"的关系，文艺从属于政治也就意味着文艺对"历史"的服从和参与。

---

① 新译为《党的组织和党的出版物》。
② 黎辛：《关于"延安文艺座谈会"的召开、〈讲话〉的写作、发表和参加会议的人》，《新文学史料》1995年第2期。

《讲话》使文学最终建立起了与创造新世界这一宏大的历史实践的密切关联。可以说，"实践的文学观念"是《讲话》的精神核心，其他如文艺的工农兵方向的提出，文学的阶级性、文学与政治的关系、知识分子作家的改造等问题的阐述都是围绕这个中心展开的。《讲话》不但系统地指出了革命文学实践的性质、方向、任务，同时也指出了实践的步骤、方式和具体的要求。


三


　　革命语境中产生的文学观念，具有某种对亟待解决的社会冲突创造出"想象的"或"形式的解答"的功能，从而使转型和嬗变中的文学艺术呈现出某种深层的焦虑和独特的历史意味。实践是"意志诱出或命令的行动"，"一切实践都是一个被诱出和命令的意志行动"①。解放区的知识分子作家渐趋消解掉了自身的学院化色彩以及单纯的社会批判心态，投身到历史的旋流之中。毛泽东为知识分子作家指出的新生之路是，与革命实践相结合，走向民间，与工农兵相结合，"经过长期的甚至是痛苦的磨炼"，在实践中实现"脱胎换骨"的彻底改造。

　　早在 1939 年，毛泽东就指出："知识分子如果不和工农民众相结合，则将一事无成。革命的或不革命的或反革命的知识分子的最后的分界，看其是否愿意并且实行和工农民众相结合。他们的最后分界仅仅在这一点，而不在乎口讲什么三民主义或马克思主义。"② 将是否在实践中与工农民众相结合看作是一种政治身份划分的界限，可见毛泽

---

① 张汝伦：《历史与实践》，上海人民出版社 1996 年版，第 98 页。
② 《毛泽东选集》第 2 卷，人民出版社 1991 年版，第 559—560 页。

东对这个问题的重视程度。"改造"是《讲话》的关键词。毛泽东曾说:"无产阶级和革命人民改造世界的斗争,包括实现下述的任务:改造客观世界,也改造自己的主观世界——改造自己的认识能力,改造主观世界同客观世界的关系。……所谓被改造的客观世界,其中包括了一切反对改造的人们,他们的被改造,须要通过强迫的阶段,然后才能进入自觉的阶段。世界到了全人类都自觉地改造自己和改造世界的时候,那就是世界的共产主义时代。"① 在《讲话》中,毛泽东告诫作家不要成为"空头文学家,或空头艺术家",指出:"中国的革命的文学家艺术家,有出息的文学家艺术家,必须到群众中去,必须长期地无条件地全心全意地到工农兵群众中去,到火热的斗争中去,到唯一的最广大最丰富的源泉中去,观察、体验、研究、分析一切人,一切阶级,一切群众,一切生动的生活形式和斗争形式,一切文学和艺术的原始材料,然后才有可能进入创作过程。"在这段话中,毛泽东用"必须""无条件地"等绝对性的修饰语来突出作家与工农相结合的政策性,同时也确认了革命斗争生活作为文艺源泉的唯一性。作家与大众的结合也就是文艺与大众的结合。毛泽东批评知识分子作家"把自己的注意力放在研究和描写知识分子上面",而不去"接近工农兵群众,去参加工农兵群众的实际斗争,去表现工农兵群众"。在毛泽东看来,五四以来的革命文艺运动最大的缺陷就是没有很好地与工农大众相结合。他认为,文艺与人民大众相结合不仅是为了创作人民大众喜闻乐见的文艺作品的需要,也是艺术家转变立场的一个必由之路,因此,"一定要把立足点移过来,一定要在深入工农兵群众、深入实际斗争的过程中,在学习马克思主义和学习社会的过程中,逐渐地移过来"。毛泽东进一步指出,所谓"大众化","就是我们的文艺

---

① 《毛泽东选集》第2卷,人民出版社1991年版,第283、296页。

工作者的思想感情和工农兵大众的思想感情打成一片"，这也就意味着，作家本身的工农兵化，是实现文艺大众化的根本所在。

在战争高于一切的历史文化语境下，在共产党领导的现代革命战争与社会政治运动中，知识分子作家以工农兵为服务对象，其精神气象和话语方式带有强烈的使命感和实践立场。1944 年，当丁玲的《田保霖》和欧阳山的《活在新社会里》这两篇表现解放区合作社先进模范人物的作品一发表，毛泽东第二天即给作者致信给予了热情肯定，称这是他们写工农兵的开始："丁玲、欧阳山二同志：快要天亮了，你们的文章引得我在洗澡后睡觉前一口气读完，我替中国人民庆祝，替你们两位的新写作作风庆祝！"① 这种特殊的标举显然具有一种导引作用。20 世纪 40 年代中期解放区出现了一个大写工农兵先进人物的热潮，不同风格流派的作家纷纷在这一领域勤奋笔耕。知识分子作家的话语立场与话语方式最终为特有的历史语境所改造。在堑壕中，在马背上，在田地里，在山林间，他们直接投身于革命斗争和生产的第一线。对此李泽厚有如下评述："在艰苦的革命战争环境下，知识者和文艺家的'我'溶化在集体战斗中的紧张事业中，没有心思和时间来反省、捕捉、玩赏、体验自己的存在。他（她）们是在严格组织纪律下，在领导和被领导的协同和配合下，进行活动和实现任务的。……他们远不是自由的个体，也不只是文艺创作者，而更是部队的秘书、文书、指挥员、战斗员和领导农民斗争的'老张'、'老李'（干部）。"② 也就是说，他们首先是战士、农民，其次才是作家。作为文化资本的拥有者，知识分子作家的身份由启蒙者转向革命者或革命的参与者、追随者，思想感情、思维方式日益无产阶级化和工农兵化。作家对待历史的态度已由冷静的旁观变为主体的介入，走向创作

---

① 《毛泽东书信选集》，人民出版社 1983 年版，第 233 页。
② 李泽厚：《中国思想史论》（下），安徽文艺出版社 1999 年版，第 1072 页。

主体与历史实践的交融,参与新的历史和文化的创造。在这当中,农民的地位和作用以及精神上的巨大变动,尤其促使知识分子不断修改着对农民的认识和对待农民的姿态。创作主体对农民形象怜悯、同情和批判的态度已鲜见,代之而起的是亲切的鼓励、赞赏以及知识分子作家对于工农兵群体巨大革命能量的热情赞叹。对新历史创造的光明前途的坚定信仰,使其作品弥漫着乐观主义的情绪,悲剧最终被历史的正剧所取代。

由于强调与革命实践的同生同构关系,解放区更看重的是具有时效性、易为民众接受的文艺形式。抗战时期,有关“民族形式”的问题曾在解放区和国统区引发过广泛的争论。早在 1938 年 10 月,毛泽东在中共六届六中全会上所作的《中国共产党在民族战争中的地位》的报告中即指出:“马克思主义必须和我国的具体特点相结合并通过一定的民族形式才能实现。”提出了把国际主义的内容和民族形式紧密结合起来,创造“新鲜活泼的、为中国老百姓所喜闻乐见的中国作风和中国气派”① 的问题。从 1939 年初开始,在延安展开了民族形式问题的学习和讨论,周扬、艾思奇、萧三、何其芳、王实味、陈伯达等纷纷阐述了对这个问题的看法。这些看法或意见有一致之处,但也存在许多分歧,从中可以看出知识分子的某些“困惑”。何其芳提出了一连串的问题:“这种更中国化的民族形式的文学的基础应该是五四运动以来的还在生长着的新文学吗,还是旧文学和民间文学?……民间文学形式的利用有着怎样的限度?是不是这种利用就等于大众化?……大众化会不会降低已经达到的文艺水准?”② 这些问题在知识分子中显然具有代表性。在讨论中,一些人认为五四以来的新文艺都是脱离大众的、欧化的、非民族的,民族形式的发展必须以民间形式

---

① 《毛泽东选集》第 2 卷,人民出版社 1991 年版,第 534 页。
② 何其芳:《论文学上的民族形式》,《文艺战线》1939 年第 1 卷第 5 期。

为原型，而另一些人则对旧形式的利用持否定或保留态度。王实味认为，"新文艺不仅是进步的，而且是民族的……更可以说它是大众的"，"'旧形式'不是民众自己底东西，更不是现实主义的东西：它们一般是落后的"，"新文艺之没有大众化，最基本的原因是我们底革命没有成功，绝不是因为它是'非民族的'。但新文艺上许多公式教条与洋八股，也必须加紧克服"，"旧文艺的格式体裁还可以运用，有时甚至需要运用。但这运用既不是纯功利主义地迎合老百姓，也绝不能说只有通过它们才能'创造民族形式'。主要的还是要发展新文艺"。① 王实味虽然在文章中对胡风有关"民族形式"的某些观点进行了批评，但他基于五四新文化立场的一些判断还是与身在国统区的左翼知识分子胡风等人在很大程度上达成了共识。

1940 年 1 月，毛泽东在《新民主主义论》中对民族形式问题作了进一步阐述，他强调："中国文化应有自己的形式，这就是民族形式。民族的形式，新民主主义的内容——这就是我们今天的新文化。"在毛泽东看来，革命的新文化自然要批判地吸收包括外国文化在内的一切对革命有用的东西，而其中的民族文化的合理利用不但是发展民族新文化、提高民族自信心的必要条件，而且是文化接近群众、调动群众革命热情的有效手段，因为民族文化（主要指民间文化）才是普通民众所真正拥有和容易接受的。按照毛泽东的逻辑，新型文化的"民主"特性的表现就是它的普及，"新民主主义的文化是大众的，因而即是民主的。它应为全民族中百分之九十以上的工农劳苦民众服务，并逐渐成为他们的文化"。毛泽东指出，革命就要有自己的文化军队，"这个军队就是人民大众。革命的文化人而不接近民众，就是'无兵司令'"。他特别强调了运用民众语言的重要性，指出"文字必须在一

---

① 王实味：《文艺民族形式问题上的旧错误与新偏向》，《文艺阵地》1942 年第 6 卷第 4 期。

定条件下加以改革，言语必须接近民众"①。上述观念在《讲话》中得以延续并具体化。

语言既是思维的工具，也是实践的媒介、历史的表达。毛泽东认为，横亘在作家作品和民众之间的一个主要隔膜就是语言，他指出，"许多文艺工作者由于自己脱离群众、生活空虚，当然也就不熟悉人民的语言，因此他们的作品不但显得语言无味，而且里面常常夹着一些生造出来的和人民的语言相对立的不三不四的词句"。这种"不三不四的词句"显然是指充满知识分子气的欧化语言；而所谓人民语言，更多地指向农民语言，因为"大众文化，实质上就是提高农民文化"②。毛泽东指出，"我们的文学专门家应该注意群众的墙报，注意军队和农村中的通讯文学。我们的戏剧专门家应该注意军队和农村中的小剧团。我们的音乐专门家应该注意群众的歌唱。我们的美术专门家应该注意群众的美术"。在毛泽东看来，民间文艺正是建构与旧文艺有着本质区别的具有民族特色的革命新文艺的主要成分，作家只有投入民间生活中，从民间文艺传统中才能寻找到创作的源泉，从而确立了"民间"在新文艺建设中的"正宗"地位。但是，"民间"同时也面临着新历史的改造，其被改造的过程也是被"历史化"的过程。正如毛泽东所说，"这些旧形式到了我们手里"，只有"给了改造，加进了新内容"，才能最终"变成革命的为人民服务的东西"。可以说，在文学的工农兵化的价值指向和知识分子作家的创作之间，"民间"起到了一种中介的作用，它最终通过知识分子的审视、发现、摄取与"历史"建立了联系。在《讲话》中，毛泽东没有去正面批判在"民族形式"问题讨论中出现的与"历史"的要求不相适合的观点，而是采取不争论的态度，以不容置疑的语气直接亮出"历史"的要求和作

---

① 《毛泽东选集》第 2 卷，人民出版社 1991 年版，第 707—708 页。
② 《毛泽东选集》第 2 卷，人民出版社 1991 年版，第 692 页。

家创作的方向，可谓"一锤定音"。五四新文化运动以来，知识分子以精英式的启蒙者姿态倡导"文艺走向民间""文艺大众化"的运动，但实际的效果并不理想，知识分子与"民间"仍处在相互隔膜、"自说自话"的状态。这种状况在《讲话》发表之后发生了"彻底"的变化，从此，知识分子和"民间"被统合在"历史"的旗帜下，向着预设的共同目标前行。

"理论在一个国家的实现程度，决定于理论满足于这个国家需要的程度。"①《讲话》颠覆了旧有的文学观念和审美原则，适应了革命文艺运动的实际需要。至此，中国文学步入了一个新的时代，开启了从未有过的新的历史。必须指出的是，这个时代所发生的不仅仅是文学观念的转型和文学形式的变革，这些转型和变革也不仅仅简单地与政治体制发生着关系，而且更与"解放""革命"等历史话语以及中共创造新世界、新历史的终极目标紧密相连。

---

① 《马克思恩格斯选集》第1卷，人民出版社 1995 年版，第 11 页。

# 《在延安文艺座谈会上的讲话》与
# 一种文艺"新传统"的生成

一

一种新的文艺传统往往是在对旧的传统进行反思、批判、颠覆中建构起来的。通过革命的途径建立一个现代的民族国家是中国共产党的历史追求。亨廷顿指出,有别于叛乱、起义、造反、政变和独立战争,"一场全国的革命意味着对现存政治制度的迅速而猛烈的摧毁,意味着动员新的集团投入政治,并意味着新的政治制度的创立"①。与此相类,吉登斯也把"断裂性"看作现代性最重要的特征之一。在他看来,"现代性以前所未有的方式,把我们抛离了所有类型的社会秩序的轨道,从而形成了其生活形态"②。

革命意味着历史新起点的生成,它是不断向过去告别的过程,革命的每一个阶段必须显示出自己的新质才能确立自身的合法性。20世纪20年代后期,革命文艺便已展开了对过去的"清算"和"告别",

---

① 〔美〕塞缪尔·P.亨廷顿:《变化社会中的政治秩序》,王冠华等译,生活·读书·新知三联书店1989年版,第243页。

② 〔英〕安东尼·吉登斯:《现代性的后果》,田禾译,译林出版社2000年版,第4页。

这种"清算"和"告别"有时是以偏激乃至反叛的姿态进行的。毋庸置疑，任何一种文学都与前代的文学有着割不断的联系。左翼文学是在五四新文学的基础上发展起来的，但它的起步却是以重估五四新文学的性质、价值，重评五四新文学创作为开端的，显示出与过去"决裂"的姿态。作为一种"前卫"的文学，左翼文学首先凭借自身的无产阶级性质将被视为具有资产阶级根性的五四文学列入历史的陈迹。1930年，郭沫若在《文学革命之回顾》中对五四以来的新文学进行了总结，认为五四新文化运动说到底就是资本社会和封建社会的意识上的斗争，所谓"文学革命的真意义"实际上是"封建社会改变为资本制度的一个表征"①。茅盾认为，五四的"新"文学"始终没有提出明确的新文学的内容论"，因为新兴资产阶级本身没有发育健全，所以"始终没有健全地发育"②。他指出："'五四'是中国资产阶级争取政权时对于封建势力的一种意识形态的斗争。……无产阶级运动的崛起，时代走上了新的时运，'五四'埋葬在历史的坟墓里了。"③ 瞿秋白对当时文学界的精神分化作了这样的描述："五四到五卅前后，中国思想界里逐步的准备着第二次的'伟大的分裂'。这一次已经不是国故和新文化运动的分别，而是新文化内部的分裂：一方面是工农民众的阵营，别方面是依附封建残余的资产阶级。这新的反动思想，已经披了欧化，或所谓五四化的新衣服。这个分裂直到一九二七年下半年方才完成。"④ 在左翼文学界对五四文学的整体评估中，不同的人面对相同的具体审视对象时的情感态度不尽相同，对五四文学的"反省"也呈复杂的态势。但尽管如此，有一点是共同的，那就是他们都

---

① 麦克昂（郭沫若）：《文艺讲座》第1册，神州国光社1930年版，第75页。
② 朱璟（茅盾）：《关于"创作"》，《北斗》1931年创刊号。
③ 丙申（茅盾）：《"五四"运动的检讨：马克思主义文艺理论研究会报告》，《文学导报》1931年。
④ 何凝（瞿秋白）：《鲁迅杂感选集》，青光书局1933年版，第12页。

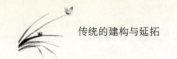

在极力保持着告别过去的姿态，并试图在"断裂"中寻求文学的"涅槃"。

如果对解放区文学的发展历程进行合乎历史发展逻辑的进一步细分的话，可以以延安文艺座谈会召开的 1942 年为界分成前后两个阶段。在解放区文学的发展过程中，有一个非常重要的关节点，这就是文艺界的整风运动，而整风的主要内容、思想，共产党关于未来文学形态的思考则集中体现在《在延安文艺座谈会上的讲话》① 中。《讲话》对解放区的文学来说无疑是纲领性的文献，它的发表作为一个重大的历史事件，标志着解放区文学秩序的最终确立。

在《讲话》中，毛泽东并没有单独提到左翼文学，而是使用了"'五四'以来的革命文艺运动"这样一个"宏大"的概念将其囊括其中。在毛泽东的文学史叙述中，五四文学和左翼文学显然是具有同构性的统一体，因此二者难免存在着包括缺陷在内的共同的特质。对于过去的"革命文艺运动"，毛泽东采取的是"抽象的肯定"和"具体的否定"（有选择的否定）的评判策略。他首先笼统地肯定"这个运动在二十三年中对于革命的伟大贡献"，认为"在'五四'以来的文化战线上，文学和艺术是一个重要的有成绩的部门。革命的文学艺术运动，在十年内战时期有了大的发展"。然后迅速将话题的中心转移到对"它的许多缺点"的列举、剖析和评判上。那些被抽取出的缺点被毛泽东一一赋予了"小资产阶级"② 的性质并加以否定。毛泽东认为，革命的文学艺术运动和当时的革命战争"在总的方向上是一致的，但在实际工作上却没有互相结合起来，这是因为当时的反动派把这两支兄弟军队从中隔断了的缘故"，当前迫切需要解决的就是在根

---

① 为行文方便，本节中的《在延安文艺座谈会上的讲话》均简称为《讲话》。
② 《讲话》中"小资产阶级"一词使用频率颇高，共使用了 33 次，可见毛泽东对它的高度重视和警惕。

据地中"大批文艺工作者和八路军新四军以及工人农民的结合"① 的问题，因此，文学的改造势在必行。

延安文艺座谈会召开之后，解放区文艺界便遵循《讲话》的理路开始了对左翼文学的"反省"。与《讲话》一样，周扬在一篇文章中首先指出："中国革命文学运动是在大革命失败之后旺盛起来的，这个运动在中国文学史上是破天荒的伟大运动，对革命事业有它一定的贡献，这是谁也不能否认的。"接着笔锋一转，指出："但是这个运动也有它严重的缺点。"在创作主体方面，周扬认为："革命文学的许多作者都是'被从实际工作排出'的青年，在他们身上，对于实际斗争的疲惫情绪和革命的狂热幻想结合在一起，他们没有放弃斗争，却离开了群众斗争的旋涡的中心，而在文学事业上找着了他们的斗争的门路。他们各方面都表现出小资产阶级的思想情感，但却错误地把这些思想情感认做了无产阶级的思想情感。因此文艺工作者的思想意识的改造就没有提到日程上。这就形成了革命文艺运动的最大的最根本的缺点。"他借用鲁迅在《上海文艺之一瞥》中评价某些革命文学作家时所使用的"脚踏两只船"的说法，指出小资产阶级作家是"最容易翻筋斗的"。在谈到文艺大众化时，周扬指出："初期的革命文学者是自以为已经'获得无产阶级的意识'（'无产阶级意识'当时也叫普罗列塔利亚意特渥洛奇，是很时髦的）。那时所理解的'大众化'就是将这'无产阶级意识'用大众容易接受的形式灌输给大众，为的是去改造大众的意识。我们常常讲改造大众的意识，甚至提出过和大众的无知斗争，和大众的、封建的、资产阶级的、小资产阶级的意识斗争的口号；却没有或至少很少提过改造自己的意识。我们没有或至少很少想到过向大众学习。虽也曾提出过'作家的无产阶级化'的口号，

---

① 本引文及以下未加注释的引文均出自《讲话》。参见《毛泽东选集》第3卷，人民出版社1991年版，第847—879页。

但什么是无产阶级化呢，既然我们已经'获得无产阶级的意识'了？所以'无产阶级化'结果被了解为只限于一些表面的形式，而且连这个自然也并没有做到。"①

历史的变动给文学的发展带来了"断裂"，横陈在左翼文学和解放区意识形态中间地带的驳杂的精神碎片被清理和排除。关于这一点，胡风在1948年进入解放区后便有所察觉。他在"三十万言书"中指出："解放区以前和以外的文艺实际上是完全给否定了，五四文学是小资产阶级，不采用民间形式是小资产阶级，鲁迅底作品不是人民文学……"②可以说，曾经自视为历史"新生儿"的左翼文学不可避免地充当了解放区文学生成和发展的历史"中间物"。从上海到延安，左翼文学经历了一个被"纯化"和改造的复杂曲折的过程。在这个过程中，其"负面"的因素逐渐被清理、挤压、弱化，直至被从母体上驱除和剥离，其"正面"的质素则在被注入新质后得到强化和重构，成为解放区文学的合理的精神内核。20世纪30年代的左翼文学与解放区文学有着割不断的历史联系，但"历史"的运行又将它们"恰当"地分开，使之成为两个性质不尽相同、相对独立的文学运动。即使与同一时期的国统区左翼作家的创作相比，由于各自所处地域环境和文化环境的差异，解放区文学仍然显示出自身的独特性。在论及左翼文学和解放区文学关系时，洪子诚谨慎地使用了左翼文学的"一体化"的概念，但同时又指出了20世纪30年代左翼文学与20世纪40年代解放区的工农兵文学构成和内涵上的差异。③ 王富仁则认为，解放区文学并不能称为左翼文学，而且正是由于解放区文学的产生导致

---

① 周扬：《马克思主义与文艺：〈马克思主义与文艺〉序言》，《解放日报》1944年4月8日第4版。

② 胡风：《关于解放以来的文艺实践情况的报告》，《新文学史料》1988年第4期。

③ 参见洪子诚《中国当代文学史》，北京大学出版社1999年版；参见洪子诚《问题与方法：中国当代文学史研究讲稿》，生活·读书·新知三联书店2002年版。

了 20 世纪 30 年代左翼文学的被消解。① 赵稀方也指出:"二三十年代左翼文学与 40 年代以后文学之间的差距之大,超出了人们的想象。"②

二

《讲话》试图建构的是一种类似于希尔斯所提出的"作为指导范型的传统"。这是一种"规则传统和信仰传统",旨在为人们塑造"有内在价值的行为范型","这样的理想范型通常是作为天然正确的事物和值得重复与延续的传统而提出的"。在这里,"传统的因素处于有意图行为的边缘,它们确定目标、规则和标准"③。

这样的一种文艺新传统是在强大的政治力量的规约下生成的。《讲话》对"文艺与政治的关系""文艺为什么人服务"等创作的核心问题做了毋庸置疑的论断,关于文艺的一些提法和要求更加明确、具体、深入、系统,这在《讲话》发表之前的解放区是从未有过的。《讲话》最终规定了解放区文学的行动目标和行为范型。如果说左翼文学更多地体现为一种未来得及充分展开实践的"思潮"的话,那么解放区文学则更多体现的是一种实践的"路线",而这种"路线"的执行是靠"纪律"来保证的。毛泽东说:"路线是'王道',纪律是'霸道'。"④ 这两者在《讲话》中得到充分体现。

《讲话》的"经典化"是它成为指导范型的前提。1943 年 10 月

---

① 王富仁:《关于左翼文学的几个问题》,《中国现代文学研究丛刊》2002 年第 1 期。
② 赵稀方:《俄苏文学翻译与左翼文学资源》,《中国现代文学研究丛刊》2002 年第 1 期。
③ 〔美〕爱德华·希尔斯:《论传统》,傅铿、吕乐译,上海世纪出版集团 2009 年版,第 33—35 页。
④ 《毛泽东文集》第 2 卷,人民出版社 1993 年版,第 374 页。

19 日，在鲁迅逝世 7 周年之际，《讲话》在《解放日报》全文发表。10 月 20 日中央总学委发出通知，指出《讲话》"是中国共产党在思想建设、理论建设事业上最重要的文献之一，是毛泽东同志用通俗的语言所写的马列主义中国化的教科书。此文件绝不是单纯的文艺理论问题，而是马列主义普遍真理的具体化，是每个共产党员对待任何事物应具有的阶级立场，与解决任何问题应具有的辩证唯物主义历史唯物主义思想的典型示范。各地党组织收到这一文章后，必须当作整风必读的文件，找出适当的时间，号召在干部和党员中进行学习"①。中宣部 1943 年 11 月 7 日发出的《关于执行党的文艺政策的决定》则强调，"《讲话》的全部精神，同样适用于一切文化部门，也同样适用于党的一切工作部门。全党应该认识这个文件不但是解决文艺观文化观问题的教育材料，而且也是一般的解决人生观与方法论问题的教育材料"②。将《讲话》与马列主义相提并论，并将其称为"教科书"，赋予其普遍的真理性，这样的官方评价为《讲话》的"经典化"定下了基调。在文艺界，周扬率先编辑了《马克思主义与文艺》一书，在书中将毛泽东的文艺思想与马克思、恩格斯、普列汉诺夫、列宁、斯大林等并置收入。③ 在该书的"序言"中，周扬指出："毛泽东同志的《在延安文艺座谈会上的讲话》给革命文艺指示了新方向，这个讲话是中国革命文学史、思想史上的一个划时代的文献，是马克思主义文艺科学与文艺政策的最通俗化、具体化的一个概括，因此又是马克思

---

① 中央总学委：《中央总学委关于学习毛泽东〈在延安文艺座谈会上的讲话〉的通知》，《解放日报》1943 年 10 月 22 日第 1 版。

② 中央宣传部：《关于执行党的文艺政策的决定》，《解放日报》1943 年 11 月 8 日第 1 版。

③ 毛泽东在 1944 年 4 月 2 日致周扬的信中说："此篇看了，写得很好。你把文艺理论上几个主要问题作了一个简明的历史叙述，借以证实我们今天的方针是正确的，这一点很有益处，对我也是上一课。只是把我那篇讲话（指《讲话》）配在马、恩、列、斯之林觉得不称，我的话是不能这样配的。"参见《毛泽东书信选集》，中央文献出版社 2003 年版，第 206 页。

主义文艺科学与文艺政策的最好的课本。"①《讲话》发表以后，延安之外的解放区的其他地区也都陆续开展了文艺界整风运动，例如，晋察冀文艺界对"艺术至上主义倾向"，晋绥文艺界对《丽萍的烦恼》的主题倾向分别展开了批判。同时，《讲话》也通过多种途径和方式传播到国统区。据胡乔木回忆，《讲话》正式发表后不久，郭沫若发表了意见，称"凡事有经有权"。毛泽东很欣赏这个说法，"大概他（指毛泽东）也确实认为他的讲话有些是经常的道理，普遍的规律，有些则是适应一定环境和条件的权宜之计"②。事实上，随着《讲话》的"经典化"的完成，它的"经"和"权"却曾在相当长的时期内均被作为不变的真理，一直影响到当代的文学创作。

延安文艺座谈会结束后，毛泽东又于1942年5月28日和5月30日分别在中央学习组会议上和鲁艺就文艺问题发表了讲话，这可以视为《讲话》内容的延伸。在鲁艺的讲话中，毛泽东号召知识分子走出"小鲁艺"，融入"大鲁艺"，也就是工农兵的生活和斗争，拜广大劳动人民为师。③ 在中央学习组会议上，毛泽东指出，延安文艺座谈会召开的起因，一是要作出有关文学艺术工作的统一的"决定"，二是要解决相结合的问题，"即文学家、艺术家、文艺工作者和我们党的干部相结合，和工人农民相结合，以及和军队官兵相结合的问题"。他重申，文艺工作者应该"以工农的思想为思想，以工农的习惯为习惯，这样来写工农，也就能教育工农，并提高成为艺术"。面对党内的高级干部，毛泽东的讲话涉及一些宏观的、长远的战略性内容。他指出："我们主要的基础是什么？是工农兵。要不要资产阶级、小资

① 周扬：《马克思主义与文艺：〈马克思主义与文艺〉序言》，《解放日报》1944年4月8日第4版。
② 胡乔木：《胡乔木回忆毛泽东》，人民出版社1994年版，第269页。
③ 中共中央文献研究室编：《毛泽东年谱：一八九三——一九四九》（中卷），中央文献出版社2005年版，第385页。

产阶级出身的知识分子文艺家呢？需要的，但是主要的基础是在工农兵。只有在这个基础上，他们的作品才能开花。"对于未来的构想，毛泽东说："将来大批的作家将从工人农民中产生。现在是过渡时期，我看这一时期在中国要五十年，这五十年是很麻烦的，这是资产阶级、小资产阶级出身的文艺家和工人农民结合的过程。在此期间，有点麻烦，出点乱子，是不可避免的。我们的政策是要小心地好好引导他们自觉地而不是勉强地和工农打成一片。"① 可以说，由工农兵作家主宰文坛是毛泽东的未来文化构想的一部分，而在工农兵中培养作家的实验从延安时期就已经开始了。从毛泽东五十年"过渡时期"的说法中，我们可以寻找到共和国成立后持续不断的知识分子思想改造运动的精神源头。

新的传统只有在内化为创作主体的思想和行为规范之后才具有实质意义，因此对创作主体的"改造"便显得尤为重要。文艺的方向是为工农兵服务，而文艺作品的创造者却是被视为"小资产阶级"的知识分子，这势必造成"产品"的规格要求与"生产者"资质之间的错位。这个问题在《讲话》中得到了解决，而解决的方式就是对知识分子作家进行"脱胎换骨"的改造。"改造"是《讲话》的关键词。毛泽东曾说："无产阶级和革命人民改造世界的斗争，包括实现下述的任务：改造客观世界，也改造自己的主观世界——改造自己的认识能力，改造主观世界同客观世界的关系。……所谓被改造的客观世界，其中包括了一切反对改造的人们，他们的被改造，须要通过强迫的阶段，然后才能进入自觉阶段。世界到了全人类都自觉地改造自己和改造世界的时候，那就是世界的共产主义时代。"② 毛泽东在《新民主主义论》中运用历史唯物主义的基本原理，将文化列入意识形态的范

---

① 《毛泽东文集》第 2 卷，人民出版社 1993 年版，第 430 页。
② 《毛泽东选集》第 1 卷，人民出版社 1991 年版，第 296 页。

畴，指出："一定的文化（当作观念形态的文化）是一定社会的政治和经济的反映，又给予伟大影响和作用于一定社会的政治和经济；而经济是基础，政治则是经济的集中的表现。"① 这样的观念也延续到《讲话》中。毛泽东指出："作为观念形态的文艺作品，都是一定的社会生活在人类头脑中的反映的产物。革命的文艺，则是人民生活在革命作家头脑中的反映的产物。"既然如此，对于作家的改造首先就应该是观念世界（世界观、历史观）的改造。毛泽东强调学习对于观念改造的重要性，号召作家"学习马克思列宁主义"，"用辩证唯物论和历史唯物论的观点去观察世界，观察社会，观察文学艺术"。毛泽东要求作家们认清人民大众的历史主体地位，转变自己的阶级（政治）立场，"站在无产阶级的和人民大众的立场。对于共产党员来说，也就是要站在党的立场，站在党性和党的政策的立场"。毛泽东对作家的小资产阶级思想怀有高度的警惕："小资产阶级出身的人们总是经过种种方法，也经过文学艺术的方法，顽强地表现他们自己，宣传他们自己的主张，要求人们按照小资产阶级知识分子的面貌来改造党，改造世界。"他指出，如果"依了你们，实际上就是依了大地主大资产阶级，就有亡党亡国的危险"。因此对于文艺队伍"首先需要在思想上整顿，需要展开一个无产阶级对非无产阶级的思想斗争"。他认为，"在文艺界统一战线的各种力量里面，小资产阶级文艺家在中国是一个重要的力量。他们的思想和作品都有很多缺点，但是他们比较地倾向于革命，比较地接近于劳动人民。因此，帮助他们克服缺点，争取他们到为劳动人民服务的战线上来，是一个特别重要的任务"。毛泽东告诫知识分子应正视自身与群众相比的种种"缺陷"，完成"由一个阶级变到另一个阶级"的感情和立场的转变。他现身说法谈对知识分子

①　《毛泽东选集》第 2 卷，人民出版社 1991 年版，第 663—664 页。

和农民的认识:"拿未曾改造的知识分子和工人农民比较,就觉得知识分子不干净了,最干净的还是工人农民,尽管他们手是黑的,脚上有牛屎,还是比资产阶级和小资产阶级知识分子都干净。"因此,"我们知识分子出身的文艺工作者,要使自己的作品为群众所欢迎,就得把自己的思想感情来一个变化,来一番改造"。在《讲话》中,毛泽东告诫作家不要成为"空头文学家,或空头艺术家",指出:"中国的革命的文学家艺术家,有出息的文学家艺术家,必须到群众中去,必须长期地无条件地全心全意地到工农兵群众中去,到火热的斗争中去,到唯一的最广大最丰富的源泉中去,观察、体验、研究、分析一切人,一切阶级,一切群众,一切生动的生活形式和斗争形式,一切文学和艺术的原始材料,然后才有可能进入创作过程。"在这段话中,毛泽东用"必须""无条件地"等绝对性的修饰语来突出作家与工农相结合的政策性,同时也确认了革命斗争生活作为文艺源泉的唯一性。

在女作家陈学昭的自传体长篇小说《工作着是美丽的》中,一段对主人公珊裳的思想转变的描述颇有意味,恰恰可以用来概括当时的文艺工作者改造的心路历程:"她想起《西游记》里写的:当唐僧师徒们望见了雷音寺,正渡过最后一道河,看见河的上游漂下一具尸体来,唐僧问孙行者,在这佛地,哪里来的这么一具人尸,孙行者回答,这就是唐僧的凡体,现在师父已经成佛了。珊裳感觉到对于像她这样一个小资产阶级的知识分子,要成为一个真正的革命者,这是一个很好的比方。然而,要经过多少艰难甚至痛苦的锻炼,才能把自己那一具又臭又脏的凡体丢掉,脱胎换骨地成为一个革命者呵!而现在,她才不过刚刚认识到这一点!……她感觉到有一种新的东西在她心灵上生长出来,旧的东西在那里死亡下去!"①

---

① 陈学昭:《工作着是美丽的》,作家出版社1979年版,第271页。

《讲话》发表以后，延安之外的根据地也都陆续开展了文艺界整风运动，例如，晋察冀文艺界对"艺术至上主义倾向"，晋绥文艺界对《丽萍的烦恼》的主题倾向分别展开了批判。同时，《讲话》也通过多种途径和方式传播到国统区。1942 年以后的解放区文学，在很大程度上说已经进入了"毛泽东文艺时代"。一位政治家影响一个时代的文艺，在今天看来虽有些不可思议，但那却是历史的事实。毛泽东之于解放区文艺，可以说是"中枢"和"根本"。本书用了大量篇幅阐述毛泽东的文艺观和他与解放区文艺运动的关系，原因正在于此。

三

　　《讲话》是新文艺传统生成的理论根基。"实践的文艺观"是这种新传统的核心，我们可以将这种新传统理解为"实践的文艺传统"。解放区文学所最终追求的并非只是客观地反映现实，而是对现实的改造，具有"实践的文学"的特征。解放区文学作为一种重要的力量被纳入创造新历史的革命实践中，以主动的姿态投入历史的创造活动之中，从而成为塑造历史的一股重要的力量，其历史性来自革命实践活动的历史性。延安文艺界整风的目标是使整个作家队伍"在思想上和组织上都真正统一起来，巩固起来"，从而更好地为推动历史发展服务。文学介入了历史，不再仅仅局限于文化革命范围内与旧世界的对抗，最终成为历史进程中的重要"事件"和历史话语的实践者。在《讲话》中，毛泽东认为文学应该与革命的实践保持一体化，革命文艺应该是"整个革命事业的一部分，是齿轮和螺丝钉"。"革命的思想斗争和艺术斗争，必须服从于政治的斗争，因为只有经过政治，阶级和群众的需要才能集中地表现出来","文艺服从于政治,今天中国政治的第一个根本问题是抗日"。可以看出,在毛泽东看来,革命作为创造新世界的历史行为,是一种最大的"政治",而这种政治在不同的历史阶段会相应地呈现出不同内容。因此,从一定角度上说,文艺与政治的关系亦即文艺与历史目标和历史实践的关系,文艺从属于政治也就意味着文艺对历史目标和历史实践的服从和参与。①

　　新的传统改变着解放区作家的精神结构。解放区所处的边缘的地理位置并没有使这里的人们产生一种文化上的边缘感,恰恰相反,弥漫在解放区的却是一种文化上的中心意识。这种中心意识是与革命的"创世(创史)"意义紧密相连的。在中国共产党的政治和历史叙述中,解放区被视为真理的汇聚之所、全国的模范、新中国的试验场和新历史的起源地,具有强大的"辐射"功能。生活在这里的作家们自然被赋予了"中心人"的身份,产生了一种"真理在手"的自觉的"中心意识"和承担创造新历史责任的神圣感以及一种浓重的"创世(创史)"情怀。他们以虔诚的"朝圣"心态来到解放区,对这一"创世圣地"投注了宗教般的"敬畏"和"膜拜"。新传统影响着解放区作家理解世界的思维方式,促使他们与过去的"旧我"决裂。他们改变了旧有的"启蒙"心态,农民在他们眼中不再是待批判的、麻木的、愚昧的芸芸众生,而是转化为"群众",是推动历史发展的主力军,是他们学习的榜样。乡村在他们眼中也不再是藏污纳垢的民间,而是充满着蓬勃的历史力量,是他们创作的源泉所在。知识分子作家自觉认同"历史"的律令,走向民间,进行从肉体到精神的全面改造,在宏大的历史进程中调整自己的位置,将个体融入集体之中。他们以自己特殊的方式参与着历史的创造,在革命文学实践中进行自我

---

　　① 参见胡玉伟《〈在延安文艺座谈会上的讲话〉与1940年代的文学转型》,《当代作家评论》2011年第4期。

的确证。在新传统的规约下，他们消解掉自身的学院化色彩以及单纯的社会批判的心态，成为新世界的光明的"歌者"。

"延安整风"以后，解放区文学的内部和外部形态都发生了深刻变化，形成了其作为一种新意识形态的基本构架。解放区文学创作总是在明确的历史总体性认识的指导下展开，在文学叙事中，历史的本质规律被呈示得非常清楚，呈现为一个动态的、历史化的过程，也就是"从历史发展的总体观念来理解把握社会现实生活，探索和揭示社会发展的本质和方向，从而在时间整体性的结构中来建立文学世界"①。鲁迅说过："文艺家的话其实还是社会的话，他不过感觉灵敏，早感到早说出来。"② 如果用这句话衡量解放区文学创作的话，它的前半部分还是适用的，而后半部分则显得与对象有些隔膜。实际上，解放区文学创作是在一种观念的引领下进行的，而这种观念在更多的时候要领先于作家的感觉。元叙事是支配具体的历史叙述和历史阐释的纲领，是具有浓厚意识形态色彩的真理性叙事，它最终影响和左右着人们的历史意识。解放区文学正是自觉地遵循这种历史的元叙事进而展开它的文学叙事的。解放区文学并非由纯粹的文学要素构成，它是在一定的话语框架中制造出的具有丰富感性的内容，历史的观念在解放区文学的文本架构中得以充分展示。政治化的历史叙事结构决定了解放区文学的文本结构，文学叙事与历史叙事的同构是解放区文学创作的一个重要特征。解放区文学书写作为一种有目的、有意识的实践活动，它在参与新历史的创造的同时也建构了一个"意义世界"，在这个世界中，弥漫着浓重的"历史意识"。

新传统塑造了解放区文学的特殊的文本样态。"解放""翻身"等成为重要的主题模式。文艺的工农兵方向得到了制度性的确立，作为

---

① 陈晓明：《表意的焦虑》，中央编译出版社 2002 年版，第 475 页。
② 《鲁迅全集》第 7 卷，人民文学出版社 1981 年版，第 116 页。

群体的人民大众的英雄形象占据了文本的中心位置，五四以来文学作品中的人民（尤其是农民）形象被彻底改写。同时，以工农兵为主体的"集体创作"被大力倡导。新传统同样规约了解放区文学的叙事结构。与中共创造新世界的历史诉求相呼应，解放区文学在叙事上体现为一种史诗的结构。这种史诗准确地说是一种"创世史诗"，它立足于重大历史事件，描写的是中共领导人民缔造现代民族国家、创造新世界的筚路蓝缕的宏大历史过程。在《太阳照在桑干河上》《暴风骤雨》《江山村十日》等土改小说中，"创世史诗"的色彩极为鲜明。开天辟地的土改运动打破了古老乡村那种非历史的自然和空白状态，千年不变的循环的时间轨道发生了"断裂"，并由此更生出真正的历史起点和一个崭新的世界。在这些作品中，时间是历史得以展开的形式和条件，蕴含着一种线性的时间观念，时间的前方是进步、价值和意义。这种时间观不仅使文学成为光明的颂歌，而且也消解了进入作品的生活的悲剧性因素。解放区文学呈现出一种"正剧化"的倾向，而这种以"大团圆"的结局为特征的正剧是最适合用来书写革命历史的。正剧并非解放区文学所独有，但它所具有的特殊的性质和承载的特殊的历史意义却是此前抑或同一时期的国统区等其他地域文学所未曾获得的。

《讲话》强调"民间"的本源意义。人民既然是历史的主人，那么"民众就是革命文化的无限丰富的源泉"①，"民间"也就意味着是"先进文化"的蕴藏之地，但这种先进的文化因素需要知识分子作家深入民间，用新的历史眼光去审视、去发现、去摄取，最终使其成为革命文艺的重要组成成分。可以说，在历史话语和知识分子作家创作之间，"民间"起到了中介的作用。"民间"对解放区文学进行了强大

---

① 《毛泽东选集》第2卷，人民出版社1991年版，第708页。

的"渗透和浸润",这种"渗透和浸润"的最直接的成绩就是"催生"了《讲话》发表前在解放区文学中原本不存在的新的文学样式和新的文学要素。在文学样式方面,产生了秧歌剧、长篇叙事诗、新编历史剧等,在文学要素方面则产生了"农民语言"。语言是有意味的形式,农民语言的生成标志着一种历史观在文学中的实现。秧歌剧、长篇叙事诗都是在陕北民间的传统的艺术形式基础上发展起来的,但在秧歌剧和长篇叙事诗中,民间作品中原有的不适合革命需要的内容被过滤掉了,添加进的是一种新的质素。京剧是一种传统艺术,但因为其在民间的广泛流行和被普遍接受,同时也是一种属于民间的艺术。新编历史剧一改传统京剧中帝王将相、才子佳人统治舞台的历史,将人民大众推向舞台的中心。舞台在这里具有了象征意义。这样的一种转换体现出的是将颠倒的历史再颠倒过来的改写历史的努力,意味着对人民大众历史作用的肯定。新编历史剧以形象化的方式演绎了中共的历史观,这是它得到毛泽东高度赞扬的最主要原因。民间文化的集中表现形式——民间艺术的被改造、被利用的过程,也正是其意义被置换的过程。

《讲话》发表以后的解放区文学日益成为新传统的重要载体。延安文艺座谈会召开之前,一种被统称为"小资产阶级自由主义"的情绪在文艺界生长并通过杂文的创作等途径及形式显现出来,在文艺界整风之后,这一切"无序"的现象宣告结束。《讲话》发表之后,作家的历史身份得以重塑,同时,解放区文学在具体形态上的建构,也随着对《讲话》精神的实践,发生了深刻改变,呈现出一种特殊的品格。

王瑶的《中国新文学史稿》这样描述:"在整风运动之前,解放区文艺的主要问题也正是新文学史上流传下来的两个基本弱点——内容上的小资产阶级的思想情感和形式上的欧化。这样的作品虽然也有，或者曾经发生过一定的进步作用，但却并不能尽到真正为工农兵的任务。"在整风运动之后，作家们"检讨了自己过去思想中和作品中存在的某些偏向……进一步与工农兵结合。……而且和过去的'作客'完全不同，从思想情感上和群众打成一片，成为工农兵行列中的一员。他们自己在工作锻炼中得到改造，同时也帮助了群众文艺活动的开展。这就使新文学在中国的土地上，深深地扎下了根基，促成了新的人民文艺的成长"①。周扬的《新的人民的文艺》中所总结的解放区文学，严格意义上说是从延安文艺座谈会开始的，因为"'文艺座谈会'以后，在解放区，文艺的面貌、文艺工作者的面貌，有了根本的改变。这是真正新的人民的文艺"②。报告中所提到的代表作品，如《太阳照在桑干河上》《暴风骤雨》《李家庄的变迁》《王贵与李香香》《白毛女》等几乎都产自这段时期。判断一个时期或地域的创作是否有规模，代表性作品（或曰"经典"）的产生是一个重要指标。延安文艺整风以后，特别是 1945—1949 年，解放区的文学出现了创作的高潮。"甚至自称是反共的夏志清，也认为 1945 年—1949 年是共产党地区作家们的多产时期，尤其是产生了许多小说。"③ 延安文艺座谈会之后，"文艺界开始向着新的方向转变。……在界想上和行动上的步调渐渐归于一致。……毛泽东同志所反映出的为工农大众服务的方向，成为众所归趋的道路"④。随着《讲话》向国统区的传播，随着解放区的不断扩大，它的影响也日益深广。

《讲话》搭建起一种文艺新传统的框架结构。如果说特殊历史时期的革命文艺实践活动是一种行动的话，那么在行动结束之后，"指

---

① 王瑶：《中国新文学史稿》（下册），新文艺出版社 1953 年版，第 208—211 页。
② 周扬：《新的人民的文艺》，《人民文学》1949 年创刊号。
③ 费正清编著：《剑桥中华民国史》第 2 部，章建刚等译，上海人民出版社 1992 年版，第 534 页。
④ 艾思奇：《从春节宣传看文艺的新方向（社论）》，《解放日报》1943 年 4 月 25 日第 1 版。

导行动的信仰范型以及人们对于关系和结构的认识则可以延传"①。《讲话》所指出的方向被称为"文艺的新方向",所谓"新"当然意味着某种转变。《讲话》发表不久,周扬就指出,《讲话》提出了"新文艺运动的根本方针","在战争和农村,以及国内政治环境的种种限制之下要坚持这个方针;在战后和平建国回到大都市的新环境之下仍然要,而且更要坚持这个方针。所以我们今天在根据地所实行的,基本上就是明天要在全国实行的。为今天的根据地,就正是为明天的全国"②。回过头来看历史,周扬的话是极具"预见性"的。

---

① ［美］爱德华·希尔斯:《论传统》,傅铿、吕乐译,上海世纪出版集团 2009 年版,第 26 页。

② 周扬:《艺术教育的改造问题》,《解放日报》1942 年 9 月 9 日第 4 版。

# 太阳·河·"创世"史诗:
# 《太阳照在桑干河上》的再解读

## 一 "太阳"·"河":寻找文本意义的"图标"

解读丁玲的《太阳照在桑干河上》(以下简称《桑干河上》)笔者认为首先应该从作品的"命名"谈起。书名中最引人注目的是那个散发着强劲光芒的赫然升起的"太阳"意象。作者在作品的题名中向人们呈示富于动态感的"太阳"对"河"的照耀,显然具有深远寓意。"太阳"与"河"的意象组合在一定程度上构成了作品的精神框架,作品也正是在"太阳"与"河"的关系中展开它的历史叙事的。"太阳"的出现不仅照亮了作品的主题,同时也赋予了作品浓重的历史感。

意象的选择并非单纯的形式建构,而是一种复杂的精神现象。以意象为中介,文学作品的客观言说与深层意旨之间得以有效沟通。每一个时期的文学都拥有自己独特的意象群落,其内部的意象象征系统和象征符号的意义流变不免受到社会、政治、文化、意识形态等因素的暗示和影响。即使是同一种意象原型,它的表意取向也往往呈多元态势,不同时代具有不同的意旨和表达方式。在中国现代文学中,与历史巨变的时代语境相契合,意象的运用则更加凸显其历史性的内涵。

　　作为远古先民集体无意识中的图腾象征,太阳神在中国以及世界古代的神话中,往往被描绘成以意志创造了宇宙大地和人类万物的至上神灵,充分体现了它伟大的创世能力。与多钟情于具有阴柔之美的"月亮"的古代文学创作不同,在中国现代文学中,拥有巨大能量的太阳意象频频出现在读者面前。在这里,太阳既是光明的象征,同时更象征一种创造精神。这正体现着在特殊的历史语境中人们对光明的希冀和创造未来的激情。如果说郭沫若笔下的太阳意象还体现出五四时期某种个性特征的话,那么在处于一个特殊的地域、文化和意识形态环境中的解放区文学系统中,太阳的意象则更多地呈现为一种在政治无意识作用下的群体性的选择。由于强调文学对现实生活的参与和意识形态功能,追求历史实践和文学艺术的某种同构关系,使得解放区文学的意象系统的建构不是要单纯表达作家内心的精神体验,而是更强调意象的现实功能,也就是用意象来凸显和确定普遍接受的观点。正是这一基本点决定了解放区文学中的太阳意象鲜明、形象而不模糊、晦涩,是在一个非常清晰、明确的定式下创造出的固定化、约定俗成的意象。太阳的意象在解放区文学中往往与中国共产党、党的领袖毛泽东构成一种较为稳定的组合关系。尤其从抗战后期开始,太阳意象的大量复制成为解放区文学创作中一种较为普遍的现象。贺敬之创作于1941年的诗《太阳在心头》中就有这样的句子:"毛主席比太阳更温暖,他比那太阳更长久。"[①] 由陕北农民编写、鲁艺作家整理的《东方红》歌词则更具有标志性意义,在这首家喻户晓的歌曲中,党以及党的领袖的创世者形象变得清晰可见。这种形象的创造在当时

---

① 《延安文艺丛书·诗歌卷》,湖南人民出版社1984年版,第367页。

的国统区也得到了回应，在徐迟的一首长诗中，毛泽东成为一种历史的隐喻："你的名声神话样，好像女娲炼石补天。……这里的人民在期待你大力量的人前来，都知道你想把戈壁荒原化为天堂乐园。"①

在现代作家的意识当中，"河"更多地与民族、国家及其历史发生着联系。沈从文在他的散文中写下这样的文字："千古长流的河水里的石头和砂子，以及水面腐烂的草木，破碎的船板，使我触着了一个使人感觉惆怅的名词。我想起'历史'。"②诗人光未然创作于抗战时期的歌词《黄河大合唱》则直接将黄河与民族和国家相对接。在丁玲的作品中，"桑干河"并非毫无隐意的地点直述，它是以河的原型性象征意旨为基点，对中国现代历史特征的诗性概括。与河的意象相对照，"太阳"无疑是施动者，是《桑干河上》的中心意象。它不仅作为一种可感知的物象在作品中反复出现，同时作者又以歌曲《东方红》作为作品的"主题曲"，使其由工作组成员、小学生等不同身份的人（群）在不同场合多次独唱或合唱，以此不断点击太阳这一意象的象征意蕴。丁玲的这种书写方式显然是有其良苦用心的。在作品中，太阳神话这一古老的原型范式和文化母题被增添了新的时代和历史内涵，再一次以现代的形式演绎着。"河"易于流动的品性回应了"太阳"对它的具有创世意义的炽烈普照。"太阳"的升起最终改变了民族历史的走向，宣告了一个旧时代的结束和一个新纪元的开始。

本书无意于深入探究古老的意象原型在《桑干河上》中的重新被发现、激活和置换，而是以意象的选择和组织为线索，寻找一个恰当的切入点进入丁玲的作品，探寻它与历史的联系，解读其内在的历史意识以及这种历史意识在文学叙事中是如何以话语的形式表达出来的。

---

① 徐迟：《毛泽东颂》，《新华日报》1945 年 8 月 30 日第 4 版。
② 《沈从文文集》第 9 卷，花城出版社 1984 年版，第 254 页。

## 二 历史的"元叙事":影响文学创作内部法则的逻辑力量

历史的"元叙事"是支配具体的历史叙述和历史阐释的纲领,是具有浓厚意识形态色彩的真理性叙事,它最终影响和左右着人们的历史意识。考察 20 世纪 40 年代的解放区文学,历史的"元叙事"与文学创作的关系可以说是一个不可回避的核心问题,它对解放区文学来说绝非仅仅是外在的制约性因素,而是通过其有效的渗透和折射最终成为影响文学创作内部法则的逻辑力量。

由于诸多的历史原因,20 世纪上半叶的中国选择了暴风骤雨式的革命来解决自身存在的种种问题。革命的目的在于彻底摧毁旧有的秩序空间,创造一个新型世界,用毛泽东的话说,就是要"建设一个中华民族的新社会和新国家。在这个新社会和新国家中,不但有新政治、新经济,而且有新文化。……一句话,我们要建立一个新中国"①。在这短短的一段话里,数个抢眼的"新"字占据着表意空间中的关键位置。毛泽东为当时中国人所描述的"新社会和新国家"是中国历史上从未出现过的,因此,新世界的创造也就意味着新历史的创造。

在中共党史的话语表述中,农民阶级在中国几千年的封建社会里一直生活在社会最底层,在国家政治生活中处于无权的地位。历次农民起义都力图建立一个均贫富、等贵贱的平等社会,但其结果不是遭

---

① 《毛泽东选集》第 2 卷,人民出版社 1991 年版,第 663、669、692 页。

到镇压而惨败，就是成为改朝换代的工具，社会结构的更新始终没有得到实现。马克思认为，真正的历史应该是一个不断发生质变的动态过程。在马克思关于中国以及亚细亚历史的描述中，中国社会是停滞不变的，缺乏社会变革的机制。虽然历经政治上的动乱和剧变，但中国的历史一直处于"改朝换代"的循环和僵化状态。[①] 对此，黑格尔也曾指出："中国很早就已经进展到了他今日的情状……一种终古如此的固定的东西代替了一种真正的历史的东西。中国和印度可以说还在世界历史的局外，而只是期待着、等待着若干因素的结合，然后才能够得到活泼生动的进步。"[②] 中国共产党所领导的革命正是在中国特殊的历史语境下"若干因素"结合的产物。中国共产党以同传统的所有制关系实行最彻底决裂的豪迈姿态，带领着她的追随者扫荡着旧世界。中国共产党将自己的事业视为"世界革命"的一部分。"这种'一部分'，已经不是旧的资产阶级革命的一部分，而是新的社会主义革命的一部分。这是一个绝大的变化，这是自有世界历史和中国历史以来无可比拟的大变化。"[③] "开天辟地"的革命使中国汇入世界发展的大潮之中，从根本上打破了中国自身的王朝循环的历史怪圈，从而将中国历史推向世界历史的"进化"轨道，开始了真正的历史进程。

在韩丁的著作《翻身》中，土改被描绘成一个世代受压迫的农民在文化和经济上翻身解放的史诗性事件。由于土改彻底摧毁了封建土地所有制，推翻了古老的社会结构，因而更意味着"整个国家的再生"以及由此进入一个新的世界。[④] 土地改革是历史创造中的重要一环，从这个意义上讲，丁玲是以一种特殊的方式参与了历史的创造过

---

① 《马克思恩格斯全集》第15卷，人民出版社1963年版，第545页。
② ［德］黑格尔：《历史哲学》，王造时译，上海世纪出版集团、上海书店出版社2001年版，第117页。
③ 《毛泽东选集》第2卷，人民出版社1991年版，第663、669、692页。
④ ［美］韩丁：《翻身——中国一个村庄的革命纪实》，韩倞等译，北京出版社1980年版，第716页。

程。《桑干河上》的创作开始于 1946 年,结束于 1948 年,几乎与当时的土改运动同步运行。置身暴风骤雨式的土改进程之中,书写没有经过历史沉淀和时间筛选的刚刚发生和正在进行的重大历史事件,这种颇具"时事性"的写作使作者感到她所反映的土改"比现实中的土地改革更困难"[1]。土改作为真实发生的历史事件,一旦进入文学作品,则变成了建构的"历史",存在着一个如何言说的问题。在海登·怀特看来,事件本身并不构成历史,真正的历史应该指向事件之间的意义或"关系网"。"关系网并不直接存在于事件之中;它存在于历史学家反思事件的脑海里。"[2] 笔者认为,丁玲所提到的"困难"主要就在于这种"关系网"的架构,也就是以什么样的历史观念指导自己用文学叙事这种意识形态的生产手段去书写土改这一历史事件,从而凸显历史想象的深层结构。

解放区文学的历史叙述并非处于一种自在的状态,它是在一定的话语框架中制造出的具有丰富感性的内容。《在延安文艺座谈会上的讲话》(以下简称《讲话》)最终确立了解放区文学的秩序。在《讲话》中,文学被视为革命事业的有机组成部分和推动历史发展的重要力量,这就要求作为历史进程的推动者之一,知识分子必须消解掉自身的学院化色彩和单纯的社会批判的心态,投身到历史的洪流之中,建立起个体与历史发展的密切关联。延安整风运动使知识分子"缴纳一切武装"[3],丁玲也抛弃了险些给她带来灭顶之灾的"另类"书写,实现了自己创作上的转折。梅仪慈这样描述丁玲此时的创作姿态:"丁玲在创作小说时,表现手法在某种程度上仍然必须揭示意识形态的要求对人物塑造、情节结构、表现方式或背景使用产生影响的具体

---

① 袁良骏编著:《丁玲研究资料》,天津人民出版社 1982 年版,第 141 页。
② 张京媛编著:《新历史主义与文学批评》,北京大学出版社 1993 年版,第 174 页。
③ 同上。

和准确的方式。"① 《桑干河上》的创作始终伴随着作者"我更不能犯错误"② 的内心焦虑,同时作者又很自觉地寻找到了一个稳妥的办法来缓解这种焦虑。"我反复去,反复来,又读了些关于土地改革的文件和材料,我对于我的人物选择得要更严格些。我又发现了我在工作中的许多不可弥补的缺点,我看见了我在工作中所不能看到的事和人,我就用我对于现实生活的认识批判来和那些具体的人和事交织在一块,写出我小说的故事和行动。"③ 需要指出的是,丁玲的这种创作姿态在解放区的小说创作中并非个别现象。周立波在创作《暴风骤雨》的过程中,也同样"再次认真地研究了中共中央和东北局关于土地改革的文件"④。历史、政治和个人追求的统一成为作家新的精神指南和力求遵循的准则。在丁玲以文学这种特殊的形式对新的历史行为进行跟踪、想象和建构历史的过程中,富有强烈政治意识形态色彩的历史的"元叙事"无疑为她提供了现成的参照系,使她不至于陷入历史判断的迷惘中苦苦思索如何书写这一段还来不及沉淀的历史。

## 三 "创世"史诗:文学对历史的想象与建构

《桑干河上》是现代文学史中较早反映土地改革运动的长篇小说。土地改革阶段的历史是由千万个中国村庄的历史融汇而成的,《桑干河上》恰恰反映了1946年中共中央"五四指示"发布以后,察哈尔省西部桑干河畔的一个小村庄——暖水屯土改初期的过程,从而折射

---

① 孙瑞珍、王中忱编著:《丁玲研究在国外》,湖南人民出版社1985年版,第530页。
② 袁良骏编著:《丁玲研究资料》,天津人民出版社1982年版,第141页。
③ 同上。
④ 李华盛编著:《周立波研究资料》,湖南人民出版社1983年版,第126页。

出一个时代的历史面貌,揭示出历史运动的本质。《桑干河上》在对土地改革这一汹涌澎湃的创造性活动作全景式宏观把握的基础上,将社会生活的具体历史形态逼真而富有诗意地展现出来,以此来传达一个时代及一个民族的主体精神,揭示出这一中国历史上空前的运动的历史必然性及其在国家、民族的历史进程中的巨大意义。这正是对一个古老的民族走向新生所进行的历史叙事。冯雪峰曾盛赞《桑干河上》是一部"史诗似的作品"①。衡量一部作品是否可以称得上"史诗",是一个涉及具体的文学观等因素的复杂问题,在这里笔者不想赘述。如果遵循当时文学界的评价,《桑干河上》可以称为一部史诗的话,那么它应该是一部"创世"史诗。它立足于重大历史事件,传达出的是中国共产党领导人民缔造新的现代民族国家、创造新世界的历史主旋律。

《桑干河上》最终呈现文学叙事与历史叙事的某种同一性。正如孟悦所说,《桑干河上》等作品为我们提供的是"一种政治意义上的历史形象,或曰,一种社会革命的历史——叙事模式","在新文学呈现的数种历史图景中,唯有这一种提供了能够从过去现在走向未来的途径"。② 的确,五四以来文学作品中的那个支离破碎的乡村世界在解放区文学中被一种强大的力量所整合,重新恢复了统一感,变成一个能够被农民把握和征服的新的世界。与沈从文不同的是,丁玲笔下的桑干河已不再是"百年前或百年后皆仿佛同目前一样""刻满了千年不变无可记载的历史"的河流,这里的人们也不再是只能"感到四时交替的严肃"而"历史对于他们俨然毫无意义"③的依顺天命的蒙昧农民,他们已经成为一股推动历史前行、创造历史的重要力量。作品

① 袁良骏编著:《丁玲研究资料》,天津人民出版社1982年版,第340页。
② 孟悦:《历史与叙述》,陕西人民教育出版社1998年版,第23页。
③ 《沈从文文集》第9卷,花城出版社1984年版,第254页。

中这样写道："暖水屯已经不是昨天的暖水屯了，他们在闭会的时候欢呼。雷一样的声音充满了空间。这是一个结束，但也是开始。"①

新世界的创造及其意义是通过故事的展开而呈现的。小说所讲述的故事开始于一个酷热的雨季，富裕中农顾涌赶着一辆本村罕见的胶皮马车挣扎着、艰难地涉过涨水的河道，缓慢地驶回暖水屯，这辆"来历不明"的马车给平静的村庄带来了"山雨欲来风满楼"的忧虑氛围，同时也透露出路将向哪里走的历史信息。情节迂缓的开篇是作家有意安排的，因为这种写法更有利于从容地展现出历史发展的脉络。

重读《桑干河上》，仍然能够感觉到它来自文学本身的魅力，这种魅力主要来源于作品并没有对土改做简单化处理，而是真实地反映了特定的历史文化语境中农民心理结构的复杂性及其沉重的变迁。对农民觉醒的心路历程的刻画，正是小说故事和情节的中心所在。小说告诉人们这样一个道理：如果不进行精神上的革命，即使农民分得了从地主阶级手里强行剥夺的土地与"浮财"，也不会实现真正意义上的翻身，翻身必须从"翻心"开始。正因为如此，《桑干河上》具有了历史的纵深感。

"翻心"工程的重心是改变农民千百年来形成的历史观念。从领导革命开始，共产党的领导人便发现了蕴藏在农民群体中的巨大的历史推动力量。正如毛泽东所说："中国的革命实质上是农民革命。""农民的力量，是中国革命的主要力量。"② 在毛泽东所谓的革命中，强调的是农民的主体性地位，农民并非被动的利益获得者，而应该是革命中的行动者。农民问题的关键是土地问题，土地改革不仅为了从根本上废除封建的地主土地所有制，而且也为了有效地调动农民投身

---

① 丁玲：《太阳照在桑干河上》，人民文学出版社 1984 年版，第 304 页。

② 《毛泽东选集》第 2 卷，人民出版社 1991 年版，第 663、669、692 页。

革命的积极性,使他们成为真实的历史主体。但人民(在中国主要指农民)是历史的推动者的观念只存在于新形态的历史叙述中,农民自身对于历史赋予他们的革命主体地位并没有自觉的清醒认识,还处在待唤醒的混沌状态。千百年来,建立在地主土地所有制基础上的封建的政权、族权、神权一直是乡村统治的中心,由此衍生出的种种传统意识形态牢牢控制着农民的灵魂。在他们朴素的历史意识中,帝王将相仍然是历史的主角,一切苦难都被归结为一种宿命(在作品中,侯忠全老汉的思想是比较典型的)。在这样的文化背景下,砸碎农民身上的精神桎梏便成为土改工作顺利展开的首要条件。在小说中,作者用了大量的笔墨描写动员大会、诉苦大会、斗争大会的场面,而这些恰恰是完成"翻心"工程的重要路径。通过动员大会,革命的话语得以宣讲,农民具有合法性、优越性的历史主体身份得以确认;通过诉苦大会,接受和认同了革命话语的农民在回忆和控诉中找到了自己受苦受难的根源,阶级意识被最终唤醒;通过斗争大会,农民看到了自身的本质力量,增强了必胜的信心。分得胜利果实的农民渐渐消除了历史的循环观念所导致的对前途疑惧、害怕反动势力复辟的复杂心态,古老的乡村秩序被彻底打破和重组,取而代之的是一个新的天地、新的世界。

体现在中国农民身上的阶级惯性,决定了他们无法依靠自身的力量实现本阶级的翻身解放,此时,来自外部的强大力量的介入便成为一种必然。《桑干河上》中,暗含着一种被有的学者称为"外来者介入"[①]的叙事模式。这些唱着《东方红》,集体性进入乡村的外来者就是拥有强大改造世界的意志和力量的土改工作组。革命与造反以及王朝更迭区别的标志并非不同统治方式的替代,而是社会结构的本质变

---

① 逄增玉:《现代性与中国现代文学》,东北师范大学出版社 2001 年版,第 104 页。

化。工作组携带着中国化了的马克思主义现代性话语进入乡村的历史使命，就是要重构乡村秩序，创建一个崭新的世界。这群陌生的外来者是乡村中从未出现过的，他们用历史的理性目光审视着乡村，同时乡村也以惊奇和疑惑的目光回视着他们。篇首作者向我们展示的宁静、平和的乡村风景暗示着这里尚处于一种非历史的自然和空白状态。工作组进村之后，古老的乡村千年循环的时间轨道发生了"断裂"，更生出一个真正的历史起点，从此开始了它线性发展的历史进程。在工作组之外，县宣传部长章品的形象值得我们注意。这个涉水过来、一现即逝的人物在作品中多少显得有些生硬和神秘。正是他在土改斗争出现复杂僵局的关键时刻及时现身，以超常的智慧点出问题的症结，最终扭转了局势。这个颇具象征意义的人物可以说是真正的"太阳使者"——一个理念的化身，从他身上可以看出土改工作组背后强大的精神力量。

《桑干河上》将土改的尾声安排在中秋节，浑圆、明亮的月亮沐浴着"太阳"的光辉，整个暖水屯沉浸在"创世"之后的宁静与幸福之中。艰难驶进村庄的胶皮马车最后轻快地离去，画出一道历史发展的线性轨迹。尽管丁玲在创作《桑干河上》时，暖水屯所在地区已被国民党占领，但作者还是给我们留下一个光明的结局。这预示着，历史绝不会在挫折中失去方向，它会在某种"必然律"的支配下一路高歌前行。

# 中共历史话语与解放区文学

  在探究中共历史观这一对象时，进化论是一个无法绕开的话题。进化论的引进在近代中国的思想界无疑是一个重大的事件。在民族危亡的时代，中国人对进化论的引进和吸收的真正动因并非出于科学上的需要，而是将其视为救亡图存、寻求变革的一种思想武器。严复翻译的《天演论》严格地说已非原初的进化论，它是将赫胥黎的《进化论与伦理学》进行选择取舍，再融入个人的见解"改装"编译而成的，这样做的目的说到底是切合当时中国国情的需要。《天演论》中的"物竞天择""优胜劣汰""世道必进、后胜于今"的线性进化思想，对中国传统文化中的"天不变，道亦不变"和"今不如古"的历史循环观构成一种极大的冲击，为国人提供了一种全新的关于社会和历史的思维方式，从而引起了以天下为己任的知识分子的强烈共鸣和认同。进化论的观念成为"革命"的合法性依据，邹容说："革命者，天演之公例也；革命者，世界之公理也；革命者，争存争亡过渡时代之要义也；革命者，顺乎天而应乎人者也。"[①] 中共的早期领导人李大钊、陈独秀等都曾受进化论的深刻影响。早年毛泽东在《伦理学原理》批注中说："吾尝虑吾中国之将亡，今乃知不然。……惟改变之事如何进行，乃是问题。吾意必须再造之，使其如物质之由毁而成，

---

① 《邹容文集》，重庆出版社 1983 年版，第 41 页。

如孩儿之从母腹胎生也。国家如此,民族亦然,人类亦然。"① 中国和世界不会灭,而灭亡的只能是旧中国和旧世界,在毛泽东看来,如何摧毁旧世界,建立一个新世界是迫切需要解决的问题。唯物史观的创立与进化论有着密切的关系,同时二者也具有诸多相通之处。唯物史观和进化论都认为人类社会是不断向前发展的,都不同程度地指出这种发展是有规律可循的。正因为如此,进化论自然地成为中国共产党人走向唯物史观的一个阶梯。但尽管这样,唯物史观与进化论还是存在很大差距的。唯物史观承认进化在人类社会发展中的作用,认为长时间的、缓慢的进化还是为革命打下了基础,没有进化也就不可能发生革命。但唯物史观同时认为,在阶级社会中,不管进化对社会发展起到怎样的作用,都不能最终代替革命,即社会制度的变革不能简单地依靠进化来完成,必须借助于突变式的革命去实现。值得一提的是,当中国共产党人和同情他们的知识分子从进化论转向唯物史观之后,进化论的某些观念仍然深深地嵌入在他们的精神框架内,继续影响着他们观照世界和历史的思维方式(如救亡图存的民族主义意识等),甚至影响到他们的文学创作②,但这种影响是在不与唯物史观发生矛盾的条件下,在唯物史观的总体指导下发生的。

马克思主义的唯物史观是中共意识形态系统形成的根本,而中共对于唯物史观的接受和信仰是与建立现代民族国家的历史诉求以及创造一个新世界和新历史的实践目标指向密不可分的。"十月革命"爆发之后,唯物史观在中国开始受到高度重视并得以广泛传播,在以后的十几年里,它迅速占领了中国政治理论阵地的重要位置,成为颇具

① 毛泽东:《〈伦理学原理〉批注》(1917—1918年),转引自中共中央文献研究室、中共湖南省委《毛泽东早期文稿》编写组编著《毛泽东早期文稿》,湖南出版社1990年版,第200—201页。

② 逄增玉对进化论与中国现代文学的关系进行了深入、详细的阐述。参见逄增玉《现代性与中国现代文学》,东北师范大学出版社2001年版,第180—230页。

势力的一种政治学说，"唯物"一词竟成了"革命"的代名词。一种历史观以这种奇迹般的速度传播，这在世界上也是罕见。值得注意的是，这一时期的唯物史观并不为共产党所独据，而是曾被包括"资产阶级"甚至国民党人在内的不同阶层的众多人士共同接受。唯物史观对于人类社会由低级到高级的线性发展阶段的阐述，以及对过去历史的总结和对未来共产主义社会的设想，都给当时的人们带来极大的思想启发和精神振奋。"唯物史观关于历史发展动力的理论以及与之相关的阶级斗争理论，又为人们提供了寻求改造社会的方法。更为重要的是，这种方法已由苏联人使用，并取得了实际的效果。"① 在中国当时的历史背景下，唯物史观恰恰迎合了现实政治的迫切需要，为中国社会的改造提供了一件现成的思想"利器"。正如魏斐德所分析的，"毛泽东和他同时代的其他人只是在形形色色的本土及外国的形而上学中选择了马克思主义这样一种历史哲学"，原因在于"它能把他们的理想与可能统一起来"②。在中国现代史上，伴随着进化史观的传入和知识分子、政治家们对国家、民族命运的思考，曾产生过孙中山的"民生史观"、常乃德的"生物社会史观"、朱谦之的"生命史观"以及雷海宗、林同济的"文化形态史观"等诸多历史的观念。这些历史观的建立者和传播者不仅明确地意识到自己是在探讨历史观的问题，而且公开指明要通过历史观的研究来达到某种理想和目标。这些历史观都是为了某种特定的政治目的而有意识地建立和传播的，蕴含着对历史和现实的自觉的思考，体现了人们的政治思想和理想追求，本质上具有政治的属性。同样，对唯物史观的接受和阐释也是如此。在共产党早期领导人中，李大钊是较早全面、系统地介绍唯物史观的一

---

① 黄敏兰：《学术救国：知识分子历史观与中国政治》，河南人民出版社1995年版，第30页。

② ［美］魏斐德：《历史与意志：毛泽东思想的哲学透视》，郑大华等译，贵州人民出版社1994年版，第303页。

位，他的宣传和倡导对确立唯物史观在中共政治思想领域里的核心地位起了至关重要的作用。在李大钊看来，唯物史观作为与旧历史观相对的新历史观，首先应该是"社会学上的一种法则"①，他对唯物史观的研究和宣传首先是出于用它来解决中国实际政治问题的目的。他指出，我们"应该细细地研究马克思的唯物史观怎样应用于中国今日的政治经济情形。详细一点说，就是依马克思的唯物史观以研究怎样成了中国今日政治经济的情状，我们应该怎样去作民族独立的运动，把中国从列强压迫之下救济出来"，如果真能达到这样的目的，"那么马克思的学说真是拯救中国的导星"②。在中国当时特殊的历史环境里，人们往往不是从对历史研究的兴趣，从个人的感受出发，而是从对现实社会问题的关注出发去探讨历史观，并用历史观来指导整个社会的政治运动。从这一点看，历史观更大程度上是人们思考政治问题、表达政治思想的一种特殊方式。③

唯物史观是对人类活动的本质、历史发展的动力、人类社会的结构、社会发展的形态和规律等普遍性问题的思考。唯物史观认为物质生产是人类最基本的活动。马克思说："人们在自己生活的社会生产中发生一定的、必然的、不以他们的意志为转移的关系，即同他们的物质生产力的一定发展阶段相适合的生产关系。这些生产关系的总和构成社会的经济结构，即有法律的和政治的上层建筑竖立其上并有一定的社会意识形式与之相适应的现实基础。物质生活的生产方式制约着整个社会生活、政治生活和精神生活的过程。不是人们的意识决定人们的存在，相反，是人们的社会存在决定人们的意识。"以对社会结构的分析为基础，马克思阐述了关于社会发展动力的观点，认为生

---

① 《李大钊文集》下册，人民出版社1984年版，第359页。
② 同上书，第711—712页。
③ 参见黄敏兰《学术救国：知识分子历史观与中国政治》，河南人民出版社1995年版，第15—18页。

产力和生产关系的矛盾和统一的运动，推动了人类历史发展。当生产关系变成生产力发展的桎梏时，"社会革命的时代就到来了"，而"随着经济基础的变更，全部庞大的上层建筑也或慢或快地发生变革"①。一切领域中的进步和变革，都有革命的意义。马克思说："革命是历史的火车头。"② 革命在社会发展和历史进步中起着重大的推动作用，因为从旧的社会形态向新的社会形态转换，必须通过社会革命才能实现。在阶级社会中，这种生产力和生产关系的矛盾和冲突直接引起的革命，则表现为阶级斗争。"到目前为止的一切社会的历史都是阶级斗争的历史。"③ 在阶级社会中，阶级斗争就是历史发展的动力。唯物史观认为，由阶级斗争所推动的人类历史将是一个有规律的由低级向高级发展的线性过程，呈现出一种阶段性，其最终指向是共产主义。上述为唯物史观的基本原理，以此为根基也衍生出诸多相关的历史观念。唯物史观认为，历史的发展遵循着一种必然性，但也具有某些偶然性，这种偶然性表现之一就是个人（英雄人物）在历史中可能起到的作用。但显然唯物史观更加强调的是"集体"的作用，认为人民群众不但是社会物质财富和精神财富的创造者，同时也是社会变革和推动历史发展的决定性力量，社会革命能使人民群众发挥出创造历史的巨大主动性、积极性和创造性。正如列宁所说："革命是被压迫者和被剥削者的盛大节日。人民群众在任何时候都不能像在革命时期这样以新社会制度的积极创造者的身份出现。在这样的时期，人民能够作

---

① ［德］马克思：《政治经济学批判》序言，中共中央马克思、恩格斯、列宁、斯大林著作编译局编著《马克思恩格斯选集》第 2 卷，人民出版社 1972 年版，第 82—83 页。

② ［德］马克思：《1848 年至 1850 年的法兰西阶级斗争》，中共中央马克思、恩格斯、列宁、斯大林著作编译局编著《马克思恩格斯选集》第 1 卷，人民出版社 1972 年版，第 474 页。

③ ［德］马克思、恩格斯：《共产党宣言》，中共中央马克思、恩格斯、列宁、斯大林著作编译局编著《马克思恩格斯选集》第 1 卷，人民出版社 1964 年版，第 24 页。

出从市侩的渐进主义的狭小尺度看来是不可思议的奇迹。"① 对于"暴力",唯物史观虽然持一种较为复杂的态度,但也在很大程度上肯定了它的历史作用。恩格斯说:"暴力在历史中还起着另一种作用,革命的作用;暴力,用马克思的话说,是每一个孕育着新社会的旧社会的助产婆;它是社会运动借以为自己开辟道路并摧毁僵化的垂死的政治形式的工具。"②

在解放区,以毛泽东为代表的共产党人用唯物史观阐明中国历史发展规律,试图以此解决中国革命问题,为中国指出光明的前程。可以说,中共的整个意识形态,从世界观到方法论都是由唯物史观一统到底的。恩格斯曾经说过,对马克思主义者来说"历史就是我们的一切,我们比任何一个哲学学派,甚至比黑格尔,都更重视历史;在黑格尔看来,历史不过是检验他的逻辑结构的工具"③。预知大道,必先为史。毛泽东以唯物史观作为中共的历史观的核心,并号召人们将其用于历史研究和学习之中。20 世纪 40 年代初期,毛泽东针对当时党内存在的"不注重研究现状,不注重研究历史,不注重马克思列宁主义的应用"④ 等不良风气,一再要求有关方面加强对近百年中国历史(包括专门史)的研究。他在《改造我们的学习》中提议:"对于近百年的中国史,应聚集人才、分工合作地去做,克服无组织的状态,应先作经济史、政治史、军事史、文化史几个部门的分析和研究,然后

---

① 〔俄〕列宁:《社会民主党在民主革命中的两种策略》,中共中央马克思、恩格斯、列宁、斯大林著作编译局编著《列宁选集》第 1 卷,人民出版社 1960 年版,第 601 页。

② 〔德〕恩格斯:《反杜林论》,中共中央马克思、恩格斯、列宁、斯大林著作编译局编著《马克思恩格斯全集》第 20 卷,人民出版社 1971 年版,第 200 页。

③ 〔德〕恩格斯:《英国状况:评托马斯卡莱尔的"过去和现在"》,中共中央马克思、恩格斯、列宁、斯大林著作编译局编著《马克思恩格斯全集》第 1 卷,人民出版社 1956 年版,第 650 页。

④ 毛泽东:《改造我们的学习》,中共中央文献编辑委员会编著《毛泽东选集》第 3 卷,人民出版社 1991 年版,第 797 页。

才有可能作综合的研究。"① 此后，以延安为政治中心的解放区的历史研究开展得异常活跃。在延安的中央研究院，设有专门的史学机构——中国历史研究室②，而且学术研究的进行也呈组织化、计划化。毛泽东酷爱、重视历史，终其一生都在研究历史，研究中国革命及人类社会发展的规律，根据对规律的认识指导革命。他所领导的"延安整风"就是以研究中共历史为开端，以总结中共历史为尾声的。和李大钊等人一样，他的历史研究并非纯书斋式的，引导中国人民认清前进的道路，"走历史必由之路"③ 才是其真正的目标指向。

毛泽东在 1920 年 11 月 25 日给向警予的信中说："政治界暮气已深，腐败已甚，政治改良一涂，可谓绝无希望。吾人唯有不理一切，另辟道路，另造环境一法。"④ 1921 年 1 月 1 日和 2 日，《在新民学会长沙会员大会上的发言》中，毛泽东断然否定了改良，认为"改良是补缀办法"，而主张用"改造"的办法来"改造中国和世界"，提出："激烈方法的共产主义，即所谓劳农主义，用阶级专政的方法，是可以预计效果的，故最宜采用。"⑤ 在这里，"改造"本义就是指政治革命，革命的目的不是"改朝换代"，而是革命阶级推翻反动阶级的政治统治，以新的社会制度取代旧的社会制度，从而造成社会形态的质

---

① 毛泽东：《改造我们的学习》，中共中央文献编辑委员会编著《毛泽东选集》第 3 卷，人民出版社 1991 年版，第 802 页。

② 中央研究院前身为马列学院，成立于 1938 年，1941 年 5 月改组为马列研究院，1941 年 8 月改名为中央研究院，被确定为"培养党的理论干部的高级研究机关"。1943 年 5 月 4 日，中央研究院成为中共中央党校第三部。1938 年 5 月马列学院即建立了"历史研究室"，成员有尹达、佟冬和杨绍萱等。1940 年 1 月，范文澜抵达延安，被任命为马列学院历史研究室主任，并主持"中国通史"编写工作，此时的中国历史研究室可以被称为真正意义上的史学研究机构。

③ 毛泽东：《五四运动》，中共中央文献编辑委员会编著《毛泽东选集》第 2 卷，人民出版社 1991 年版，第 559 页。

④ 毛泽东：《致向警予信（1920 年 11 月 25 日）》，中共中央文献研究室、中共湖南省委《毛泽东早期文稿》编写组编著《毛泽东早期文稿》，湖南出版社 1990 年版，第 548 页。

⑤ 毛泽东：《在新民学会长沙会员大会上的发言（1921 年 1 月 1 日、2 日）》，中共中央文献研究室编著《毛泽东文集》第 1 卷，人民出版社 1993 年版，第 1—2 页。

变的历史行为。革命就是进步，而且是不可抗拒的，在道义上是不可怀疑的。1921年1月21日，毛泽东在给蔡和森的一封信中说："唯物史观是吾党哲学的根据，这是事实，不像唯理观之不能证实而容易被人动摇。"① 此时的毛泽东已开始用阶级斗争的观点和阶级分析的方法，观察中国社会和中国历史。毛泽东依据唯物史观认定中国的革命是必然发生的。历史唯物主义作为一种面向未来的学说，深刻地影响着毛泽东对中国历史走向的思考以及一些规律性论断的提出。在毛泽东"新中国"的构想中，历史是合规律、合目的的线性的发展过程，而革命成功后的中国将是一个历史上从未有过的美好的新世界。毛泽东认为，"新陈代谢是宇宙间普遍的永远不可抵抗的规律……任何事实的内部都有其新旧两个方面的矛盾，形成了一系列的曲折斗争。斗争的结果，新的方面由小变大，上升为支配的东西；旧的方面由大变小，变成逐步归于灭亡的东西。而一当新的方面对于旧的方面取得支配地位的时候，旧事物的性质就变化为新事物的性质"②，"斗争，失败，再斗争，再失败，再斗争，直到胜利——这就是人民的逻辑。"③毛泽东将中国历史看作一部阶级斗争的历史，认为"阶级斗争，一些阶级胜利了，一些阶级消灭了。这就是历史，这就是几千年的文明史。拿这个观点解释历史的就叫作历史的唯物主义，站在这个观点的反面的是历史的唯心主义"④。毛泽东发展和完善了在历史唯物主义指导下的中共的历史叙事。中国历史和现实革命的实际使毛泽东更注重的是农民和封建统治者的阶级矛盾和斗争，他高度评价中国历史上的农民起义和农民战争的作用，指出："中国历史上的农民起义和农民

① 《毛泽东书信选集》，人民出版社1983年版，第15页。
② 毛泽东：《矛盾论》，中共中央文献编辑委员会编著《毛泽东选集》第1卷，人民出版社1991年版，第323页。
③ 毛泽东：《丢掉幻想，准备斗争》，中共中央文献编辑委员会编著《毛泽东选集》第4卷，人民出版社1991年版，第1487页。
④ 同上。

战争的规模之大，是世界历史上所仅见的。在中国封建社会里，只有这种农民的阶级斗争，农民的起义和农民的战争，才是历史发展的真正动力。因为每一次较大的农民起义和农民战争的结果，都打击了当时的封建统治，因而也就多少推动了社会生产力的发展。"① 毛泽东高度强调人民大众的历史地位，他反复指出："人民，只有人民，才是创造世界历史的动力。"② 而在毛泽东那里，"人民"更多的是与"工农兵"尤其是农民发生着密切联系。对于前人的历史，毛泽东提醒人们："今天的中国是历史的中国的一个发展；我们是马克思主义的历史主义者，我们不应当割断历史。从孔夫子到孙中山，我们应当给以总结，承继这一份珍贵的遗产。这对于指导当前的伟大的运动，是有重要的帮助的。"③ 在如何对待中国古代文化遗产的问题上，自五四以来一直存在分歧。在《新民主主义论》中，毛泽东指出："我们必须尊重自己的历史，绝不能割断历史。但是这种尊重是给历史以一定的科学的地位，是尊重历史的辩证法的发展。"他认为"清理古代文化的发展过程，剔除其封建性的糟粕，吸收其民主性的精华，是发展民族新文化提高民族自信心的必要条件；但是决不能无批判地兼收并蓄。必须将古代封建统治阶级的一切腐朽的东西和古代优秀的人民文化即多少带有民主性和革命性的东西区别开来"，同时"对于人民群众和青年学生，主要地不是要引导他们向后看，而是要引导他们向前看"，这就是文化的古为今用应遵循的原则。对于西方文化，毛泽东指出："中国应该大量吸收外国的进步文化，作为自己文化食粮的原料，这种工作过去还做得很不够。这不但是当前的社会主义文化和新

---

① 毛泽东：《中国革命和中国共产党》，中共中央文献编辑委员会编著《毛泽东选集》第 2 卷，人民出版社 1991 年版，第 625 页。

② 毛泽东：《论联合政府》，中共中央文献编辑委员会编著《毛泽东选集》第 3 卷，人民出版社 1991 年版，第 1031 页。

③ 毛泽东：《中国共产党在民族战争中的地位》，中共中央文献编辑委员会编著《毛泽东选集》第 2 卷，人民出版社 1991 年版，第 534 页。

民主主义文化，还有外国的古代文化，例如各资本主义国家启蒙时代的文化，凡属我们今天用得着的东西，都应该吸收。"但这种洋为中用"决不能生吞活剥地毫无批判地吸收"，应去其"糟粕"，"吸收其精华"。① 延安时期是毛泽东历史观念的建构趋于成熟的时期，延安整风之后毛泽东的地位在共产党内得以确立，他的历史观念也随之具有了代表性意义。

德里克指出："对于马克思主义史家来说，历史既不是一种消遣，也不仅是一项学术事业；而是具有明显的功能性和实践性。"② 从一定意义上来说，中共对唯物史观的阐释和运用的过程，也是一个从它的基本原理出发，立足本身的客观实际和客观需要进行再理解和再创造的过程。唯物史观的确与 20 世纪中国的革命性变革具有密切的关联性，但同时，中共的历史观念并非马克思主义在中国的简单移植，而是以之为基本立足点，根据中国革命的实际情况对历史唯物主义的一种创造性的运用，反对的恰恰是教条主义的公式化、绝对化和简单化。毛泽东对此进行了明确说明："任何思想，如果不和客观的实际的事物相联系，如果没有客观存在的需要，如果不为人民群众所掌握，即使是最好的东西，即使是马克思列宁主义，也是不起作用的，我们是反对历史唯心论的历史唯物论者。"③ 解放区史学的研究方向"在于历史唯物论的中国化"④，也就是说运用历史唯物论的基本原理分析、研究、解决中国革命问题，把历史与革命实践结合起来。"历史"与政治共用一个话语系统，在解放区成为一种显在的事实。战争

---

① 毛泽东：《新民主主义论》，中共中央文献编辑委员会编著《毛泽东选集》第 3 卷，人民出版社 1991 年版，第 706—708 页。

② ［美］阿里夫·德里克：《革命与历史：中国马克思主义历史学的起源，1919—1937》，翁贺凯译，江苏人民出版社 2005 年版，第 3 页。

③ 毛泽东：《唯心历史观的破产》，中共中央文献编辑委员会编著《毛泽东选集》第 4 卷，人民出版社 1991 年版，第 1515 页。

④ 金灿然：《中国历史学的简单回顾与展望》，《解放日报》1941 年 11 月 22 日第 4 版。

的环境和革命斗争的需要使解放区在对唯物史观的运用和阐释上难免持一种非此即彼的断然态度，对一些问题的具体说法也随着形势的变化而进行细微的调整，这些因素都促使在特殊的历史语境中形成的中共历史观中不可避免地包含了许多复杂性的因素。因此，有人认为"革命史观"是以毛泽东为代表的中共历史观最为鲜明的特征，"所谓革命史观，就是从现实革命斗争的需要出发，从革命者的立场与视野来研究和品评以往革命斗争史中的事件与人物的一种历史观。它既是毛泽东对历史唯物主义具体化或中国化的一种理论表达形式，又是毛泽东思想的一个重要组成部分"[①]。当然，对这一问题的进一步探讨已超出了本书的研究范围，但它作为一种提示对于我们全面理解中共历史观和在它辐射下的解放区的文学现象还是大有帮助的。

李大钊说："故历史观者，实为人生的准据，欲得一正确的人生观，必先得一正确的历史观。"[②] 历史观的教育不但可以帮助人们树立正确的人生观，而且还可以使人提高政治觉悟，焕发起为新世界奋斗的革命的热情，正如列宁所说："没有革命的理论，就不会有革命的运动。"[③] 在政权的支持和意识形态的导引下，中共的历史观念在解放区以学术化或大众化的方式得以广泛传播。历史教育在解放区受到高度重视。延安的"抗大"、陕北公学大学部、延安大学等干部学校以及"抗大"附设中学等中小学均开设历史课，而在在职干部的政治学习中，"历史"也是必不可少的内容之一。"抗大"创办之后，在教员和教材缺乏的情况下，张闻天带头讲课，并组织了一个教研组织"中国现代革命史研究会"，参加研讨会的有刘亚楼、张爱萍等人，他们一面听张闻天讲课，一面在张闻天的指导下加工讲稿，并转授其他学

---

① 郭世佑：《毛泽东的革命史观与中国近代史研究》，《社会科学战线》1995年第3期。

② 《李大钊文集》（下册），人民出版社1984年版，第264页。

③ ［俄］列宁：《俄国社会民主党人的任务》，中共中央马克思、恩格斯、列宁、斯大林著作编译局编著《列宁全集》第2卷，人民出版社1984年版，第443页。

员，这些讲稿经张闻天修改、审订后，命名为《中国现代革命运动史》，于 1937 年冬由延安解放社出版。这本以马克思主义观点研究和编写的中国革命史著作被解放区的各种干部学校列为教材。① 作为"实现中共文艺政策的堡垒与核心"② 的鲁迅艺术学院，在 1941 年 6 月制定的招生章程中，将"以马列主义的理论与立场，培养适合抗战建国需要之艺术文学人才，为建立中华民族新民主主义的艺术文学而奋斗"③ 的办学方针列在首条的位置上，人才培养的"历史指向"十分明确。在该章程公布的课程的设置中，"唯物史观"等被作为共同必修课列入教学计划。④ 李维汉《在鲁艺第二次工作检查总结大会上的讲话》中着意告诫知识分子"要学习社会历史知识"。他将"历史"与创作联系起来，指出："在目前，我们要特别强调一门学科，即关于社会历史知识的学科。在别的学校如此，在鲁艺尤其重要，因为这是现实主义的重要条件之一。……因没有这，就不能认识中国的情形。"⑤ "历史"的渗透"塑造了知识分子关于中国之过去、现在和未来的观念"⑥，使包括作家在内的解放区革命阵营中的每一个成员都沉浸在历史意识之中。

"历史"将革命文学拉入一个新的生长环境和运行轨道。解放区作家不是在可以选择的历史条件下，而是在一种直接遇到的、无法预

---

① 张培森编著：《张闻天研究文集》第 2 集，中共党史出版社 1993 年版，第 344 页。

② 罗迈（李维汉）：《鲁艺的教育方针与怎样实施教育方针》（1939 年 4 月 10 日），《延安文艺丛书》（文艺理论卷第 1 卷），湖南文艺出版社 1987 年版，第 786 页。

③ 《鲁迅艺术文学院招生章程》，转引自《延安文艺丛书》（文艺史料卷第 16 卷），湖南文艺出版社 1987 年版，第 647 页。

④ 鲁艺的招生章程中公布了新的三年的修业年限和修业课目。在"共同必修学科"中有"共产主义与共产党""中国问题""马列主义""唯物史观""唯物辩证法"等。参见《鲁迅艺术文学院招生章程》，《延安文艺丛书》（文艺史料卷第 16 卷），湖南文艺出版社 1987 年版，第 648 页。

⑤ 李维汉：《在鲁艺第二次工作检查总结大会上的讲话》（1941 年 4 月 28 日），《延安文艺丛书》（文艺理论卷第 1 卷），湖南文艺出版社 1987 年版，第 812—813 页。

⑥ ［美］阿里夫·德里克：《革命与历史：中国马克思主义历史学的起源，1919—1937》，翁贺凯译，江苏人民出版社 2005 年版，第 2 页。

约的条件下进行他们的文学活动的。随着抗战的爆发与陕北红色根据
地的建立和巩固，革命文学也完成了"上海—延安""城市—乡村"
的中心位移，从此在一个新的人文地理环境和外部的战争环境中开始
了它新的行程。新的空间代表着一个新的时代，在这个时代中，文学
承担起新的历史任务，同时也面对着新的接受对象、新的需要解决的
问题。这种空间上的文学中心转换对于革命文学来说显然具有时间
（历史）的意义，它预示着一个新的文学时代即将来临。这个文学的
新时代是在与过去的文学的"断裂"中开始起步的。探求解放区文学
的源流，可以说左翼文学是它最直接、最主要的精神资源，解放区文
学与五四文学的联系也是通过左翼文学这个"中介"建立起来的。随
着大批左翼作家的到来，左翼文学"正面"和"负面"的因素也进入
了解放区。延安文艺界整风结束前的一个时期，是左翼文学进入解放
区和它最终被改造成"工农兵文学"之间的"缓冲阶段"，此时的文
学创作在很大程度上还保持着原有的惯性。其间发生的"杂文运动"
恰恰集中体现了这种惯性的作用。杂文作家们的"还是杂文时代"的
主张显然与新的历史要求发生了"错位"，这就难免使曾经被视为新
世界代言者的杂文的创作在解放区成为"旧世界"的余响。《讲话》
指出五四以来革命文学的种种缺憾，宣布了文学旧时代的终结和文学
新时代的开始。在这个文学新时代中，旧有的文学观念和审美原则遭
到了彻底颠覆，一种前所未有的新型文学随之产生。延安文艺界整风
之后，解放区便开始了对左翼文学的全面反省。从上海到延安，左翼
文学经历了一个被"纯化"和改造的复杂曲折的过程，不可避免地充
当了解放区文学生成和发展的历史"中间物"，从而与解放区文学在
诸多方面形成了差距。

　　"历史"对解放区文学规约，首先体现在它对文学观念嬗变的影
响上。在这一方面，唯物史观对新文学观念的建立和旧文学的批判起

了重要作用。解放区的文学观念集中体现在毛泽东的《讲话》之中。在《讲话》中，毛泽东提出了前所未有的"实践的文学"的观念。可以说，实践观是《讲话》的理论出发点，"实践的文学"是其精神的核心，其他如文艺的工农兵方向的提出，对文学的阶级性、文学与政治关系、知识分子作家的改造等问题的阐述都是围绕这个中心展开的。马克思主义始终把艺术看作一种实践活动形式和生产的一种特殊形态。在毛泽东那里，文学创作不仅仅被理解为对可满足人们审美需要的静态作品的建构，同时更被理解成一种可以改造世界的动态的实践过程。"改造"体现为客观世界的改造和主观世界的改造两个方面，而改造客观世界的最主要的方式就是革命。李大钊将马克思主义称为"世界改造原动的学说"①，中共所主张的"革命"也正是一种改造世界的历史性实践。在《讲话》中，毛泽东将文学视为"军队"和"武器"，赋予它现实的功能和创造历史的重任。毛泽东强调文学从属于政治，但政治在这里已不仅仅是观念形态的东西，而是体现为一种与革命一体的"行动的政治"，这种行动的政治的内容随客观情势的变化而变化，就《讲话》发表的当时来讲，对外的抗战和对内与国民党政权的斗争则是一种最大的政治。毛泽东认为，文学应该与革命的实践保持一体化，成为革命机器上的"齿轮"和"螺丝钉"。毛泽东强调文学应该为推动历史发展的主体——人民大众服务，服务的过程也是塑造历史主体、参与历史实践的过程。在当时的中国，人民大众的范畴是被历史所规定的，它最为重要的部分就是工农兵，文艺为大众服务，实际上就是为工农兵服务。在毛泽东看来，以往文学的最大不足恰恰表现在没有很好地与工农兵结合上。作家的文学观念不是凭空产生的，而是与其世界观相关联的。毛泽东十分重视作家主观世界即

---

① 《李大钊文集》下册，人民出版社1984年版，第47页。

世界观的改造，其目的是使作家用改造后的观念去指导自己的革命实践。他号召作家学习马克思主义，形成对"历史"的正确认识，将个人的小资产阶级立场转换为无产阶级立场，将个体解放和群体解放以及整个社会的解放联系在一起。毛泽东为作家指出一条获得新生之路，那就是走向民间，与工农兵相结合，与革命实践相结合，在实践中实现"脱胎换骨"的彻底改造。毛泽东认为，革命的文艺作为一种意识形式，是人民生活在革命作家头脑中的反映的产物，因此作家只有投入革命实践中才能寻找到创作的源泉，而革命的文学实践及其在社会大众中产生的效果，则是检验作家主观世界的最终标准。

梁启超所倡导的"诗界革命"以及五四时期掀起的"文学革命"，并非纯属文学方面的变革，"而是与本世纪（指 20 世纪——引者注）初的政治革命构成密切、复杂的关系"①，从这个角度来看，那个时期的文学也具有某种"实践"的性质。马克思说："把一个名词用于不同的意义上，是很容易引起误会的，但没有一种科学能把这个缺点避免掉。"② 因此，我们有必要区分一下彼时的"革命""实践"与《讲话》中"革命""实践"的不同含义。列宁说："从马克思主义观点来看，革命究竟是什么意思呢？这就是用暴力打碎陈旧的政治上层建筑，即打碎那由于和新的生产关系发生矛盾而到一定的时机就要瓦解的上层建筑。"③ 毛泽东所说的革命，"是暴动，是一个阶级推翻另一个阶级的暴烈的行动。"④ 它作为一种改造世界的实践活动，要推翻的是几千年根深蒂的固旧制度，从而实现中国历史的质变。左翼无产阶

① 陈建华：《"革命"的现代性：中国革命话语考论》，上海古籍出版社 2000 年版，第 216 页。

② ［德］马克思：《政治经济学批判》，人民出版社 1961 年版，第 150 页。

③ ［俄］列宁：《社会民主党在民主革命中的两种策略》，中共中央马克思、恩格斯、列宁、斯大林著作编译局编著《列宁选集》第 1 卷，人民出版社 1960 年版，第 616 页。

④ 毛泽东：《湖南农民运动考察报告》，中共中央文献编辑委员会编著《毛泽东选集》第 1 卷，人民出版社 1991 年版，第 17 页。

级文学强调文学的革命实践功能，但更多体现为一种观念的思考，由于历史条件的限制，那时的文学还不能真正地与革命实践相结合。马克思认为："社会生活在本质上是实践的。凡是把理论导致神秘主义方面去的神秘东西，都能在人的实践中以及对这个实践的理解中得到合理的解决。"① 左翼无产阶级文学的实践的"焦虑"在解放区得到了解决。《讲话》中不但系统地指出了革命文学实践的性质、方向、任务，同时也指出了实践的步骤、方式和具体的要求。随着《讲话》的"经典化"的完成，这种实践的观念的纲领性地位被确立起来，成为指导文学创作的政策的精神核心。可以说，《讲话》开启了文学的新的历史，从此文艺不再仅仅局限于文化革命范围内与旧世界的对抗。

中共的历史话语规定了解放区文学的行动目标和行为特征，文学介入了历史，成为历史进程中的重要"事件"和历史话语的实践者。由于诸多的历史原因，20世纪上半叶的中国选择了暴风骤雨式的革命来解决自身存在的种种问题。革命的目的在于彻底摧毁旧有的秩序空间，建立一个全新的中国，从而打破中国历史的循环状态，创造一种崭新的历史。与新历史的开启相呼应，具有历史创造意义的新的文化、新的文学艺术必然建立。在40年代初，中共领导层就提出"要在文化上、思想意识上，动员全国人民为抗战建国而奋斗，建立独立、自由、幸福的新中国，建立中华民族的新文化，以最后巩固新中国"②。新文化的建设被纳入建立新中国的历史进程中，与无可阻挡的巨大历史力量相结合。作为新文化的重要组成部分，解放区的文学理所当然要呼应新历史的召唤，并以自己的特殊方式参与历史的创造过程。处于这样一种特殊时空背景下的解放区文学，自然要把颠覆旧世

---

① ［德］马克思：《关于费尔巴哈的提纲》，中共中央马克思、恩格斯、列宁、斯大林著作编译局编著《马克思恩格斯选集》第1卷，人民出版社1972年版，第18页。

② 洛甫（张闻天）：《抗战以来中华民族的新文化运动与今后任务》，《中国文化》1940年4月15日第1卷第2期。

界、创造新世界作为文学在历史进行中的主要作用和功能。解放区文学的话语意义首先存在于与历史实践真实的对接关系之中,在这种对接中,作家及其作品的性质得以确定。本书探讨"历史"的规约与解放区文学的关系,并非意味着解放区文学就只是一个被规约的被动的客体,恰恰相反,它是自觉地以主动的姿态投入历史的创造活动之中的,从而成为塑造历史的一股重要的力量。解放区文学所最终追求的并非只是客观地反映现实,而是对现实的改造,具有"实践的文学"的特征。解放区文学作为一种重要的力量被纳入创造历史的革命实践中,它的历史性来自革命实践活动的历史性。

"历史"改变着解放区作家的精神结构。解放区所处的边缘的地理位置并没有使这里的人们产生一种文化上的边缘感,恰恰相反,弥漫在解放区的却是一种文化上的中心意识。这种中心意识是与革命的"创世(创史)"意义紧密相连的。在中共的政治和历史叙述中,解放区被视为真理的汇聚之所、全国的模范、新中国的试验场和新历史的起源地,具有一种强大的"辐射"功能。生活在这里的作家们自然被赋予了"中心人"的身份,产生了一种"真理在手"的自觉的"中心意识"和承担创造新历史责任的神圣感以及一种浓重的"创世(创史)"情怀。他们以虔诚的"朝圣"心态来到解放区,对这一"创世圣地"投注了宗教般的"敬畏"和"膜拜"之情。唯物史观影响着解放区作家理解世界的思维方式,促使他们与过去的"旧我"决裂。他们改变了旧有的"启蒙"心态,农民在他们眼中不再是待批判的麻木的、愚昧的芸芸众生,而是转化为"群众",是推动历史发展的主力军,是他们学习的榜样。乡村在他们眼中也不再是藏污纳垢的民间,而是充满着蓬勃的历史力量,是他们创作的源泉所在。知识分子作家自觉认同"历史"的律令,走向民间,在强烈的"忏悔意识"伴随下,进行从肉体到精神的全面改造,在宏大的历史进程中调整自己的位置，将个体融入集体之中。他们以自己特殊的方式参与着历史的创造，在革命文学实践中进行自我的确证。唯物史观所描绘的历史发展的美好前景使作家们相信黑暗是暂时的，等待他们的将是一个光明的世界，解放区的天在他们眼中永远是明朗的。在"历史"的规约下，他们消解掉自身的学院化色彩以及单纯的社会批判的心态，成为新世界的光明的"歌者"。在解放区，肩负启蒙责任的知识分子同时增加了一个被改造的身份，这种双重身份的尴尬常使作家处于失语状态。值得注意的是，在解放区的文学创作中，五四以来的知识分子话语受到抑制和改造，但并未完全消失，在文学作品中仍有或隐或显的表达。解放区作家的精神结构作为一种观念框架，制约着他们文学创作的伸展路向。

"延安整风"以后，解放区文学的内部和外部形态都发生了深刻变化，形成了其作为一种新意识形态的基本构架。解放区文学创作总是在明确的历史总体性认识的指导下展开，在文学叙事中，历史的本质规律被呈示得非常清楚，呈现为一个动态的、历史化的过程，也就是"从历史发展的总体观念来理解把握社会现实生活，探索和揭示社会发展的本质和方向，从而在时间整体性的结构中来建立文学世界"①。鲁迅在《文艺与政治的歧途》中曾说过："文艺家的话其实还是社会的话，他不过感觉灵敏，早感到早说出来。"② 如果用这句话衡量解放区文学创作的话，它的前半部分还是适用的，而后半部分则显得与对象有些隔膜。实际上，解放区文学创作是在一种观念的引领下进行的，而这种观念在更多时候要领先于作家的感觉。元叙事（metanarrative）是支配具体的历史叙述和历史阐释的纲领，是具有浓厚意识形态色彩的真理性叙事，它最终影响和左右着人们的历史意识。解

---

① 陈晓明：《表意的焦虑》，中央编译出版社 2002 年版，第 475 页。
② 《鲁迅全集》第 7 卷，人民文学出版社 1981 年版，第 116 页。

放区文学正是自觉地遵循这种历史的元叙事进而展开它的文学叙事的。解放区文学并非由纯粹的文学要素构成，它是在一定的话语框架中制造出的具有丰富感性的内容，历史的观念在解放区文学的文本架构中得以充分展示。政治化的历史叙事结构决定了解放区文学的文本结构，文学叙事与历史叙事的同构是解放区文学创作的一个重要特征。解放区文学书写作为一种有目的、有意识的实践活动，它在参与新历史的创造的同时也建构了一个"意义世界"，在这个世界中，弥漫着浓重的"历史意识"。

"历史"塑造了解放区文学的特殊的文本样态。与"阶级和阶级斗争""人民英雄论"的学说相适应，阶级的压迫和反抗成为解放区文学反映的主要内容，并进而形成了"解放""翻身"等主题模式。文艺的工农兵方向得到了制度性的确立，作为群体的人民大众的英雄形象占据了文本的中心位置，五四以来文学作品中的人民（尤其是农民）形象被彻底改写。同时，以工农兵为主体的"集体创作"被大力倡导。唯物史观肯定暴力的历史作用，同样，在解放区文学作品中也存在着以革命为名义的暴力场面的描写，而这种暴力显然被合法化了。"历史"同样规约了解放区文学的叙事结构。与中共创造新世界的历史诉求相呼应，解放区文学在叙事上体现为一种史诗的结构。这种史诗准确地说是一种"创世史诗"，它立足于重大历史事件，描写的是中共领导人民缔造现代民族国家、创造新世界的筚路蓝缕的宏大历史过程。这些作品均具备创世的动因（不可调和的阶级矛盾）、创世者（领袖、共产党、人民大众）、创世的过程（经过艰难曲折之后，取得最终的胜利）、创世后新世界的呈示（反动势力被镇压，人民当家做主）等诸多叙事要素，结构严整，格式相对稳定。在《太阳照在桑干河上》《暴风骤雨》《江山村十日》等土改小说中，"创世史诗"的色彩极为鲜明。开天辟地的土改运动打破了古老乡村那种非历史的自然和空白状态，千年不变的循环的时间轨道发生了"断裂"，并由此更生出真正的历史起点和一个崭新的世界。时间是历史得以展开的形式和条件。在唯物史观对历史由低级向高级发展的规律揭示中，蕴含着一种线性的时间观念，时间的前方指向的是进步、价值和意义。这种时间观不仅使文学成为光明的颂歌，而且也消解掉了进入作品的生活的悲剧性因素。解放区文学呈现出一种"正剧化"的倾向，而这种以"大团圆"的结局为特征的正剧是最适合用来书写革命历史的。"正剧化"体现为两个方面，一是悲剧的正剧化，二是喜剧的正剧化。解放区作为新世界的样板，必定充满光明和温暖，在这里历史的必然要求注定要实现，光明必定战胜黑暗，因此也就没有悲剧存在的理由。喜剧强调的是"不对称""不协调"，运用的艺术手法是讽刺和嘲弄。中共领导的革命代表了历史的必然律，是一种神圣的事业，因此解放区文学是不适合用喜剧的形式表现群众等革命阶级的人物及其生活，表现伟大的历史时代的。正剧并非解放区文学所独有，但它所具有的特殊的性质和承载的特殊的历史意义却是此前抑或同一时期的文学所未曾获得的。

"历史"与"民间"发生着复杂的关系，这里的"民间"，主要指的是民间的精神文化。中共的历史话语强调"民间"的本源意义。人民既然是历史的主人，那么"民众就是革命文化的无限丰富的源泉"①，"民间"也就意味着"先进文化"的蕴藏之地，但这种先进的文化因素需要知识分子作家深入民间，用新的历史眼光去审视、去发现、去摄取，最终使其成为革命文艺的重要组成成分。可以说，在历史话语和知识分子作家创作之间，"民间"起到了一种中介的作用。"民间"对解放区文学进行了强大的"渗透和浸润"，这种"渗透和浸

① 毛泽东：《新民主主义论》，中共中央文献编辑委员会编著《毛泽东选集》第2卷，人民出版社1991年版，第708页。

润"的最直接的成绩就是"催生"出了《讲话》发表前在解放区文学中原本不存在的新的文学样式和新的文学要素。在文学样式方面，产生了秧歌剧、长篇叙事诗、新编历史剧等，在文学要素方面则产生了"农民语言"。语言是有意味的形式，农民语言的生成标志着一种历史观在文学中的实现。在"历史"与"民间"的关系之中，"民间"作为"历史"的改造对象，难免被置于"历史"的辐射之下，因此它与"历史"的相遇之初，便预示着被改造的命运。秧歌剧、长篇叙事诗都是在陕北民间的传统的艺术形式基础上发展起来的，但在秧歌剧和长篇叙事诗中，民间作品中原有的不适合革命需要的内容被过滤掉了，添加进来的是一种新的质素。京剧是一种传统艺术，但因为其在民间的广泛流行和被普遍接受，同时也是一种属于民间的艺术。新编历史剧一改传统京剧中帝王将相、才子佳人统治舞台的历史，将人民大众推向舞台的中心。舞台在这里具有了象征意义。这样的一种转换体现出的是将颠倒的历史再颠倒过来的改写历史的努力，意味着对人民大众历史作用的艺术方式的肯定。新编历史剧以形象化的方式演绎了中共的历史观，这是它得到毛泽东高度赞扬的最主要原因。由此可见，民间文化的集中表现形式——民间艺术的被改造、被利用的过程，也正是其意义被置换的过程。然而，如果就此认为"民间"在历史面前只是一个消极的、被动的客体的话，是不符合历史实际的。在解放区，"历史"对"民间"的规约更多的是在一种宏观的视野下进行的，由于客观环境所决定，它还不可能对"民间"实行全面的掌控，这就为"民间"在解放区文学中的生存提供了一个缝隙，同时也造成了"历史"与"民间"关系的复杂性。这种复杂性在解放区外来知识分子作家创作中虽然也有所体现，但其产生的原因却是作家认识上的不足和疏忽。而在解放区本土作家赵树理那里，这种复杂性的产生则是源于他自身难以根除的民间（农民）意识。"历史"与"民间"

的互动在文学创作中体现为，文学作品在大的叙事方面符合"历史"的约定，而在具体叙事中则暗含着"民间"对"历史"的"改装"。在赵树理的反映农村阶级斗争小说中，文本叙事在外层空间上虽然吻合了光明战胜黑暗的历史叙事结构，而在其内部中则被置换成民间的善与恶的斗争。

综上所述，笔者以为，解放区文学已经成为中共历史话语的重要载体。面对这样一个对象，选择"历史"这一研究视角便显得顺理成章了。上述解放区文学诸多方面与"历史"之间并非简单的一对一的"果"和"因"的关系。如果把它们作为"历史"的客体来考察的话，它们的需要、意识和追求虽然具有受动性，但并不总是以受动性表现出来。它们虽然受到"历史"的限制，但往往抑制不住以主体的姿态出现，按照自己的需要追求自己的目的。在"历史"对解放区文学的规约和催化中，某种"逻辑"性起着重要作用，本书的主要任务，就是要通过现象的阐释探讨这种复杂的逻辑性。本书将在对解放区文学进行上层观念考察的同时，下移到其内部运行轨迹的探寻，阐释"历史"与文学文本、创作主体以及文学所敞开的对象世界（民间）等方面的复杂关系。应该注意的是，解放区文学所渗透出的历史观的主体显然是"历史唯物主义"的，但这并非意味着我们在研究这段历史的时候也必须以历史唯物主义作为具有唯一性的思维"定律"。唯物史观作为一种描述法是有其合理性的，但不能因此推导出"历史唯物主义"就是历史本身这样一个"毋庸置疑"的结论。历史是复杂的，任何一种描述法都不会成为对事实上的历史进行阐释的合法性依据。必须指出的是，"历史"只是本书切入对象的一种研究视角，而不是价值判断的尺度。本书在解放区文学研究中所要秉持的是一种"历史"的态度，也就是说要努力站在一种新的精神立场上，以客观的历史的眼光和学理的态度介入解放区文学研究，对其进行历史还原式的阐释和审慎的再解读。所谓的历史研究的当代性，是指把历史作为一个活着的整体过程和统一于现实的精神活动来看待，而不是游离于历史自身的超验的判断，它所要防止的恰恰是价值评估的简单化。本书遵循"历史—美学"的原则，首先从客观的制约性入手，将解放区文学放入一定的历史网络中进行考察，在更宽广的语境中理解研究对象，进而进行从外部到内部的研究，探究"历史"对解放区文学的规约机制及其在文本等方面的深层表现，力求做到每一个结论都从历史事实和发展过程中得出，并以此去接近研究对象，探寻解放区文学的存在之由和变迁之故，对其作出更为合理的解释。

# 20世纪40年代的"新秧歌运动"

文学艺术的历史总是具体的。1942年延安整风后,解放区的文艺生态及其话语结构发生了巨大的变化。伴随着"到工农兵群众中去","到火热的斗争中去","到唯一的最广大最丰富的源泉中去","在普及的基础上提高,在提高的指导下普及"等历史使命和价值诉求,文艺工作者纷纷走向民间,广泛借鉴民间文艺,吸纳民间文化营养。而民间文艺形态也以多种方式融入解放区主流文学的构建中。其中最具有典型性、最有影响的就是对秧歌的改造和利用。新秧歌运动无疑成为解放区文艺实践的一个标志性事件。

在新的文化方向的确立过程中,在文艺工作者对"民间"的认同以及融合过程中,对于陕北秧歌这种民间传统艺术的选择和改造,是建立在它的地域性和艺术性相对丰厚、稳固的基础上的,也建立在它所映衬的整体历史进程的发展与变迁中。"秧歌",是流传于民间的一种演艺性质的文化活动。关于秧歌的文字记载,散见于一些笔记、词曲之中。清代、民国年间的一些地方志和民俗资料中对"秧歌"均有论及。关于秧歌的起源,学界的解释不尽相同。[①] 秧歌所承载的内容大体可归纳为宗教意义与现实生活的表现两类。在黄土高原的陕北,

---

① 概括来说主要有"生产劳动说"和"宗教仪式说"。"生产劳动说"认为秧歌是在插秧季节,由农民边劳动边哼唱的"田歌"逐渐发展成为的有舞有歌的活动形式,它和山歌、茶歌、渔歌一样,都是劳动人民的创造。根据对出土文物的考证,"宗教仪式说"提出秧歌的源头为祭祀舞蹈。

秧歌从诞生到演变经过了相当久远的历史岁月。<sup>①</sup> 在当地人的传统观念中，闹秧歌被认为是一个村庄和睦兴旺的象征，丰收富裕的展示，太平吉祥的保证。作为一种民间的蕴含了祭祀与狂欢的乡野的仪式，秧歌艺术连接着民众的耕耘劳作，连接着他们的信仰、情感、愿望以及乡村生活的秩序和理想，负载着"人"与"历史"、"人"与"社会"、"生存"与"精神、信念"等多重关系。

陕北秧歌通常被认为源于一种古老的群众祭祀活动，与陕北地区的民俗习惯、生态环境以及文化流动息息相关。据《中国民族民间舞蹈集成·陕西卷》记载，"陕北秧歌自古以来就是一项祀神的民俗活动，传统秧歌队多属神会组织。边远山区至今还保留着'神会秧歌'之称，过去每年闹秧歌之前，先要在神会会长（主持或会首）率领下进行'谒庙'，祈求神灵保佑，消灾免难，岁岁太平，风调雨顺，五谷丰登。据此可见，陕北秧歌活动是具有功利目的的一种风俗祭礼。过去有不少人自幼就参加秧歌活动。目的就为报答神恩，进行还愿，表示对神的虔诚，这也是形成秧歌活动广泛群众性的一个重要方面"<sup>②</sup>。流行在陕北民间的秧歌，是舞蹈、歌唱、戏剧三者的综合，其功能既有原始娱神的遗存，又有娱人的因素。秧歌具有两种表演形式，只舞不唱的叫秧歌舞，俗称"扭秧歌"；另一种是秧歌剧。秧歌剧的基本动作虽然仍以"扭"为主，但亦舞亦歌，歌舞结合，并有简单的故事情节。作为具有戏剧因素的化妆表演，秧歌在角色上有官员、武生、老人、和尚、妇女多种，仿如戏曲中的生旦净末丑；且多有童子化妆、男扮女装的情形。这些都是民间文化脉络中作为仪俗的

---

① 陕北秧歌舞，在宋代的陕西延安已经产生。1978 年，延安地区甘泉县两岔河村宋墓中出土了两块规格、形制一样的秧歌舞砖雕。舞伎为男性青年，身着坎肩，下穿宽腿裤，头戴扎巾，身披彩绸，做跳跃状舞蹈。这是后世陕西秧歌戏形成的雏形。见《中国戏曲志·陕西卷》，中国 ISBN 中心 1995 年版，第 11 页。

② 李开芳编著：《中国民族民间舞蹈集成·陕西卷》，中国舞蹈出版社 1995 年版，第 49 页。

秧歌的构成要素。由于陕北多为黄土高坡，色调单一，故陕北秧歌推崇浓墨重彩，表演者在装扮上多为红袄绿裤，脸上油彩鲜亮，手持彩帕。演出时场上的领头者通常左手摇响环，右手执花伞，所以又被称为"伞头"。据民间传说，伞和响环都是降妖捉怪的法器。众秧歌队员随着"伞头"走出各种各样的程式化的图案和队形①，边舞边和，寄托着对生活的各种祝福。由于陕北人天性活泼开朗，秧歌现场中即兴编词演唱的成分很多，在说、唱、表演过程中难免有一些夸张的打情骂俏的内容或粗俗的动作，所以秧歌又有"骚情秧歌"的别称。

和其他文学艺术活动相比，秧歌这一感性的、直接的民间艺术，更为世俗化，更具交往性。它不仅由农民自己筹办、供给与扮唱，也是各处村落、乡民之间迎送往来的交际方式。且歌且舞的秧歌队，在春节期间走村串寨，穿行于村社之间，试图把家家户户都"闹"遍，都牵连进来。清代临县诗人刘如兰有如下描述："秧歌队队演村农，花鼓斑衣一路逢。东社穿来西社去，入门先唱喜重重。"② 这里的"入门先唱"正是"闹社户"的生动注脚，道出了这一互相交流的活动形式与入门演唱祝福之词的习俗。秧歌队伍在不同村社之间的流动，带动了封闭自给的村落之间的往来。当高亢浑厚的唢呐声响遍山庄，男女老少都会放下手中的活路，结伴相扶，走出窑门来到街头，喜气洋洋地观看秧歌表演。通过直观体验与心意领悟，秧歌艺术能够很容易地使乡村百姓同时同地产生情感上的认同性，带给观看群众以清晰的理性认识和力量，进而激起民众的直接参与性。

---

① 秧歌队形多取于对庄户生活日常现象的模仿，并深受祭祀活动的影响，还有来自古代军事布阵的启迪。来自庄户生活日常现象的场图有编篱笆、卷白菜心、豆角蔓、葫芦场、十字梅、蝴蝶翻花、盘肠、枣牌、扭衣线、双蒜辫、辗转、线框子、花篮、酒坛子、黑驴滚等。来自祭祀活动的有踩四角、天地牌、日月图、阴阳鱼、八卦阵、一炉三炷香、十二连城等。来自古代军事布阵的有杀四门、六合阵、八卦阵、按易阵等。参见张华《中国民间舞与农耕信仰》，吉林教育出版社1992年版，第23—30页。

② 《中国地方志民俗资料汇编·华北卷》，书目文献出版社1989年版，第609页。

秧歌艺术的又一别称为"社火"。清代光绪《米脂县志·风俗志》云:"春闹社火(伙),俗名闹秧歌。"① 闹社火、闹秧歌,是春节期间民众必不可少的文化娱乐活动。"社火"一词最早始于宋代。在中国的历史上,"社"最初是指土地之神,后延伸意指一种祭神的基层聚落,以及超村落的地缘性行政组织。火,通"伙",表示群体和众多之意,后渐失其本义,取红火、热闹之意,而社火也就成为一种在城乡各地年节演出的一种群众娱乐形式了。如明清以来的"社火",即是以社为组织形式的民间文化性活动。"社火"虽以娱乐歌舞为主,但依旧隐含着许多其他的社会职能。在分散的传统乡村社会构架中,"社火"组织(或称为"秧歌会")成为活跃的合法的民间组织。它的运作构塑了农村的文化空间,巩固着民间管理的地位,也联系着农民个体归属的要求、参与社会过程的要求。这种通过传统的仪式获得社会合法性的民间组织,在红色根据地建立起来之后,被带有政权性质的群众组织所取代。这些新兴的群众团体(比如苏维埃时期的农民协会,抗战初期的农民救国会、妇女救国会等),通过与权力机构的连接,其组织、管理的构成,实践的方向,行为的基础与历史意识形态、民族国家目标,尤其是中心任务日趋一致。这时候秧歌的文化功能性角色也呈现分流,并被区别对待。这也正如美国当代负有盛名的民俗学家理查德·多尔逊所指出的,"共产主义团体早在 1919 年的五四运动中就已经在活动,民俗可以为共产主义思想做宣传的作用,必然不会被忽视。他们从民俗中间发现了许多可利用的因素,来使自己的事业同七亿伟大而无名的人民群众统一起来。"② 此种语境下秧歌的表演活动不再是娱神、乐天,其间的民间娱乐由带有宣传意味的会演

---

① 李开芳:《陕北秧歌渊源初考》,《民族民间舞蹈研究》1986 年第 1 期。
② 安德明:《多尔逊对现代中国民俗学史的论述》,《北京师范大学学报》1996 年第 6 期。

和类似的活动替代了，祭神活动则在破除迷信中自然消亡，在农民心目中神的位置也逐渐被分给他们土地的红色政权和党的领导人取而代之。①

与其说社会历史为延安新秧歌运动的发生和发展提供了特定的条件，毋宁说这一民间文体所涵载的诸多文体特性（如广场性、情境性、群众性、宣传鼓动性等）更为契合特定的历史话语，它从一开始就与革命战争和工农兵大众的革命斗争同呼吸、共命运，它就在历史之中。这也是秧歌艺术与历史的一种因缘。对秧歌艺术的征用并不是在解放区时期才出现的文艺现象，早在中国工农红军长征刚刚到达陕北之际，一些文艺工作者即对秧歌这种民间艺术形式予以关注。如1936年人民抗日剧社就采用民间秧歌小调编排过歌舞剧《上前线》和《亡国恨》，1937年由丁玲任团长的西北战地服务团曾以民间流行的秧歌形式来表现打击日本侵略者的内容，在广场和舞台上多次演出《打倒日本升平舞》。而被誉为"群众新秧歌运动的先驱与模范"的刘志仁及其南仓村社火，从1937年起即试图把秧歌这种民间形式与强劲、阔大的历史变动有机地结合起来。致力于对旧社火、旧秧歌进行改革的刘志仁，用"跑故事"来表现新的生活，他"把秧歌（唱的）和跑故事（舞的）结合起来，成为秧歌剧"②，开拓出一条编演新社火、新秧歌的道路。新故事描述的是"新生产""新开荒""保卫边区""缴公粮"等这样的现实情景。他们相继演出了《张九才造反》（1937年）、《新开荒》（1939年）、《新十绣》（1940年）、《生产运动》（1941年）等一系列新节目。1941年春，《晋察冀日报》曾就如何估价秧歌

---

① 张鸣：《乡村社会权力和文化结构的变迁（1903—1953）》，广西人民出版社2001年版，第30页。

② 文教会艺术组：《刘志仁与南仓社火》，《解放日报（延安）》1944年10月24日。

的功用展开过讨论，提出了秧歌发展的可能性等问题。① 但总体观之，在 1943 年以前，秧歌很大程度上还体现为自在、自然的民间形态；"讲话"以后，政治力量和知识分子的全面介入，使秧歌这一古老的民间艺术焕发出了新的生机，展现出了它的激情与魅力。

"自从'延安文艺座谈会'以来，首先表现出成绩来的是戏剧。那年就有新式的秧歌出场了。"② 带有浓郁生活气息和集体狂欢性质的民间艺术形式——"秧歌"，在"延安文艺座谈会"召开以后显赫登场，并成为知识分子作家在特定的历史语境中书写和建构历史的主要艺术方式。一如文学史所言，在文艺整风以前，延安的文艺舞台上演出的多半是大戏、外国戏，如《雷雨》《日出》等，演出的场所仅限于几个礼堂中。对此戏剧理论家张庚是这样回忆的，"我们搞出来的这些戏和农民没有关系，农民也不喜欢看。……所以党提议，对于这些问题要研究。第一个就是说你们要为农民、为士兵演戏，为什么叫为工农兵呢？因为那个时候延安主要就是工农兵，干部也都是从工农兵来的。那时工人也没多少，所以讲工农兵，实际就是农兵，而兵也都是从农民来的，所以说为工农兵演戏，实际就是为农民演戏。为农民演戏就有一个问题，农民不大爱看话剧。那个地方的农民比中原的农民还要原始一些，都爱看唱的戏。因此经过整风，戏剧系第一件事就是搞扭秧歌……不是在剧场里面演，而是在街头演，因为农民习惯

① 1941 年 1 月 9 日由边区文学、戏剧、美术、音乐四个协会联合编辑的《晋察冀艺术》（周刊）在《晋察冀日报》创刊。《晋察冀艺术》第七期发表田间的《"民族形式"问题》，引起边区文艺界的注意。后由冯宿海发表的《关于秧歌剧种种》引起争议，展开讨论。其中冯宿海的文章认为："秧歌舞在今天的乡村里，算是极盛一时了，真是随时皆舞，随处都舞，男的要舞，女的也要舞，特别是女的，粉面朱唇，花枝招展……这种舞，这种歌，这种乐，偶尔扭扭，唱唱，吹吹，间或还可聊解人颐，但也只能给人以肉麻之感，丝毫没有半点革命、战斗的气息，因而到得今天，便形成了一种为看女人而看'秧歌'的现象。"在该文中秧歌被形容为"单调的""温情的"、粉饰"太平景象"与满足男性欲望的无聊文艺，用它来表现革命战斗的内容的可能性也因此受到怀疑。
② 胡采编著：《中国解放区文学书系：文艺运动·理论编（二）》，重庆出版社 1992 年版，第 1689 页。

在街头看秧歌"①。1942 年 12 月，鲁迅艺术学院即组成了一个百余人的大秧歌队。"我们秧歌队出发的时候，前面有一个很长、很宽的仪仗队，打着横标'鲁艺秧歌队'。在大的横标底下就是乐队，打锣的，打鼓的，吹唢呐的，各种乐器都有。后头是标语队，举的标语就是当时所提的一些口号。……再后面就是很长很长的秧歌队。"② 在周扬的直接领导和张庚、吕骥的统筹之下，鲁艺几乎全院的师生都参与到秧歌的创作和排练中。因为缺少经验，鲁艺秧歌队还"把桥儿沟村的秧歌把式杨家兄弟、擅长即兴编词的李生秀、极会演秧歌戏的鞋匠瘸子李等一些闹秧歌的'头行人'，请到学院来教秧歌"③。从 1943 年 2 月 1 日到 3 月 20 日，在庆祝废约、庆祝红军节、劳军南泥湾的五十天里，近百人的秧歌队演出了六十场，"以群众性的艺术活动来说，这当是时间很长的一次"④。

继鲁艺秧歌队成立后，延安各文艺团体、各机关学校也普遍组织了秧歌队，如"文协"秧歌队、联政秧歌队、保安处秧歌队、抗战剧团秧歌队、延安县秧歌队等。"表现新的群众的时代"的新秧歌在鼓乐喧天之中走上广场，生龙活虎地出现在街头，形成了延安城日常狂欢的文化事象。"1942 年秋冬，战斗剧社从延安将新秧歌带到了晋北的各根据地，1943 年后各边区也掀起了秧歌运动，各剧团除演出延安传来的秧歌剧外，还创作了《反扫荡秧歌舞》《参军秧歌舞》《大生产秧歌舞》《拥军优属秧歌舞》等节目。"⑤ 新秧歌运动发展速度之快、

---

① 张庚：《要为农民、为士兵演戏》，王海平等主编《回想延安·1942》，江苏文艺出版社 2002 年版，第 141—142 页。
② 李群：《毛主席给我们鼓掌，说好啊，好啊》，王海平等主编《回想延安·1942》，江苏文艺出版社 2002 年版，第 284 页。
③ 王培元：《抗战时期的延安鲁艺》，广西师范大学出版社 1999 年版，第 277 页。
④ 安波：《由鲁艺的秧歌创作谈道秧歌的前途》，《解放日报（延安）》1943 年 4 月 12 日。
⑤ 王克芬主编：《中国近现代、当代舞蹈发展史》，人民音乐出版社 1999 年版，第 118 页。

波及范围之广、演出规模之大、作品内容之丰，都是当时其他文艺样式所无法比拟的。文学家们为秧歌队编写歌词、剧本，音乐家为秧歌队作曲、演奏，美术家绘制条幅和标语，而演员则成为秧歌队的主体。"所有的秧歌，都能正确的宣扬党的政策，对于群众的影响之大，超过了过去所有的文艺活动。"① 秧歌队走到哪里，一望无际的人流就跟到哪里，形成了一个浩浩荡荡的群众洪流。有的群众甚至背上干粮、带上水壶，跟着秧歌队步行几十里，蹚过延河水，一连看上几天、几场。② "据不完全统计，从 1943 年农历春节至 1944 年上半年，一年多的时间就创作并演出了三百多个秧歌剧，观众达八百万人次。"③

解放区的新秧歌运动作为承载具体历史内容的"事件"，带有强烈的"实践性"特征。时任边区戏剧工作委员会委员的张庚强调了新秧歌的艺术价值和群众性。他说："我们特别重视秧歌作为新戏剧的一种形式，这是因为它是老百姓所熟悉的，同时又是现存旧形式中间最生动活泼、最富有表现力的形式，而且也是最容易改造成为表现新生活的形式。"④ 新秧歌运动是唱着《拥军花鼓》"正月里来是新春，赶上猪羊出了门"揭开它的序幕。这个精彩的歌舞小场，立刻引起了群众的注意和喜爱。⑤ 这也是文艺工作者面向劳动人民、开拓生活的新的一步。在新秧歌运动的初期阶段，主要是取用民间形式表现新的内容，向民间学习，以求和群众"打成一片"。这个时候的秧歌还是

---

① 立波：《秧歌的艺术性》，《解放日报（延安）》1944 年 3 月 2 日。

② 朱鸿召：《众说纷纭话延安》，广东人民出版社 2001 年版，第 312 页。

③ 《〈延安文艺丛书·秧歌剧卷〉·前言》，湖南人民出版社 1985 年版，第 2 页。

④ 张庚：《解放区的戏剧》，转引自蓝海《中国抗战文艺史》，山东文艺出版社 1984 年版，第 264 页。

⑤ 据介绍，当打花鼓的演员唱道"猪呀、羊呀，送到哪里去"时，周围观看的群众齐声接唱道："送给那英勇的八路军。"场内场外，其情其境，令人欢欣鼓舞。参见黄纲《皆大欢喜——记鲁艺宣传队》，《解放日报》1943 年 2 月 21 日。

民间传统的衣着和妆饰,角色上有领队的"伞头",有丑扮的人物,也仍有男扮女装的情形。在化妆上,仍保留了旧秧歌中男子抹白鼻梁、头扎冲天小辫的形象。"没有女的参加,都是男的在扭,领头的都是男人扮的小丑和丑婆子,把头发扎到头心中间,像个冲天柱似的,耳朵上吊着两个红辣椒,穿着满清时的大褂,两手撑着两只袖子口,样子很丑、很滑稽。"① 不久,对旧形式不加区别的搬演被当作问题提了出来。有人提出旧秧歌中存在"不健康的表演"和"丑化劳动人民"的地方,还有的认为"秧歌舞是人民的欢乐舞",不宜有日本侵略者等的扮相。

诚然,秧歌既然要成为新生的政治力量的形象代表,止步于对传统的继承是远远不够的。它需要承载的崭新的历史意义促成了它必须改变其传统的意义表达形式。鲁艺于是根据新的形势需要对这一民间文化符号做了大幅度的革新和改进。改造后的新秧歌抒发着一种亢奋的、革命的、欢乐的意绪。"许多老乡说:'延安来的新秧歌,比我们自己农村闹的有意思。'"② 舞蹈家吴晓邦是这样回忆他第一次见到的一场精彩的新秧歌舞表演的:"在秧歌队里,男的头上扎有白色英雄结,腰束红带,显出英武不凡的气派;女的腰间缠着一根长绸带,两手舞着手绢,踏着伴奏的锣鼓点起舞,动作细腻而泼辣。男的领队手执大铁锤,女的领队手握大镰刀,分别代表工农。男、女秧歌队员全体出场后,先跑一个圆场,然后男女分开,各自围绕成两个圆圈舞蹈。后来,男女两队汇合起来,女的绕成一个小圈,男的在小圈外面舞蹈。跳了一会儿,然后两队又再分开,接着就有一队装扮成八路军战士穿插进来。这时,秧歌舞队形内有了工农兵,变化就更多了。霎

---

① 蒋玉衡:《老百姓说鲁艺艺术家扭的是新秧歌》,见王海平等主编《回想延安·1942》,江苏文艺出版社 2002 年版,第 277—278 页。

② 《秧歌活动简报》,《解放日报(延安)》1944 年 3 月 26 日。

时唢呐吹响了，场子里一片欢腾声，大家都唱起边区大生产的歌曲，一面歌唱，一面表演'工农兵大生产'。锣鼓点敲击得十分热闹，唱歌的人情绪激昂，广场上洋溢着一片热烈的气氛。"① 他的描述呈现了新秧歌从话语意义到表演形式的巨大变化。

无须赘言，"新秧歌"是一次针对传统秧歌的自我命名，"新"的命名凸显了秧歌艺术在当时的历史语境中面临着某种断裂或再生。而当历史作为一种现实出现之后，其历史性是需要经由话语来给定的，历史的主体是需要来自话语的指认的。从新秧歌主题的划分上，我们即能够看出当时的意识形态话语对于农民现实生活的组织。新秧歌主要包括生产劳动、变工、妇纺、二流子转变、开荒、自卫除奸、拥军优抗等题材。在 1944 年延安的秧歌大会上，56 篇秧歌剧包括了如下主题类型："写生产劳动（包括变工、劳动英雄、二流子转变、部队生产、工厂生产等）的 26 篇；军民关系（包括归队、优抗、劳军、爱民）的 17 篇；自卫防奸的 10 篇；敌后斗争的 2 篇；减租减息的 1篇。"其中，"写生产的最多，也最受群众欢迎"②。

秧歌剧对于生产劳动的关注，与解放区的历史和现实境况密不可分。一方面，随着旧的社会结构的解体，解放区百废待兴，生产建设的任务势所必须；另一方面，新的历史观念的创生，新的社会形态的探索，需要有一个实践和接受的过程，需要有实际的物质利益来支撑和印证它的合理性。我们看到，在政策的运作和推行上，政府在民间所能理解的限度内组织了变工队、互助合作社以及妇纺小组等，口号亦使用"丰衣足食""财丁两旺""富裕安康"等旧语。借助艺术的表现，新秧歌把边区的政策转译为可以表演的故事，给予群众生动的、

---

① 吴晓邦：《我爱陕北秧歌舞》，见艾克恩编《延安文艺回忆录》，中国社会科学出版社 1992 年版，第 334 页。

② 周扬：《表现新的群众的时代——看了春节秧歌以后》，《解放日报（延安）》1944年 3 月 21 日。

直接的关于"应该怎样"和"不应该那样"的教育。清凉山秧歌队表演的《种棉秧歌》，在结尾的时候，场上四个纺线的妇女用群众最熟悉爱听的《打黄羊》的调子唱道："纺好了棉纱织成了布，织成了新布做衫裤，穿上了新衣多么舒服，种棉的政策大家都拥护。"① 针对群众对参加变工队的疑虑以及可能发生的一切问题，延安枣园文艺工作团集体创作了《动员起来》。这个剧采用了夫妻争论的形式，剧中张拴说变工队好，张拴婆姨对变工队却怀有疑惑。当张拴不能够完全解释清楚时，剧作安排了具有政策的传达者和转述人身份的"村长"的出场。农民所有的疑惑通过张拴婆姨的口说了出来，而村长的对答如流，则凸显了党的各种"政策"话语实际上已经融合进广大干部的日常生活、工作、思想和行动之中。这部剧作获得了陕甘宁边区 1944 年春节文艺奖特等奖。

在重建新的乡土社会制度、组织农业生产的人力方面，不仅妇女作为生产力的潜能被充分发掘，"劳动英雄""二流子"的命名与褒贬成为一种重要的话语向度。周扬指出："在新的社会制度下，现实的运动已不再是一个盲目的，无法控制的，不知所终的运动，而变成了一个有意识，有目的有计划的工作过程。"② 抗战时期陕北大生产运动中的"吴满有方向"，即是"被作为积极贯彻执行政策（如交纳救国公粮，组织农业互助合作等）的模范基层领导分子而加以宣传的"，因为"优秀生产成绩就是劳动模范的权威的主要来源"③。"劳动英雄""劳动状元"是群众钦羡、政府提倡的理想人物，也是带动生产、积极贯彻执行政策的基层力量。他们成为"新"时代精神的载体，体现

---

① 汶沙：《清凉山秧歌队的演出》，《解放日报（延安）》1944 年 1 月 11 日。

② 周扬：《关于政策与艺术》，《周扬文集》第 1 卷，人民文学出版社 1984 年版，第 476 页。

③ ［日］佐藤宏：《陕北农村社会与中国共产党——延安地区农村的基层领导班子》，南开大学历史系中国近现代史教研室编《中外学者论抗日根据地》，中国档案出版社 1993 年版，第 532—533 页。

着历史前进的方向。据陈晋介绍，1944 年春节，杨家岭的秧歌队到安塞去演出时，当地的劳动英雄曾融进队伍与秧歌队一起欢快地跳起来。这些政治政策的现实依据及其运作，构成了新秧歌剧重要的文本话语。另外，也有不少秧歌剧是讲"二流子转变"的故事的，这些懒汉、二流子形象，成为被斥责和改造的对象。取材于真实事件的《钟万财起家》，剧中的钟万财"不劳动，一天到晚抽洋烟""出外串"。代表新的人物的村主任多次劝说教育他，启发他自尊自立，钟万财终于"摔了烟灯来生产"，下决心"要转变"、要改邪归正，"定要学习劳动模范"。二流子转变为劳动英雄的过程通常比较明确和简单，这样的信念同样表达了对"人人是英雄"的新社会的想象与响应。

新秧歌运动是和"自己动手，丰衣足食"的轰轰烈烈的军民大生产运动同时兴起的。棉花瓣、飞谷穗、飞玉米棒、马铃薯等各种农作物的丰收形象时常会出现在庆祝收获的秧歌队中。为了宣传生产劳动这个主题，旧秧歌中常有的不健康的话语质素和情调被置换了，代之以新型的农民形象和欢乐的生产劳动场面。我们看到，新秧歌中的男男女女为了"赶任务""当英雄"，他们不停顿地"比赛""比较""赶超"以及"挑战"。被称为"第一个新的秧歌剧"的《兄妹开荒》（原名《王小二开荒》），就是由憨厚朴实的哥哥和泼辣健美的妹妹边歌边舞、具体生动地反映边区大生产运动面貌的。例如：

兄唱：咱们的边区到如今成了一个好呀地方。……劳动英雄真呀真不少。……今年的生产要更加油来，更加劲来，更呀加工。……今年政府号召生产，加紧开荒莫迟缓，别看咱们是庄稼汉，生产也能当状元。

妹：好得很，我还要和你比赛咧！

兄：（高兴极了）比赛就比赛！（急去开荒）……①

　　兄妹二人的劳动比赛和他们"向劳动英雄们看齐"的决心，体现了新的文艺方向。剧作在热情歌颂"边区人民吃得好来，穿也穿得暖"的幸福生活的同时，也使陕北的农民第一次堂堂正正地走上了艺术的舞台。王大化所演的农民哥哥的形象活灵活现，以至于群众以后看此节目是连剧名都不叫了，而是直接说："看王大化去！"

　　不仅仅是青年人为边区建设积极出力、争当劳动英雄，老年人也不甘示弱。保安处秧歌队表演的《张老太婆回家》，即塑造了一个要强、自信、老当益壮的老太婆形象。张老太婆的女婿是位劳动英雄，而且上延安见了毛主席，这使张老太婆备受鼓舞。她决心和她的老汉比赛，把她那个村子的妇女都组织起来纺纱织布，一年要纺两千斤，制造一个模范村。此外，《男耕女织》《一朵红花》《雷老汉种棉花》《开荒前后》《烧炭英雄张德胜》等诸多剧作，都围绕着生产劳动这个中心命题。在历来的文艺作品中还从来没有如此着力表现劳动的美和劳动的意义的。这些剧作不只是从思想上突出了生产劳动的光荣，而且用欢乐的歌舞将其诗化，塑造出了一批具有较高的思想觉悟和道德品质，以及较强的组织能力、生产能力的先进农民形象。农民因此也感觉到了自己的劳动行为的意义所在，"意识到原来自己的行为也可以入戏，可以像古代英雄豪杰那样被人传唱，从而产生一种前所未有的自豪感。当然，农民因此也感觉到了自己抗日行为的意义所在，意识到原来打打鬼子冷枪，摸伪军的岗哨，支前抬伤员，生产交公粮，对整个民族和国家有如此大的意义"②。新秧歌的言说方式，它对农民

──────────
　　① 王大化等：《兄妹开荒》，张庚：《秧歌剧选》，人民文学出版社1977年版，第39、45页。
　　② 张鸣：《乡村社会权力和文化结构的变迁（1903—1953）》，广西人民出版社2001年版，第215页。

切身问题的想象性解决，潜在地含有意识形态对于分散的作为个体小生产者的农民的整合。在民族存亡、物质匮乏的岁月里，这种话语意义，和生产劳动本身在根据地的实际生活中的崇高地位，和劳动群众终于成为生活的主人的自豪感，以及经由自力更生、艰苦劳动创造新的生活的历史进程是完全一致的。

表现男女两性关系曾是旧秧歌的一个惯用主题，且表演中时常出现打情骂俏、嬉耍猥亵的场面。这是民间生活的一个基础场域。新秧歌中对两性关系、家庭生活的表现主要围绕着当时的社会历史主题展开。作为一个与国统区相对立的社会空间，解放区被视为一个光明之地。传统秧歌中被作为"调情"对象、被压抑的女性在晴朗的天空下得到解放、再生。《买卖婚姻》《回娘家》等剧，笔锋都是指向婚姻制度、家庭生活中的专制主义。作为在急需劳力以发展生产建设的特定历史环境中的巨大劳动群，女性在做家庭模范的同时也要成为社会模范。一如《十二把镰刀》中的唱词："看你咧旧脑筋，如今女人跟男人一样，男人干的事情，女人也能干。"[①] 她们不再是背负着身心枷锁的旧式女性，而是在历史激流中发挥巨大作用的、呈现创造精神的女性。在这种新型的家庭关系中，女性与其说属于传统家庭结构，不如说作为一个农业生产主要人力资源直接隶属于社会，隶属于一个代表全社会成员共同利益的政权。亦即"一方面是生产方式的需要，一方面是新的社会秩序的需要"[②]。由此，不仅是两性关系，婆媳关系以及妯娌关系等也已发生了很大变化。《模范妯娌》《小姑贤》《二媳妇纺线》《喂鸡》等剧作一改旧剧中姑嫂、婆媳、妯娌关系的恶劣，而强调彼此之间的融洽。《一朵红花》里的儿媳是好纺手，后来做了"劳

---

① 马健翎等：《十二把镰刀》，张庚：《秧歌剧选》，人民文学出版社 1977 年版，第6页。

② 孟悦、戴锦华：《浮出历史地表》，中国人民大学出版社 2004 年版，第 203 页。

动状元",婆婆也爱这样的英雄,对儿媳满怀赞扬、欣赏,而嫌恶作为"二流子"的亲生儿子。"边区农村里的妇女,现在已经是比五四时代学生出身的'新女性'更新式的人物了。这是中国天翻地覆的事实之一。"①但此种历史语境下的"男女平等"及其关系构建,更多的是源自新的社会总体秩序的制度化建设,体现的是对相应政治策略的一种深层顺应。"解放"了的女性在身心的言说和行为的实践中,时常给人以"无性之性"的特征,这也是解放区女性解放的完满之中的一重不完满。

1942年9月23—24日,丁里在《解放日报》上开始连载《秧歌舞简论》。丁里认为,一般的秧歌,多在冬春农闲季节作为劳动之余的娱乐。但在陕甘宁边区,它已经不再是单纯的供人放松的娱乐形式。扭秧歌已经由过去纯民间情调的表现衍化为紧密配合政治任务、参与社会活动的武器。新秧歌一改传统秧歌中较少涉及政治生活的局面。1943年由王岚、林农编剧,刘炽编曲的秧歌剧《减租会》,其中"唱出一个新天地"的唱腔——《翻身道情》,鲜明的政治色彩将陕北民歌无与伦比的震撼力、感染力、影响力演绎到了极致,"大家团结闹翻身"成了引领那个时代的共识。取材于部队生活的秧歌剧也是新秧歌独有的。剧情紧张、形象鲜明的《牛永贵挂彩》,通过敌占区老乡赵守义夫妇冒着生命危险,掩护受伤的八路军战士牛永贵,并将他安全送回营地的故事,有力地揭示了"军民合作力量大"以及"八路军,老百姓,原来就是一家人"这一历史性诉求。与陕甘宁边区正在发生的社会历史变革紧密相连,抨击封建迷信的旧习俗、提倡民主科学的新风尚的秧歌剧也不断涌出。由于根据地大多建立在从经济基础到意识形态都十分落后的农村,新旧两种势力的斗争在社会生活的各

---

① 默涵:《关于秧歌的三言两语》,《解放日报(延安)》1944年4月11日。

个方面都表现得极其激烈。《破除迷信》《"神虫"》《反巫神》等剧作，通过揭露算卦、敬神等迷信活动，给革新者以赞美和支持。成了生活主人的人民群众，深信必将逐步战胜这些陈旧落伍的事物，迎来新的生活。这些新秧歌被人民群众热情地称为 "翻身秧歌" "斗争秧歌" 和 "胜利秧歌。"

各种艺术形式都需要依靠一定的艺术手段来增强其感染力量。秧歌艺术除依靠身体语言、歌舞语汇提升表现力外，还在于对不同扮相的塑造。旧秧歌的扮相涉猎社会各个阶层，一如《秧歌诗序》所言：秧歌 "扮演有花和尚、花公子、打花鼓、拉花姊、田公、渔夫、货郎等，这些扮演各种各样的人物，边走边表演各种姿态，杂沓镗街，以博观众之笑"[1]。我们看到，在新秧歌运动中，随着新的主题的出现，工农兵群众在秧歌剧中如同在实际生活中一样，他们取得了真正的主人公的地位。旧秧歌的一些扮相被淘汰了，如托着鸟笼的纨绔子弟、糊涂的县官、手摇破扇的乡绅地保，以及叼着水烟袋、戴丑帽、穿丑褂的蛮婆、蛮汉、毛猴子等，取而代之的是俊扮的舞台形象，英武、俊美的工农兵形象成为演出的主体。由于女演员纷纷参加了秧歌队，所以男扮女装的现象也随之消失。在鄜县三乡秧歌队中，"最大的特色，是有一个三十八岁的农村妇女参加，表演坐小车。她是劳动英雄王培有的婆姨，在她丈夫影响下，打破了封建观念……当这位农村妇女坐着小花车出现在街头时，大家都拍手欢迎"[2]。我们看迪之的回忆，"开场的锣鼓打响了，我舞着'镰刀'，另一同志耍着'斧头'，领着秧歌队踏着锣鼓点，扭跳着'二龙出水''湘子提篮''四门兜底''龙摆尾''卷菜心'等各种队形……"[3] 他们手握镰刀、斧头等

① 丁一波：《秧歌探源》，《寻根》2001 年第 2 期。
② 《鄜县城乡闹红火了》，《解放日报》1944 年 4 月 11 日。
③ 迪之：《忆延安》，《舞蹈论丛》1987 年第 3 期。

劳动工具，还在腰间系上各色绸带。在铿锵的锣鼓声中，彩色绸带上下飞舞，热闹活泼。尽管秧歌舞步仍旧以十字步为主，但公子、小姐似的扭捏作态不见了。"秧歌队的领头，不再是丑婆娘，而是以健壮的工人、农民的形象代替了，他们手拿镰刀、斧头，英姿勃勃地走在最前边，整个秧歌队是一支工农兵学商大联合的队伍，扭起来浩浩荡荡，很有气魄，充分表现了翻了身的劳动人民的喜悦。"[①] 角色的出场先后次序，体现了政治秩序中的关系与等级。领头的是无产阶级工人，其后跟随着农民、士兵以及各阶层的民众。新秧歌舞的这种处理，不仅使旧有的丑角及其趣味装扮无立足之处[②]，也在文本的想象中使汉奸等反派角色的存在失去依据。民族国家的历史诉求与民间仪式表演之间的这种相互征用，促成了原本民俗形态的秧歌向"新生"形态转变。

时任中共中央党校秧歌队副队长的艾青在《秧歌剧的形式》一文中指出："在每个秧歌队里，工农兵都成了主角。今天的秧歌剧的形式，也和原有的秧歌剧的形式不一样，它利用、改造了旧有的形式，同时吸收了话剧的许多东西。它已一天天地复杂，一天天地有创造性。"[③] 与传统秧歌相比，新秧歌也具有鲜明的形式感，原有的表象系统与结构因素被替换。从审美属性的视觉、听觉方面，我们不难捕捉到它在某些艺术表现上的转变。新秧歌有工农秧歌、各民族大团结秧歌、花棍秧歌、红绸秧歌、花篮秧歌等形式。道具已不用传统的彩色花扇、手帕等，许多动作方式被"破"掉。根据剧情的需要，新秧歌仿照现实生活用品进行道具的制作，构建新的话语符号，如镰刀、斧

---

① 李波：《延安秧歌运动的片断回忆》，《北京文艺》1962 年第 5 期。

② 对此周扬如此评述，在从前，"嬉笑怒骂""旁敲侧击"的丑角寄寓了对旧的秩序和等级的反抗，丑角成为文本叙述的一种潜在的颠覆力量；但新的社会情状、歌颂新的农民的要求，使它存在的合法性依据变得可疑起来。周扬：《表现新的群众的时代——看了春节秧歌以后》，《解放日报》1944 年 3 月 21 日。

③ 艾青：《秧歌剧的形式》，《解放日报（延安）》1944 年 6 月 28 日。

头、枪支、算盘、书包等。《兄妹开荒》的道具，就是两把仿制的镢头。旧秧歌原有的仪式被彻底改造，例如迎神拜庙仪式被改造为拜烈士塔、烈军属、劳动英雄等，新秧歌在对传统阵势变革的基础上增加了"五角星"阵、"五大洲"等图案，以及"盘龙过街""万里长城"等寓意深刻的队形。在服饰上多选择象征着"团结""胜利"含义的红红火火的色调，体现出时代赋予的崭新意义。伴奏方面除了原有的唢呐、锣鼓外，还增添了竹笛、二胡、小提琴、口琴等乐器，增强了音乐表现力。

在表现"新的人民"和新的生活的秧歌中，"唱词"的提升和运用使秧歌这一感性形式的理性力量得以增强。大生产运动、农村减租减息等经济革命、妇女解放运动、扫盲运动等构成了当时根据地人民觉醒和教育的大浪潮，对此秧歌剧都有节目相配。借助这些艺术形式，农民逐渐学会运用"土改""观念""教育""进步""文化""封建"等语词来结构他与外在历史环境的关系。经过对新的语词的学习和辨识，革命的语言逐渐渗透到农民日常的语言中。"我看你这人，刚从外边来，没有一点'观念'！你这人肚子里一点'文化'都没有，我不跟你说话啦。"①《十二把镰刀》中王二与王妻打造十二把镰刀的过程，也是王二作为代言者对王妻进行话语改造的过程；王二对王妻的评价从"旧脑筋"到"大有进步"，其实也是王妻接受新话语的过程。《夫妻识字》中共同学文化的那对夫妻，因为丈夫不认字，妻子要惩罚他、教育他，"要是认不得，我叫你饭也吃不成，觉也睡不成，黑地里跪到大天明，看你用心不用心"②当庄户人家的夫妻一笔一画地认着"学习""生产"等语词的时候，他们不仅对文字的知识有一

---

① 马健翎等：《十二把镰刀》，张庚：《秧歌剧选》，人民文学出版社 1977 年版，第 7 页。

② 马可等：《夫妻识字》，张庚：《秧歌剧选》，人民文学出版社 1977 年版，第 288 页。

种了解的愿望和要求，也潜在地将意识形态对现实和阶级的描述自然化、合理化。在这里，他们要认下的字是"学习""革命"或其他，连同字音字义一并带入个体的认知视野的，还有革命的政治力量对语词的阐释。从观看到参与，从接受教育到自我教育，在主体的再生产过程中，识字的行为进而成为一种启蒙的、象征的仪式。这一仪式所完成的，既有对于阶级身份的指认、政治话语的渗透，又有个体与他所联系的社会群体乃至民族国家的文化想象和文化建构。

整体观之，解放区新秧歌运动推动了民间状态的秧歌的更新演进，它不停顿地涵括、体验和言说新情况、新事件以及新的情感模式，无论演出内容的创造还是表演形式的革新，都显现出了无产阶级文化的印迹。它是解放了的、改革了的而且是集体化了的艺术。在"大秧歌应当是人民的集体舞，人民的大合唱"的话语指向下，有"各式各样的形象和色彩"的秧歌不仅"热闹，如老百姓所喜欢的那样"，还表现了"集体的力量"，成了"既为工农兵群众所欣赏而又为他们所参加创造的真正的群众的艺术行动"[1]。秧歌从组织、创作到编演，逐渐形成体系化、集体性的文艺生产程序。正如日本戏剧理论家河竹登志夫在《戏剧概论》一书中所指出的。"在一切艺术中，戏剧具有既是文化的创造物又是生动的社会现象的特性。换言之，戏剧是当时当地社会状况反映的这一强烈的'社会性'，是由这种作为'创造者'的观众所赋予的。"[2] 在边区政权的组织、领导下，这一时期的农村群众文艺活动达到了农民自发的传统娱乐所难以比拟的空前的规模。除了当时在延安的专业文艺团体外，绝大部分皆为群众性活动。他们自己创作、自己排导、自制服装道具，自己演出。例如规模最大

---

① 周扬：《表现新的群众的时代：看了春节秧歌以后》，《解放日报（延安）》1944 年 3 月 21 日。

② ［日］河竹登志夫：《戏剧概论》，陈秋峰等译，中国戏剧出版社 1983 年版，第125 页。

的"延安市民秧歌队","人数将近四百",演员"有工匠、有店员，有本地人，有山西人，有河南人等等"，而且"歌词、剧本是由他们自己编出来的"①。在左权县的五里堠春节期间的一个以"翻身乐"为题的大型广场秧歌剧中，参加演出的有 122 户，占全村户数的 84%；演员 273 人，占全村人数的 45%。其中有 12 个老汉老婆，208 个男女青壮年，53 个儿童。还有全家合演，公媳、兄嫂、夫妻、父子、师生合演的情形。② 秧歌舞中盛大的群众狂欢场面，把民众广泛地、直接地联系在了一个具有共同本质的氛围中。在 1944 年陕甘宁边区召开的规模甚大的文教工作者代表大会上，毛泽东特别强调了文艺工作者要同秧歌这种艺术"做朋友"。毛泽东同志还和农村的秧歌队员亲切合影以示鼓励。新秧歌运动在体现个体向群体趋归的同时，也规范了民众所能接纳的视野范围、社会记忆以及审美趣味，塑造着新的时代所需要的新的"人民"主体。

1943 年 4 月 25 日的《解放日报》曾专门发表社论，着重总结了新秧歌运动的三个显著特点：第一，"是文艺与政治的密切结合"，文艺工作者努力使自己的工作表现出革命的战斗内容，把抗战、生产、教育的问题作为创作的主题；其次，"是文艺工作者的面向群众"，在内容上力求反映群众的生活和要求，在形式上力求让群众能接受；再次，是"文艺的普及和提高问题"，其中最大的收获是：文艺工作者"开始努力使文艺从知识分子的小圈子里走向工农兵群众"。③ 新秧歌对"群众性""实践性"的强调，映现出的是边区民众的历史及现实生存中的问题与党的历史诉求和革命政策的一体化趋势，与革命的历史目的、历史目标的一致性存在。正是在此意义上，新秧歌运动与历

---

① 禾乃英：《延安市民的秧歌队》，《解放日报（延安）》1944 年 3 月 17 日。

② 夏青：《翻身乐》，荒煤：《农村新文艺运动的开展》，上海杂志公司 1951 年版，第 108—109 页。

③ 《社论：从春节宣传看文艺的新方向》，《解放日报（延安）》1943 年 4 月 25 日。

史进程表现为一种双向的、动态的建构性关联。它不是历史话语的被动反应，而是塑造历史的积极的、能动的力量。1944 年 2 月，在"延安文艺座谈会"召开一年零九个月之际，为检阅延安新文艺运动的成果，中共中央党校等八大秧歌队在杨家岭举行了一次大型会演。会演主要以为工农兵以及为当时革命任务服务为具体内容。① 在此，新秧歌已不止是一种演艺的活动，它凸显的是文艺家话语和革命意识形态话语及民间传统的互动与共振。"演剧时，我们的同志插在群众中，一面对他们解释剧情，一面倾听他们的意见。"② 这些秧歌以现实生活和革命斗争的真人真事入戏，通过反映生产劳动、家庭关系、军民关系以及政治生活等，构建的是一个具有"新的主题，新的人物，新的语言、形式"的"新的世界"。与作为辞旧迎新、祈福消灾之仪俗的民间形态的秧歌相比，新秧歌已转化为生产建设的日常狂欢意象，衍化为对革命胜利的迎接、对新的权力秩序和社会规范的确认。它充当着革命的狂欢、革命的仪典、革命的叙事等文化角色。究其实质，这一新型世界体现出了中国历史进程中特有的一种精神状态和理想，在特定的时代里起到了今人难以想象的作用。此后，许多讲述"革命故事"的文艺作品，在庆祝胜利的狂欢中，多是以彩绸飘舞、锣鼓喧天的秧歌场面来收束的。"秧歌情结"，已演绎为革命文艺一个必须完成的经典场景。嗣后延安出现的新歌剧《白毛女》等，正是从新秧歌剧中吸收了许多艺术的营养和实践的经验。

---

① 演出者及剧目为：保安处秧歌队（《红军万岁》《冯光琪除奸》），枣园秧歌队（《动员起来》），行政学院秧歌队（《好庄稼》），延属分区（《红军大反攻》），中共中央党校秧歌队（《牛永贵挂彩》），西北党校秧歌队（《刘生海转变》），西北局等（《女状元》），留政秧歌队（《刘连长开荒》）。参见《解放日报（延安）》1944 年 2 月 25 日。

② 《抗大总校的"斗争秧歌"》，《解放日报（延安）》1944 年 4 月 11 日。

# 20 世纪 90 年代以来的
# 中国解放区文学研究述评

在一篇文章中，刘增杰对解放区文学研究进行了阶段性的划分：第一个阶段是以颂扬为基本格调的研究阶段（时段为 20 世纪 40 年代至 70 年代末）；第二个阶段（约为 20 世纪 80 年代）是解放区文学研究的蜕变阶段；第三个阶段（20 世纪 90 年代以来）为解放区文学研究获得根本性改变的阶段。[①] 三个阶段的划分基本上勾勒出半个多世纪以来解放区文学研究所走过的历程。当然，这只能说是一种为便于宏观把握而进行的大致的划分，因为各个阶段之间不可能泾渭分明，阶段的划分也难以概括出各时期解放区文学研究的全部的复杂性。

随着共和国的成立，解放区文学研究也被纳入新生的学术体制中，在主流意识形态预置的轨道上运行。解放区文学研究所承担的重述历史的重任使其获得了"显赫"的地位，同时也导致了研究者对"党史化"的述史模式的共同遵循以及研究方法的单一化。从 1949 年到 70 年代末，接踵而至的政治运动使丁玲、艾青、萧军、赵树理等大批作家及其作品不断经受着现实政治的再检验、再选择，在这一次次非对话性的"声讨"式的批评中，既定的结论和观念成为研究者发言的逻辑起点，强烈的政治功利性排挤了学术的客观性准则，文学研

---

① 刘增杰：《于平静里寓波澜：读王培元〈延安鲁艺风云录〉》，《中国现代文学研究丛刊》2005 年第 4 期。

究的历史感呈破碎化的状态。实事求是地讲，正是在这一时期，解放区文学研究被打上了鲜明的"非学术"的印记，这也是后来许多严肃的学者对其望而却步的原因之一。

20世纪80年代的解放区文学研究曾出现了一股新的热潮。1984年《延安文艺研究》（季刊）①的创刊；1985年9月全国解放区文学研究会的成立；解放区文学史料的搜集、整理、出版；解放区文学专门史的撰写②以及大量研究论文的发表等都标示着这一时期研究工作所取得的成绩。然而，成绩的背后仍隐藏着某些内在的虚空和不足。80年代的最初几年，解放区文学研究主要的侧重点在于对一些作家、作品进行源于政治上的"拨乱反正"的"正名"，可以说，它所操持的批评的话语方式与此前的解放区文学研究并无太大差别。随着思想解放运动的开展和政治控制的松动，解放区文学研究呈现出两种声音并存的状态。一部分研究者坚守解放区文学传统，并将其视为恒久不变的精神动力，在研究中，继续采用"党史化"的述史模式。在这一点上，丁玲的看法具有代表性："研究延安文艺，实际上也就是研究我们党的历史、党的文艺史和党的文艺传统。"③ 与前者相比，另一部分研究者则显示出"突围"的勇气和"创新"的锐气，站在时代的制

---

① 该刊是在一些原解放区老作家及有关部门的支持下创办的，由陕西省社会科学院文学研究所、陕西省延安文艺学会主办，终刊于1992年。该刊创刊号的《编后记》提出了办刊的宗旨："不仅要实事求是地总结过去，而且要勇于面对现实，用延安文艺精神来研究现实文艺问题。我们要进一步挖掘延安文艺的宝藏，坚持和发展毛泽东文艺思想，继承和发扬延安革命文艺的传统，为社会主义文艺事业的繁荣和改革，为社会主义精神文明的建设服务。"

② 早在1958年，天津百花文艺出版社就出版了江超中编写的《解放区文艺概述（1941—1947）》，作者在该书的前言中谦称："这个小册子，仅仅是资料性的东西。"1988年，由刘增杰等人编撰的《中国解放区文学史》被学术界普遍认为是国内出版的第一部把各解放区文学看成一个整体，并进行系统性研究的著作。之后，汪应果等人的《解放区文学史》（漓江出版社1992年版）和许怀中主编的《中国解放区文学史》（海峡文艺出版社1994年版）相继问世。其他地域性的解放区文学史及散论式的著作恕不在此一一列举。

③ 丁玲：《研究延安文艺，继承延安文艺传统（代发刊词）》，《延安文艺研究》1984年创刊号。

高点上对解放区文学进行重新评价，而此时的重新评价已与 80 年代初一边倒式的"正名"拉开了距离。以上两部分研究者的对垒乃至冲突恰恰体现了两种文学观的互不相容，这种现象在 1988 年"重写文学史"的讨论后变得愈发严重。某些强烈情感因素的加入使双方都难以冷静下来对研究对象进行客观、具体的分析与考察，历史的本来面目在情绪化的批评中变得飘忽不定而难以把握。对研究对象要么全面否定，要么全面肯定，缺乏科学的理性精神和客观的历史观念的制衡，这势必使解放区文学重新堕入庸俗社会学的圈套。这种将肯定与否定、历史与现实、文学与政治截然对立的思维方式已成为解放区文学研究的极大障碍。需要指出的是，这种情绪化批评、二元对立的思维模式即使在今天的解放区文学研究中仍未真正断绝。对问题的争论的确在一定意义上对解放区文学研究的进一步深化起到了某种推动作用，但有一点也是值得肯定的，由于自身的局限，上述双方都没有在碰撞中形成一个新的有效的文学史观照视野，他们的成果还不足以建立起具有突破性的学术研究体系。

与 20 世纪 80 年代"两军对垒""唇枪舌剑"的热闹场面相比，90 年代以后的解放区文学研究则显得平静了许多。在社会的整体转型中，解放区文学研究也在调整着自身的位置、操作方式以及观念和策略。正如刘增杰所描述的，在这个时期，"解放区文学研究回到了它在社会生活结构中应处的位置，消融于中国现当代文学研究的整体格局之中"①。随着学术界对解放区文学性质认识的逐步深化，研究的视野、研究的格局也在发生着变动，研究方法随之革新。这标志着解放区文学研究正在进入扎实深入、稳步前进的学术建设阶段。

---

① 刘增杰：《静悄悄地行进：论 90 年代的解放区文学研究》，《文学评论》2002 年第 2 期。

由于时间间隔的进一步拉开，人们在回望已成为历史的解放区文学时更能保持一种平和、冷静的心态，而这样一种心态也正是研究解放区文学这一极易调动起人们各种情绪的特殊对象时所需要的。这个时期对解放区文学的反思仍在继续，但这种反思更多的是从历史实际出发，建立在对历史的正视和尊重的基础上的。综观 90 年代以后的解放区文学研究，进入研究对象的本体、还原其历史本质及原貌，进而建构一种文学研究的学理范式，一直是一个重要的主题。刘增杰呼吁解放区文学研究应该"回到原初"，所谓"回到原初"，"指的是解放区文学研究，应该切入当时解放区群众的生存状态，切入解放区文学（创作与论争）原初的存在，触摸到当时作家的精神深处，逼近研究对象，拥抱研究对象，走出人云亦云、程式化的研究模式，使研究日益接近理论形态"①。一些研究以某些具体的作品、作家、文学现象等为"个案"，站在当代的立场上，在历史的联系中对其进行重新解读或阐释，以求使以前被遮蔽或模糊的种种本相再次呈现和清晰起来，如对王实味等延安文人的个体或群体研究，对解放区一些"另类"作品的研究，对一些"经典"作家、作品的再研究等。从目前的研究状况来看，这一类的成果比较多见，其整体所达到的效度也是在以前的研究中从未有过的，对此，本书不一一列述。一些研究以较为宏观的视角深入解放区文学的内部，探究其内在的本原。席扬在分析"山药蛋审美"所面临的呈多元情状的文化整合背景时剖析了解放区文化形态的内部结构，认为"从解放区文化存在的整体上看，大致可分为政治的文化观念、知识分子文化观念和农民文化观念。这三种文化观念各以其功利性、超前性和传统性来表现其质点"②。袁盛勇则依

---

① 刘增杰：《回到原初：解放区文学研究中的一个问题》，《中国现代文学研究丛刊》1999 年第 4 期。

② 席扬：《文化整合中的传统创化——试论"山药蛋审美"在解放区文学及其中国当代文学中的意义》，《延安文艺研究》1992 年第 2 期。

据史料的辨析，指出解放区文学尤其是后期的解放区文学的观念核心并非"工农兵文学"，其本质应是"党的文学"。① 一些研究者试图走进"历史现场"，去感悟历史，由具体的历史场景、文学作品、作家的日常生活等诸多方面引发出问题，展现出历史原生态的真实性与复杂性。钱理群的《1948：天地玄黄》②、李书磊的《1942：走向民间》③ 虽不是以解放区文学为唯一研究对象，但其中相关的文学史叙述已经为解放区文学研究打开了一个新的视界。在《1948：天地玄黄》的"代后记"中，钱理群谈到本书的"年代史"的文学史结构："关注'一个年代'，就更集中，更具有历史的具体性与可操作性，可以把容易为'大文学史'所忽略（或省略）的历史细节（包括人们的日常生活等原生形态的细节）纳入视野；但研究眼光却要透过'一个年代'看'一个时代'，不但要对'一个年代'的历史事件、人物的来龙去脉、前因后果，了然于胸，善于作时、空上的思维扩展（即主编谢冕先生所说的'手风琴式的思维与写法'），而且要具有思想的敏感与穿透力，能够看（判断）出'细节'背后的'史'的意义与价值，也即'细节'的'典型性'。"④ 这样做的目的正是要努力进入历史情境，考察历史命题产生的因由，正视和揭示历史过程中一切严峻而复杂的事实或后果。对解放区知识分子的研究是解放区文学研究中的一个备受关注的课题。王培元的《抗战时期的延安鲁艺》并不是为"鲁艺"写校史，而是"力图以一种'文化传记'的形式，从'二十世纪中国文学与大学文化'的视角"⑤，通过对"鲁艺"师生的学习和

---

① 参见袁盛勇《"党的文学"：后期延安文学观念的核心》，《中国现代文学研究丛刊》2005 年第 3 期。

② 钱理群：《1948：天地玄黄》，山东教育出版社 1998 年版。

③ 李书磊：《1942：走向民间》，山东教育出版社 1998 年版。

④ 钱理群：《1948：天地玄黄》，山东教育出版社 1998 年版，第 323—324 页。

⑤ 王培元：《抗战时期的延安鲁艺·后记》，广西师范大学出版社 1999 年版，第393 页。

生活等历史事实的描述，揭示出"鲁艺"的若干重要方面和精神文化特征。朱鸿召的《延安文人》从对"延安文人"个体和群体及其行为的历史描述的角度切入延安整风运动，探寻处在那个特殊时空下的知识分子隐秘的心路历程。作者努力遵循着两个态度："其一，述而不论，述而少论；其二，言必有据，据必作注。"① 可以说，从朱鸿召的著作中，我们听到了另外一种叙述历史的声音。他的"历史想象"是建立在大量的第一手资料的基础上的，这或许是没有经历过那一段历史的年轻学人们的一种必然的理性选择。

值得一提的是，近年来，一些研究者将解放区文学置入现、当代文学史的整体框架，在历史的流程中考察解放区文学的存在形态、意义生成及走向等问题。陈思和提出的"战争文化心理"和以"战争"为时间维度的文学史概念，对解放区文学研究产生了积极影响。② 钱理群在他的"40 年代大文学史"的构想中，将包括解放区文学在内的 40 年代文学视为 20 世纪中国文学史的"中间地带"，强调在文学史的研究中历史"细节"的描述与政治史和思想史的关联性③，其中诸多富有创造性的见解为解放区文学研究带来了某种深刻的启示。洪子诚在《中国当代文学史》《问题与方法：中国当代文学史研究讲稿》④ 等著作和文章中较多地关注到了解放区文学所具有的历史转折时期的文学的性质。他认为，"四五十年代之交的社会转折，也影响推动了中国文学的构成因素及它们之间关系的剧烈错动，发生了文学的'转折'。'转折'在这里，指的主要是 40

---

① 朱鸿召：《延安文人·自序》，广东人民出版社 2001 年版，第 2 页。
② 参见《陈思和自选集》，广西师范大学出版社 1997 年版。
③ 参见钱理群《关于 20 世纪 40 年代大文学史研究的断想》，《中国现代文学研究丛刊》2005 年第 1 期。
④ 参见洪子诚《问题与方法：中国当代文学史研究讲稿》，生活·读书·新知三联书店 2002 年版。

年代文学格局中各种倾向、流派、力量的关系的重组"①。洪子诚对解放区文学的考察是动态的,而非静态的,他"以宏阔目光对解放区文学有关问题的理解,为解放区文学的进一步研究,提供了较高的理论支点"②。同样,孟繁华、程光炜的《中国当代文学发展史》③ 也将目光聚焦在处于历史交汇点的解放区文学,以此为中介探究共和国文学的"源流",更注意理解和评价解放区文学在 20 世纪文学中所扮演的角色。贺桂梅的《转折的时代:40—50 年代作家研究》则从具体作家的角度对 40—50 年代的文学转折作出描述。该书一个基本设想是,"不希望从纯粹的'外部因素'的描述来解释作家们的选择或变化,而试图尽可能'多层次地、立体地'对作家的思想、精神状态作出描述。这也就意味着在兼顾社会、政治变化造成的巨大影响的同时,更为关注作家内在的思想/精神脉络,他/她们基于自身的认知方式、情感结构和微观判断而作出的反应,以及这种反应与外界的碰撞所产生的后果"④。赵园在谈到 40 年代文学研究时,"痛感我们的历史叙述中细节的缺乏,物质生活细节,制度细节,当然更缺少对于细节的意义发现"。她认为,40 年代,尤其是"1945 年至 1949 年,是一个流动、混融、原有的某些界限变得不确定的时期。根据地、解放区文学向国统区的浸润,其间文学版图的改写,是在一段时间中发生的。考察'积渐',或许更是史学方法。……打开已有视野遮蔽的空间,呈现所能发现的全部复杂性,是我们有可能做的工作"⑤。

---

① 洪子诚:《中国当代文学史》,北京大学出版社 1999 年版,第 3 页。

② 刘增杰:《静悄悄地行进:论 90 年代的解放区文学研究》,《文学评论》2002 年第 2 期。

③ 参见孟繁华、程光炜《中国当代文学发展史》,人民文学出版社 2004 年版。

④ 贺桂梅:《转折的时代:40—50 年代作家研究》,山东教育出版社 2003 年版,第 4 页。

⑤ 参见赵园、钱理群、洪子诚等《20 世纪 40 至 70 年代文学研究:问题与方法(笔谈)》,《中国现代文学研究丛刊》2004 年第 2 期。在这组笔谈中,对解放区文学研究多有涉及。

可以说，上述研究视点的转换实际上涉及的是历史观的调整，以此来审视解放区文学，更便于全面、深入揭示它的某些特征，从而有效地克服以往研究中存在的某种局限性，为解放区文学研究带来一个新的学术生长的空间。

在进入20世纪90年代的最初几年，解放区文学研究陷入了冷寂的局面，这种局面一直到90年代中期以后才逐渐有所改变。从21世纪初开始，解放区文学研究引起了现代文学研究界的持续关注，其文学史价值逐步得到彰显。博士学位论文的选题和写作可以说是学术研究态势和走向的"晴雨表"，仅以此为例，可以看出近年来解放区文学研究正在努力摆脱不平衡的局面，其被关注度有所提高。根据"中国知网·中国优秀博硕士学位论文全文数据库"（http：//www.cnki.net/）和中国国家图书馆馆藏资料统计（统计时间截至2006年2月28日），以解放区文学为研究对象的博士论文共有以下11篇（以年份先后、作者姓氏音序排列）：

（1）朱鸿召：《兵法社会的延安文学：1937—1947》，博士学位论文，华东师范大学，1998年。

（2）付道磊：《文人的理想与新中国梦：1936年至1942年延安的文化与文学剖析》，博士学位论文，南京大学，2000年。

（3）王利丽：《解放区小说的历史解读》，博士学位论文，北京师范大学，2002年。

（4）吴敏：《"倾斜"与"缝隙"：试论延安文人40年代的思想转变》，博士学位论文，中山大学，2002年。

（5）江震龙：《从纷繁多元到一元整一："中国解放区散文"研究》，博士学位论文，福建师范大学，2003年。

（6）张根柱：《个性的失落与文学的主题：另一种考察视角下的延安文学》，博士学位论文，南京大学，2003年。

（7）袁盛勇：《宿命的召唤：论延安文学意识形态化的形成》，博士学位论文，复旦大学，2004 年。

（8）赵卫东：《延安文学体制的生成与确立》，博士学位论文，浙江大学，2004 年。

（9）毛巧晖：《涵化与归化：论延安时期解放区的"民间文学"》，博士学位论文，华东师范大学，2005 年。①

（10）孟远：《歌剧〈白毛女〉研究》，博士学位论文，中国人民大学，2005 年。

（11）王雪伟：《何其芳的延安之路：一个理想主义者的心灵轨迹》，博士学位论文，山东师范大学，2005 年。

上述学位论文从不同层面介入解放区文学研究，充分显示出了各自的学术特色。尽管如此，与中国现代文学中其他领域相比较而言，解放区文学研究从总体来看还缺乏系统性和突破性，尤其是扎实、有效、充满强烈文学史意识的研究成果还为数不多。目前的解放区文学研究还属于一个尚待进一步开拓的领域，仍是现代文学研究中投入和成果相对薄弱的环节。《学术月刊》在 2006 年 2 月号上，特邀王富仁等部分学者以"延安文学及其研究的当代性"为题展开讨论。王富仁强调，对延安文学研究的忽视，给中国现代文学研究带来了某些不均衡的现象，"在文学观念上也有忽视文学的社会性、革命性，片面强调文学的娱乐性、消费性的偏差"。所以，在今天的学术背景下，延安文学有重新加以研究的必要。他认为，在 21 世纪重新重视延安文学研究，不是又将其作为中国现代文学发展的终极形态，而是充分注意到"文革"结束后中国现代文学研究的新进展，并站在更高的视点

---

① 除该论文所属学科为"文艺学：文艺民俗"、《歌剧〈白毛女〉研究》所属学科为"文艺学"外，其他所列学位论文均属"中国现当代文学"。

上对其进行新的感受和思考。① 钱理群在反观已成为"历史事件"的"20世纪中国文学"这一命题的提出时,回忆起王瑶先生当年的质疑:"你们讲二十世纪为什么不讲殖民帝国的瓦解,第三世界的兴起,不讲(或少讲,或只从消极方面讲)马克思主义,共产主义运动,俄国与俄国文学的影响?"② 这回忆本身已经充满了一种深切的反省。或许研究者对解放区文学的"规避"是源于新的文学史叙述法则在"特殊"的研究对象面前无法言说的尴尬,但这并不意味着研究主体就此已无能为力。解放区文学中有太多的方面需要重新清理,而清理的结果将直接或间接地影响到整个现、当代文学史研究的进一步拓展和深化。

---

① 此次笔谈汇集了王富仁的《延安文学有重新加以研究的必要》、朱鸿召的《重新厘定延安文学传统》、袁盛勇的《直面与重写延安文学的复杂性》三篇文章,参见《反思与重启:延安文学及其研究的当代性(专题讨论)》,《学术月刊》2006年第2期。朱鸿召认为,与现有知识谱系中的"延安文学传统"相对应还存在一个实践形态的"延安文学传统",时间上包括整个延安时期,尤其是1942年整风运动前的文艺运动和文学创作。袁盛勇认为,1949—1976年的中国当代文学发展过程中,后期延安文学(而非作为总体的延安文学)成为其直接的理论来源和文学资源;在新的历史语境下重新探讨延安文学的本真,应该直面它的复杂性。
② 钱理群:《矛盾与困惑中的写作》,《文艺理论研究》1999年第3期。

# 以"体验"的方式进入历史：
# 再读柳青的《创业史》

  《创业史》所着力反映的农业合作化运动是继"土地改革"之后的又一次重组乡村秩序、引发中国乡村产生深刻变革的一项重大革命，从这个意义上说，《创业史》的发表，无疑构成了一个特定历史进程中的重要"事件"。革命的目的在于彻底摧毁旧有的秩序空间，从而打破中国历史的循环状态，创造一种崭新的历史。在《创业史》中，合作化运动被描绘成一场创造新历史的史诗性的社会变革。小说描写了渭河平原的一个小村庄合作化运动的历程，从而折射出一个时代的历史面貌，揭示出历史运动的本质。《创业史》的历史性首先来自它所书写的农业合作化运动这一革命实践活动的历史性。历史对柳青的创作来说绝非仅仅是外在的制约性因素，而是通过它有效地渗透和折射最终成为影响文学创作内部法则的逻辑力量。历史的元叙事作为一种具有浓厚意识形态色彩的真理性叙事，左右着作家的历史意识，支配着《创业史》的历史叙述和历史阐释。与《太阳照在桑干河上》《暴风骤雨》等土改小说一样，《创业史》并非由纯粹的文学要素构成，历史的叙事结构决定了它的文本结构，文学叙事与历史叙事在宏观意义上的同构是它的一个重要特征，这一点是我们在重读这部作品时必须正视的。

一

考察《创业史》，历史与文学的关系可以说是一个不可回避的核心问题。《创业史》1959 年以"稻地风波"为题在《延河》杂志上发表，1960 年正式出版，作品的构思和写作几乎与当时的农业合作化运动同步运行。置身于轰轰烈烈的历史进程之中，书写没有经过历史沉淀和时间筛选的刚刚发生和正在进行的重大历史事件，这种颇具"时事性"的写作显然是十分困难的。合作化运动作为真实发生的历史事件，一旦进入文学作品，则变成了建构的"历史"，这里便存在着一个如何言说的问题。在海登·怀特看来，事件本身并不构成历史，真正的历史应该指向事件之间的意义或"关系网"。"关系网并不直接存在于事件之中；它存在于历史学家反思事件的脑海里。"① 笔者认为，《创业史》的创作"困难"主要就在于这种"关系网"的架构，也就是在既定的历史叙述的框架之下，如何以文学这种特殊的形式去书写合作化运动这一历史事件，从而凸显历史想象的深层结构。

毋庸讳言，《创业史》是一部以书写历史为旨归的"宏大叙事"，它要回答的是"中国农村为什么会发生社会主义革命和这次革命是怎样进行的"这一历史性课题。值得注意的是，柳青在谈到《创业史》的创作时却作了这样的表达："……我是写小说，又不是写历史，一部作品要有生命力，要经得起历史的考验，就应当严格地遵循既源于生活，高于生活，又要如实地反映生活的原则，不能跟着政治气候

---

① ［美］海登·怀特：《作为文学虚构的历史文本》，张京媛编著《新历史主义与文学批评》，北京大学出版社 1993 年版，第 174 页。

转，不能因为政治活动的影响而歪曲生活的本来面目。"① 柳青的这段内心表白看起来与《创业史》的创作目标构成了某种冲突，但实际上又是矛盾统一的，其背后隐藏着作家一种寻求历史和文学平衡的写作焦虑。文学毕竟不同于历史，柳青在寻找一种实现目的的手段，具体地说是另辟蹊径，选择一种文学进入历史、打通历史叙述的恰当方式。

柳青以"体验"的方式走进了历史。这里的"体验"不仅仅是指进入历史现场，进行外在的观察，而是一种源于生活的理智的"体验"，它要求创作主体遵循艺术规律，暂时屏蔽某种权威的观念，置身于历史进程之中，与书写对象一同排列在时间的序列中并融合为一体，深入历史的细部和人物精神的深处，以便揭示某种独特的、用思想上的成见无法表述的历史背后的东西。这是一种理性主导下的情感思维和直觉把握的方法，它最后的追求和归宿并非独享个人的体验、展现丰富的"生活世界"，它实际上是一种感受和理解历史的过程，这种感受和理解虽然难以完全超越具体的时空限制，但也在一定程度上避免了以有限的历史理念的逻辑去阐释和推演无限多样化的世界的写作危机。

柳青对历史的体验具有一种"亲历性"。和"十七年"的其他作家一样，柳青自觉认同历史的律令，走向民间，在宏大的历史进程中调整自己的位置，以文学这样一种特殊的方式参与了历史的创造过程，成为历史话语的实践者。他将自己置身于作品人物的生活情境当中，用心、用情感和生命体味着他们的生存状态，洞察历史对于他们生活和命运的意义。柳青执着于乡土，以致把自己的生命都融入了关中平原的泥土中。1952年，柳青偕全家从北京迁到陕西省长安县皇甫

---

① 蒙万夫等：《柳青传略》，陕西人民出版社1988年版，第201页。

村，并担任长安县委副书记。在那个终南山下的村庄里，他亲历和见证了农业合作化运动的各个阶段。到"文革"爆发时为止，柳青在这个山村里一住就是 14 年。他过着和庄稼人一样的生活，和当地人一样穿着打扮，外表就像一位朴实的、有知识的农民。柳青穿梭于作品中的人物原型之间，与他们朝夕相处、亲密接触，了解他们的生活和政治态度，掌握合作化运动的第一手材料，同时认真研究哲学、心理学、历史学以及党和国家领导人的讲话及相关的政策、文件，为《创业史》的写作奠定根基。在皇甫村，柳青首先是一位出色的农村工作者、政治鼓动家，以至于这样一种身份遮盖了作为作家的柳青，直到他离开皇甫村，这里的很多村民竟然还不知道柳青是一位出名的大作家。王家斌是《创业史》中梁生宝的原型，也是柳青事业上的伙伴。据当时的王曲人民公社社长孟维刚介绍，"皇甫村王家斌互助组，柳青同志亲自领导，一直搞了三年，组内十来户人，谁那天干什么活，发生了些什么问题，他都知道。有一年下镰割麦时，互助组被富裕中农攻击得很厉害，一些不坚定的组员让富裕中农雇去打短工去了。互助组面临垮台的危险，柳青同志就去帮助他们，从天黑开会直到天明，通宵未睡，终于使互助组有了转机。……他不是旁观生活，而是亲身参加斗争。……那天下大雪，柳青同志不管道路多么泥泞，还是和村干部、群众一起到富农家里，说理斗争。每次和富农的斗争，他都是亲身参加。他对各个不同的阶级、阶层的人物，都深入了解和进行观察。像小说中梁大老汉那样的上中农家庭，他经常去串门、谈话，参加其家庭会议"①。由此可见，柳青的这种对历史的"亲历性"体验本身已经构成了一种独特的实践性文本，它与《创业史》这样一个文学文本在话语层面上相互生成、相互丰富，体现出一种不同寻常

---

① 《座谈〈创业史〉第一部》，《延河》1960 年第 11 期。

的"互文性"。这正如柳青所说："《创业史》也是我自身的经历，我把自己体验的一部分，和经历过的一部分，都写进去了。生宝的性格，以及他对党、对周围事物、对待各种各样人的态度，就有我自身的写照。"①

当然，对于文学创作来讲，仅有"亲历性"的体验是不够的，还必须把这种体验有效地渗透到作品的创作中去，从而去发现和创获某种意义。在"十七年"的文坛上，众多作家都具有这种"亲历性"体验的经历，但与诸多作家相比，柳青的《创业史》却显示出一种特殊的魅力，这显然和作家对文学的认识、理解以及创作追求密切相关。柳青在就《创业史》的创作与读者交流时谈道："马克思说：'人不仅通过思维，而且也用一切感觉在对象世界中肯定自己。'……马克思把这叫作艺术工作者的对象化。这意思正如今天人们所说的：演员登台要进入角色，作家写小说要通过人物。不仅仅作家的五官感觉对象化，而且包括精神感觉对象化的功夫，决定艺术形象化的程度。"② 也就是说，作家在对描写对象了解和熟悉的基础上，不仅通过理性思维对其本质进行认知，而且也要通过诗性的直观感觉的方式把握对象的具体形态和性质，并将观照对象纳入自己已有的"图式"之内，使之"心灵化"。

二

人是历史的主体，人类历史在最直接的意义上表现为人的活动的历史。马克思说："历史什么事情也没有做……创造这一切，拥有这

---

① 王维玲：《柳青和〈创业史〉》，《延河》1980年第8期。
② 柳青：《关于〈创业史〉复读者的两封信》，《延河》1962年第3期。

一切并为这一切而斗争的，不是'历史'，而正是人，现实的、活生生的人……历史不过是追求着自己目的的人的活动而已。"① 历史说到底并非事件的演绎，而是人的精神相激相荡以及运动的结果。书写历史，最重要的是要走进历史中人的灵魂深处。《创业史》是以人物为中心架构起来的，历史是复杂的，人也是复杂的，将历史分解为人的具体活动，这将是一项非常困难的工程。柳青指出了他完成这项工程的途径："农村的所有制发生了根本变化，必然引起人们精神面貌的巨大变化。革命改变了私有制，也在所有制改造的同时，改造人们的精神世界。我的小说的描写重点在于人们的精神世界。"②

合作化运动改变着中国农民几千年来形成的生活方式，触动着农民的实际利益。基于私有制基础上的对家庭富裕生活的渴求是千百年来农民的超稳定心态，因此薛暮桥认为："说农民早已普遍存在合作化的强烈要求，也是不符合历史情况的。"③ 作为小生产者，农民天然地具有一种双重品格，一方面具有反抗压迫的革命性，另一方面又具有盲目封闭、狭隘自私的保守性。在土改后的中国农村，无论是原来的贫雇农，还是中农、富农，都热切地希望添牲口、置产业、不断增加收益。与农民多年朝夕相处的生活体验，使柳青深知生存等实际问题是农民面对的首要问题。小说并没有在激烈的阶级斗争中去展开它的历史画卷，而是从农民正当的物质渴求与这种渴求在现实中难以实现的难题中去揭示合作化的意义。在作品中，阶级斗争并非叙事的主线，其矛盾的焦点主要集中在集体致富和个人致富这一时代的问题上。在《创业史》宏大的史诗框架内所包容着的，是一些具体可感的深入生活深层的分结构。作品正视农民自身生存与发展的需要，将农民视为合作化运动的物

---

① 《马克思恩格斯全集》第 2 卷，人民出版社 1990 年版，第 118—119 页。
② 蒙万夫等：《柳青传略》，陕西人民出版社 1988 年版，第 163 页。
③ 薛暮桥：《薛暮桥回忆录》，天津人民出版社 1996 年版，第 219 页。

质承担者和践行者。柳青没有对农民身上存在的弱点和局限进行无情的鞭挞和辛辣的讽刺，而是在同情、理解农民的传统心态和合理诉求的基础上，去发现历史变动中人性的复杂，从一个侧面折射出农民群体对农村社会变革的主观感受和价值观的变迁。

《创业史》的"题叙"中写道："于是梁三老汉草棚里的矛盾和统一，与下堡乡第五村（即蛤蟆滩）的矛盾和统一，在社会主义革命的几年里纠缠在一起，就构成了这部'生活故事'的内容。"《创业史》以线性的时间为线索，在蛤蟆滩各阶级和各阶层人物之间的关系中展开叙事。梁生宝作为小说的中心人物，是牵动变动着的乡村中各种关系的主线，而种种错综复杂的关系扭结在一起，最终体现的则是农民和历史的关系。在这种关系网络中，柳青塑造了一系列真实丰满、生动传神的人物形象。柳青将他对历史的体验融注到他笔下的人物身上，把人物放置于历史的旋流中进行观照，在把握外在世界的同时，去触摸在重大的历史变革中人的精神的律动。柳青认为，一个平庸的作家往往"不能拿他的人物的感觉，来表现作品里面的情节、环境；而是把作者的感觉，强加给他的人物"[①]。柳青对他笔下的人物是尊重的，他与小说中的人物在很大意义上构成一种协商的关系，依据人物性格发展的逻辑和生活发展的逻辑来塑造人物，从而使他笔下的人物真实可信、富有质感，同时也保证了人物形象所包蕴的历史信息的含量。

梁生宝作为全书着力塑造的社会主义农村中"新人"的形象，的确存在一些理想化的成分，但作者并没有把他塑造成一个创世英雄和一个概念化的符号。梁生宝是"党的儿子"，也是梁三老汉的儿子。作为底层农民的后代，作者合情入理地赋予了梁生宝以中国农民吃苦耐劳、踏实肯干、淳朴厚道等传统美德。作为小说人物关系网中的核

----

① 柳青：《生活是创作的基础》，《延河》1978 年第 5 期。

心人物，梁生宝并没有惊天动地的壮举，买稻种、进山割竹、组织互助组，这些"平凡"的事情都与粮食、土地以及农业生产密切相关。可以说，梁生宝是坚定地走农业互助合作道路的带头人，同时也是公而忘私、勇于牺牲个人利益的农村走共同富裕道路的带头人。梁生宝以自己的行为诠释着历史的要义，他的思想情绪和心态转换与历史进程、现实生活的发展保持着同频共振。作者在这个人物身上奏响着一个时代精神的主旋律，同时也深深刻下了历史的痕迹。

与梁生宝相比，梁三老汉属于作品中的"中间人物"。作为一位老式的农民，梁三老汉最初的梦想是当上"三合头瓦房院的长者"，"穿着很厚实的棉衣裳"。在旧社会经历了三起三落的创业后，"再也不提创家立业的事了"。可是当"土改"时分到了梦寐以求的十亩稻地之后，"仿佛有一种莫名其妙的精力，注入了梁三老汉早已干瘪了的身体"。小说的第一章细致地描写梁三老汉旁观郭世富家新房上梁时羡慕甚至有些嫉妒的复杂心情，作为乡村中财富和权势象征的房子牵出了他"当上富裕中农"的梦："十年八年以后……地全到咱爷俩名下了，咱成了财东，他们得给咱干活"，可见，梁三老汉的想法与富裕中农甚至富农有着惊人的相似之处。但梁三老汉毕竟是一个善良勤劳、朴实正直的农民，一听到"剥削"两字就有些惭愧，他天真地说："咱不雇长工，也不放粮，咱光图个富足，给子孙们创业哩！"这样的心理结构决定了梁三老汉不会成为姚士杰和郭世富，是一个可以争取的人物。小说借梁生宝的口透露出作者对梁三老汉的理解和宽容："庄稼人都是务实的人嘛！不保险不干。嘿，耳听为虚，眼见为实——这是庄稼人的口头话。庄稼人眼见过小家小户小光景，没见过社会主义嘛！就拿俺爹说吧！俺父子在一口锅里舀饭吃，我做梦，梦互助组；俺妈说，俺爹做梦，梦他当富裕中农哩！""富裕中农的光景，在他眼里再美没有哩嘛。社会主义他没见过，咱不能强迫他相信。咱只能做出样子给他看。可是俺的樊乡长说俺的爹扯后腿，对不起共产党，是忘恩负义，是没良心，根本不像个贫雇农样子。俺爹为啥不像贫雇农样子？土地证往墙上一钉，就跪下给毛主席像磕头，这是没良心吗？……他太把俺爹不当人了！俺爹是好农民。"《创业史》并没有像有些同类题材小说那样用喜剧化的否定方式消解掉旧式农民内心的丰富性，而是在新和旧、公与私的矛盾运行中细腻地展开了梁三老汉的精神世界，表现了他对合作化运动从排斥、怀疑到支持、参与、信赖的复杂而艰难的心路历程，凸显出历史的沉重。梁三老汉由此成为具有深度和厚度、包蕴着丰富的历史文化内涵的人物形象。

《创业史》当中的女性形象也是值得注意的群落。徐改霞是作为一名新型的农村姑娘的形象出现在作品中的。她美丽善良、真挚纯情、刚强正派，具有自主意识和独立精神，被作者描写成一位"思想像她红润的脸蛋一般健康，心地像她的天蓝色的布衫一般纯洁"的姑娘。她对爱情有着与一般农村姑娘不同的理解，借助新婚姻法的力量，她冲破了包办婚姻的束缚，倾慕着梁生宝，也热爱梁生宝所做的事业。她对爱情比梁生宝大胆、开放、敢于付出，情感的体验细腻，内心时常充满着感情的煎熬。她最终怀着几分惆怅离开梁生宝、离开乡村，"奔赴祖国工业化的战线"，梁生宝的冷淡和郭振山的挑唆并非唯一的原因。改霞有着自己的冷静思考："生宝和她都是强性子年轻人，又都热心于社会活动，结了亲是不是一定好呢？……生宝肯定是属于人民的人了；而她自己呢？也不甘愿当个庄稼院的好媳妇。"改霞的离去并非为了逃避，而是在选择和尝试一种新的生活。作者在这里没有责备改霞，而是尊重了她的选择，满怀怅惘地目送改霞远去的背影……

与改霞不同，素芳的身世决定了她无法勇敢地冲破包办婚姻的束缚。她怀着身孕走进王二直杠的家门，嫁给了有些弱智、不懂感情的拴拴，受尽了王家的折磨。柳青对于素芳对梁生宝的示爱和与姚士杰的通奸并没有以道德法官的身份进行判断和指责，从而把她处理成一个坏女人，而是对其报以了深深的怜悯和同情。同素芳一样，秀兰也没有反抗包办婚姻，但所不同的是，她未见过面的未婚夫是一位抗美援朝的英雄。在战场上，英雄被汽油弹烧毁了面容，秀兰在承受了巨大的痛苦之后还是毅然接受了现实，怀着对英雄的崇敬提前为婆家承担起儿媳的责任，她和她的全家也因此分享了英雄的荣光。但在这种荣光背后，我们分明感到了一种难以言说的"残酷"，仿佛听到了从历史深处传来的一声叹息。

柳青对历史怀着深深的敬畏，而这种敬畏决定了他最终选择以"体验"的方式走进历史，同时也决定了他书写历史的严肃姿态，这种写作姿态使柳青丰富的生活积累和历史感受转化为一种艺术生成的有效资源。正因为如此，他的《创业史》才更符合生活的逻辑，而最终成为一部文学史的经典，成为有关农业合作化运动的"信史"，而没有成为图解历史观念的简单的历史教材。对于自己的作品，柳青真诚地说："不要给《创业史》估价，它还要经受考验；就是合作化运动，也还要受历史的考验。一部作品，评价很高，但不在读者群众中间考验，再过五十年就没有人点头。"[①]"体验"成就了《创业史》，也使作品难免被刻上了时代的痕迹。重读柳青的《创业史》，应该秉持一种"历史"的态度，也就是说要以客观的历史的眼光和学理的态度对其进行历史还原式的阐释和审慎的再解读。所谓的历史研究的当代性，是指把历史作为一个活着的整体过程和统一于现实的精神活动来看待，而不是游离于历史自身的超验的判断，它所要防止的恰恰是价值评估的简单化。

---

① 阎纲：《四访柳青》，《当代》1979 年第 2 期。

# 文本导读：革命时期的爱情

## 《柳堡的故事》

小说《柳堡的故事》创作于共和国刚刚成立的 1949 年 10 月，可以称为新中国文学的报晓之作。小说一经发表，便赢得了众多读者的喜爱，后来又被译成英、德等多种外语版本，并被改编为同名电影。电影延伸了小说的生命力，那首充满了浓郁的地方风味和民歌情趣的插曲《九九艳阳天》，数十年来一直在民间广为传唱，经久不衰。"十八岁的哥哥要把军来参"，成为一代青少年追求的人生梦想。

中国革命斗争这一社会历史本文为文学叙事提供了巨大的话语空间。同正面反映艰苦卓绝的革命斗争史和礼赞英雄主义的话语结构方式相比，《柳堡的故事》这篇小说多少偏离了当时的主流叙事。在崭新的共和国诞生之际，作家胡石言满怀着新生的激情创作了这篇小说。这种特殊的心境，使作者在创作中不知不觉地抖落了些许清规戒律，勇敢地介入了"战争中的爱情"这一较为敏感的题材领域，去着力描写在抗日战争的艰苦年月里，在争取解放的共同斗争中，一对青年男女——新四军某连副班长李进与善良俊俏的农村姑娘二妹子之间

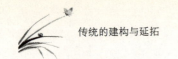

所发生的富有青春气息的"红色"恋情，从而展示在战争环境下青年人的心灵经历和悲欢离合。

小说主人公李进是一个成长中的青年战士形象。李进的出场被置于典型的与革命话语冲突的行为情境中。作品开篇写道，指导员突然接到耸人听闻的报告：四班副班长李进"企图腐化"。原来，李进和房东的女儿二妹子正在谈恋爱。李进原是一名普通青年，在社会上没有从事过任何职业，尚未满十六岁即参加了革命。刚刚成年的他依旧顽皮好胜，在某些方面还显得不成熟。"考验"的环节由此得以展开。如何处理革命和爱情的关系是他在成长历程中需要面对的关键一步。初涉爱河的他，注重装扮，还在身上洒了些香水。在爱情与革命纪律之间徘徊的李进，身上多少有一些"不纯"的思想和感情。他曾假装肚子疼，赖在家里不去练兵，以便与二妹子接近。他曾自己检讨，有一天晚上和二妹子见面，是"存着坏心思去的"。

革命大家庭是李进成长的摇篮。在李进的成长过程中，指导员扮演了导师和领路人的角色。当李进的思想感情问题刚一露头，指导员就找他促膝谈心，对他进行耐心细致的思想政治教育，并适时地调换房子，这充分体现了他的政治素质和政治敏感。他帮助李进提高思想，并给他以前进的力量，将革命意识形态所要求的价值、意义讲解给青年战士。他没有指手画脚地呵斥萌生在青年战士心灵深处的这种个体情感，而是建议其将这种"小爱"珍藏起来，追求阶级的"大爱"。他将战士们心中对统治阶级鄙视和仇恨等朴素的情感，升华为一种具有革命性的思想感情，把战士对二妹子苦难的同情，引向解放千千万万像二妹子一样受苦受难的阶级姐妹这种革命的理性行动。在指导员的努力下，李进的人生道路得以校正，性格中革命的质素逐渐增加和纯化，最终克制了个人的感情。他接受了批评，行动检点起来，更重要的是跨越了单纯的个人情感，一步步成长为坚定、无私的革命战士。在后来的征战中，李进表现得英勇顽强，富有自我牺牲精神，并荣获得了熠熠闪光的人民英雄奖章。李进面对种种考验时的最终抉择成为对革命战士应有品质的展示和说明。思想纯、作风好的指导员，其实是操持着革命话语的象征载体。他以神圣的政治使命感，关注战士主体的性格成长，规训和诠释了革命战士的个人爱情价值。通过整合青年战士的"自我意识"和"革命意识"，并使其最终成为无产阶级革命队伍的一员，从而完成了具有革命要求的阶层如何在共产党领导下进行革命的历史逻辑的建构。

革命、青春、爱情、成长是这篇小说的关键词。

无须赘言，青春与爱情是同生共长的。但作者的用意不仅仅是为了表现李进与二妹子的恋情，或者说对爱情的抒写并不是这篇小说唯一的、最终的目的。小说凸显了积极的革命力量在与罪恶和非正义势力相抗衡时迸射出来的青春之美。革命斗争在故事情节发展中起着决定性的作用。我们看到，李进和二妹子的爱情故事是从二妹子想参军开始的。正是革命的军队（其中自然包括李进）把受到伪军刘胡子胁迫强娶的二妹子从灾难中解救出来，使二妹子不仅由此得到解放，也更加热爱这个部队，更加钟情于李进。可以说，二妹子之所以接近李进、爱上李进，是因为她对于革命军队的无比感激和无限热爱，这种爱是建立在共同的阶级身份基础上的。二妹子向往革命的热情是她向往爱情的序曲。在当时的战争语境下，军队纪律是不容许革命战士同民女谈恋爱的，纪律作为一种至高无上的律令，它先于个人而存在，在战争语境下尤其具有确定的内涵与指涉。他们的情感、精神和意志面临着严峻考验。情深意长的李进与二妹子，在革命与爱情的矛盾冲突中，将爱情深深地埋在了心底，汇入了轰轰烈烈的革命进程之中。在这里，革命话语是推进文本叙事的重要力量。革命的意义明显要高于爱情的意义。随着对革命信念的日益坚定，李进和二妹子的感情也

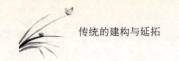

在生长。

岁月如水。几年后，当已升任连长的李进随部队来到久别的柳堡时又与二妹子短暂重逢。当年娇弱的二妹子，此时已经成为一名英姿飒爽的妇女干部。他们虽然无法朝朝暮暮，却彼此恪守着这份情感，执着地把个人的追求、愿望与整个阶级的解放事业联系在一起。李进在指导员撑起的船上对二妹子表达自己的情感："你放心，我有哪一点对不起革命，就没有脸回来见你。"此种情境与堤上朝气蓬勃、斗志昂扬地阔步前行的队伍，以及激励人心的歌声和灿烂的阳光共同组成了一个意味深长的结局。至此，革命历史意义与个体生命意义圆满地统合在一起。

# 《红豆》

《红豆》是作家宗璞早期的代表作之一。这篇小说在1957年《人民文学》"革新特号"7月号上发表后，深深地吸引了读者，同时也引起了不小的争论。作品在当时曾受到"宣扬了资产阶级的恋爱至上的观点"，"在感情的细流里不健康"等诸多责难。在英雄文本、革命文本占据叙事中心的"十七年文学"中，以青年知识分子的爱情经历为题材的作品自然对当时的文坛造成了一定的冲击。同时，在具体的历史语境的规约下，《红豆》的爱情书写也显得有些犹疑甚至"怪异"。

在中国当代文学史中，宗璞可以算是第一位敢于描写爱情和善于描写爱情的女作家。《红豆》使作家宗璞饮誉文坛。据相关资料介绍，当年，一些青年大学生读过这部小说之后，甚至到颐和园的玉带桥边去寻找江玫与齐虹定情的确切地点。也曾让另一位女作家张抗抗在少女时代读后"怦然为之心动"。

在《红豆》的爱情叙事中，革命与爱情的纠缠是贯穿始终的线索。这个略显凄婉的爱情故事生长在"动荡的翻天覆地的"新中国成立前夕。出身进步知识分子家庭的女大学生江玫与她的同学，一个银行家的公子齐虹，出于对文学和音乐的共同爱好真情相恋了。如文中所叙，"她只喜欢和他在一起，遏止不住地愿意和他在一起"，当"她靠在齐虹胸前，总觉得这样撼人的幸福渗透了他们，在她灵魂深处汹涌起伏着潮水似的柔情，把她和齐虹一起熔化"。然而摆在她面前的命运让她所感受到的，又并非全部都是那粉红色的梦。和所有恋爱中的男女一样，他们也有矛盾和争吵，而这种争吵在作品中又被有意地"政治化"。江玫总是感觉齐虹"热情后面却有一些冰冷的东西"。剧烈变动的政治局势和历史进程，影响着他们人生观念上的取向。政治革命的风暴、父亲的牺牲、革命者萧素的影响与帮助，使江玫由不过问政治到关心政治，由主持正义到倾向革命。而齐虹的家庭、教养、他的知识阶层的优越感使他拒绝参加革命，他以自己的意志为主导，信奉"自由就是什么都由自己，自己爱做什么就做什么"。他一方面从内心本能地反感革命（因为革命触动了他所在的那个阶级的利益）；另一方面作为恋爱中的人他又希望经常和心爱的人在一起，以致粗暴地阻止江玫和萧素接触，干涉她参加一切革命活动。此时的江玫是异常矛盾的，一方面感觉到自己与齐虹在思想上存在着不小的差距，另一方面又无法摆脱对齐虹的爱。于是他们不停地争吵，哭泣，和好。"这种爱情就像碎玻璃一样割着人"，两人之间的爱恋与分歧紧紧地扭结在一起。他们这种价值理性上的分歧随着1949年北平和平解放的临近而愈发凸显。江玫面临着或者与打算赴美继续物理学研究的齐虹一起出国，或者留在国内参加"新中国"伟大建设事业的痛苦抉择。

作者把这样一个爱情故事安置在一个回忆的结构框架之中。作为"青春往事的象征"的血点儿似的、色泽匀净而且鲜亮的"红豆",引发了已成为年轻女干部的江玫对曾经有过的那段青春体验的追忆。在江玫走向革命征程的道路上,她的年轻女友、共产党员萧素起到了榜样的示范和精神道义上的引领作用。江玫钦佩萧素内心"有着更丰富的东西"。江玫最终选择与"大伙儿"一起,为"新的生活、新的社会秩序"而奋斗,将自己的青春与革命结合起来,真实地反映了一代进步知识分子的民族担当和对美好未来的建构。这种强烈的社会道义倾向并不是作者强加给女主人公的,而是其精神追求与时代风尚发生共振的结果。

这部作品书写了一个女革命者的成长历程,但占据文本叙述主体的却是大量的关于爱情的叙事。作者没有把这场爱情设计成两个阶级之间的斗争,男女主人公之间的爱恋是真挚的,爱情在革命旋流中的无奈与转移是痛楚的。宗璞用极其细腻柔婉的笔触表现了江玫内心深处曾经展开过的情感与理智、爱情与革命、依恋与决绝之间既激烈又缠绵徘侧的矛盾冲突,创构了一种更具自主性、内在的心理逻辑更清晰、更写实的人物成长模式。这里有初恋的羞赧、热恋的缠绵、失恋的苦涩,揭示了真实的人性和人情。江玫最终用革命置换了自己的爱情,但无法彻底淡化她对齐虹刻骨铭心的爱恋。当看到与齐虹相爱的信物红豆还完好无损时,江玫竟是那么激动,"好像是有一个看不见的拳头,重重地打了江玫一下"。从历史进步的角度来说,这样一种爱情之花的凋谢可以说是必然的。但若从个体生命的角度来看,的确让人感到殊为惋惜。这部作品对青春、情爱与革命的关系所做的更复杂、更生动的阐释,突破了政治身份决定爱情取向的俗常框套,在表达方式上游离了当时已经规范化的语词和叙述观念,为深化青春、革命与爱情的文学表现提供了先例。

有别于新中国的其他女作家，如从战火硝烟中走来的茹志鹃、刘真，或是新中国成立后沿着少先队、共青团的道路走上文坛书写妇女解放之路的张洁、王安忆，作为新中国第一代热血青年一员的作家宗璞，其独特之处是，无论是她的作品，还是她的个人气质，都保持着一种矜持庄重、婉约典雅的"闺阁气"。在《红豆》中，我们不难寻到中国传统文学对作家深远的、潜在的、溶解性的影响，并赋予其文本实践特有的舒卷自如、典雅清新的风貌。江玫与齐虹相识后，爱情悄然渗进少女的心房，作者这样写道："不知从什么时候起，从图书馆到西楼的路就无限度地延长了。走啊，走啊，总是走不到宿舍。江玫并不追究路为什么这样长，她甚至希望路更长一些，好让她和齐虹无止境地谈着贝多芬和肖邦，谈着苏东坡和李商隐，谈着济慈和勃朗宁。"这段描写，透露出江玫与齐虹相识后感情上的靠近与变化，探幽烛微地表达出一位少女初恋时影影绰绰、似有若无的微妙心理，含蕴生动，真切自然。再如，"他们散步，散步，看到迎春花染黄了柔软的嫩枝，看到亭亭的荷叶铺满了池塘。他们曾迷失在荷花清远的微香里，也曾迷失在桂花浓酽的甜香里，然后又是雪花飞舞的冬天。"纯净娴熟的文字，明晰而有余韵，流动而无枝蔓。而面对齐虹的告别，江玫觉得生命的一部分正离自己而去，"好像有千把刀子插在喉头"，"我要撑过这一分钟，无论如何要撑过这一分钟"，"周围只剩了一片白，天旋地转的白，淹没了一切的白——"无声的呜咽，含蓄节制的氛围，作者处理得举重若轻。孙犁先生在《人的呼喊》一文中曾如此称赞宗璞的小说语言："在细腻之中，注意调节，每一句的组织，无文法的疏略，每一段的组织，无浪费或蔓枝。可以说字字锤炼，句句经营"，是"优美的无懈可击的文学语言"。① 这绝非过誉之词。

---

① 《宗璞文集》第 4 卷，华艺出版社 1996 年版，第 452 页。

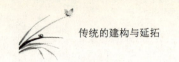

# 《美丽》

与《红豆》同期发表的丰村的《美丽》(《人民文学》1957年第7期)在某种意义上可以看作前者的续篇。如果说《红豆》主要是将青春女性的爱情与新中国成立前的政治形势以及革命人生的选择相结合,那么《美丽》则叙写了投奔革命的青年女性在新中国成立初期的爱情遭遇和精神景况。这篇小说之所以能在当时产生轰动效应,主要在于它以独有的姿态,在婚爱、情爱这样的直接与个体生命相关的视域中,探索了人类内心中隐密的情感形态和心灵归宿。虽然这篇小说并未完全突破泛政治化的文本语境,但在文本叙事的裂缝中,亦留下了作者基于人性的立场独立思考的印迹。

女主人公季玉洁,大学时代就投身革命。在上海刚刚解放时,她因为工作的需要提前离校步入社会。洋溢着青春气息的季玉洁被安排给一位年青的老革命干部——何秘书长做秘书。她在工作上恪守职责,与首长配合得十分默契。随着接触和了解的加深,他们之间也渐渐萌生了朦胧的爱情。然而周围的环境不允许他们感情的发展,因为何首长是有妇之夫。但令人难以理解的是,当首长的妻子去世后,首长正式向季玉洁求婚时,她竟理智地克制住了感情的潮水,拒绝了这渴慕已久的爱情。

季玉洁如此言说:"我爱他。但是,我看到了姚华的可怕的仇恨的眼睛,听到支部书记的声音。我全身打了一个寒战。"季玉洁曾以工作需要和照顾首长的生活的名义介入首长的家庭生活,以致在客观上已经造成了对秘书长妻子情爱世界的威胁,引起了首长的长期患肺结核病的妻子姚华的强烈不满。尽管她对秘书长的个人情爱，是依附于对自己本职工作的热爱之上并随之一同生长的。姚华忌恨之情不断发作，尤其是临终前最后一句没有说完的话"我爱他。我不准你……"犹如一句咒语，在季玉洁的内心深处造成了一种无法挥去的阴影。同时，在组织生活中一位类似"马列主义老太太"的机关支部书记，在听取季玉洁思想汇报时的当面警告："你全心全意为秘书长的动机是什么？""是不是有向上爬的思想呢？""应该懂得照顾影响"，并要她当场做出"保证"。姚华的狭隘善妒，尤其是支部书记的谈话提醒，给季玉洁带来了难以逾越的心理障碍。她不得不小心翼翼地将个人情感选择与私人生活融入统一的革命信念中来。她努力地克制着自己，并不逾矩的爱不得不被忍痛放弃；而当她真正觉醒之时，却已然与爱情失之交臂，进而导致了她生命中难以弥合的情感创伤。内心深深相爱的两个人，在现实生活中却不能如愿结合，对这种苦涩人生情状的观照和发掘，是这部作品的独特之处。作品在一定程度上破解了人类内心中隐密的情感跃动。在季玉洁其后的个人生活旅途中，虽然她也遇到了可以相爱的人（如一位青年外科医生），但爱情终于被她"放逐"。小说中对此解释为她因为工作的繁忙，不愿因个人感情之事影响工作，而实际上，恰恰是那一段刻骨铭心的爱情经历成了她无法逾越的情感障碍。

季玉洁那位好心的姑母感慨道："现在的青年人，都有一颗美丽的心，那心呵，像宝石，像水晶，五光十色而透明。"工作无可挑剔，"可又有着自己的忧虑和苦恼"。季玉洁的青春是"美丽"的，但又是压抑的、单面的。它凸显了个体生命的鲜活与时代理性运行与规则之间的某种"紧张"关系。尽管作者对季玉洁这样的女性持一种肯定的态度，但却难以说她真正拥有了丰富、绚烂、幸福的人生。"那纯黑的外套和蓝色的制服以及她的那种平梳的发式"，映衬着季玉洁单调的暮气沉沉的人生状态。季玉洁后来的恋人曾这样发问："一个人为什么这个样子呢？为什么一天到晚要坐在会议桌上呢？"在这里，爱情承受了更多超越爱情本身的负累，它已不再是个人的自由选择，更无法成为幸福生活的坚强基石。孑然一身的季玉洁被叙述人说成是"幸福的"，有的评论者认为她的灵魂是"高尚美丽的"。但我们在作品的研读中却隐隐约约地感觉到，作者在对季玉洁赞美的同时透露出了对笔下人物命运的一种难以言说的隐忧和无奈。

季玉洁心灵、性格中的"美丽"之处是单纯而又透明的。她在情爱最容易萌发的女性青春期，虽然艰难但却很有分寸地控制了自己的感情。为了取得大家对她品格的信任，为了表明自己并无意伤害秘书长的妻子，她牺牲了自己可以得到的爱情幸福。在秘书长组成了新的家庭、自己的情感世界受到极大的冲击后，却仍然给对方以真诚的祝福。在其后，为了献身工作，她再一次牺牲了个人的爱情却无怨无悔。她把为社会、为工作、为他人看得高于个人的一切。作者表彰了她这种自我牺牲的道德精神。这种为了道德清白、精神完美，为了工作、事业所做的感情牺牲在今天看起来像是一种病态的"自虐"，感情逻辑被扭曲化了，但在那个年代却是一种真实的存在。

关爱他人，不因自己的情感给他人带来伤害，把革命事业看得高于一切，这就是作者在作品中所要表达的"美丽"。这种对于全方位的美丽的呼唤和吁求，符合社会现实的既定规范，季玉洁也因此成为一个被这一规范认可的好人形象。但这样的结果却是以放弃独立的个体的权利，牺牲了个人的幸福为代价的。这样的一种牺牲，是建立在当时的青年人对社会、对"整体"、对他人的无限信任的基础之上的，在他们看来，个体是可以和社会、整体、他人和谐而为一体的。这样的一种精神质素、价值指向以及个人生存形态，产生于我们共和国的青春期，是那一时代个体生命的典型青春形态。这一青春形态，围绕着并基于青春而发生，被想象为道德优异者和人性典范，影响着几代人的精神构成。季玉洁的每次"择取"，都是向美丽女性、杰出女性的迈进，展现了特定时代语境下青年人对共同人格理想（"新人"）的诉求。这部作品正是在爱情的领域，经由对女性人生的模塑，为青年读者构建了新的社会范型中的青春追求和青春形态。

# 《奇异的离婚故事》

在小说题材领域，"婚变"是一个古老而又常新的母题。在不同时代，这一母题有着不同的呈现形态。作家孙谦的《奇异的离婚故事》[①] 即以此为切入视角，讲述了革命干部于树德在进城之后发生婚外恋情进而与他当年曾经同甘苦共生死的农村妻子离婚的故事。在婚姻道德与政治纯洁性受到极大重视的年代，这样的小说创作无疑具有一种冒险性。小说发表后不久就被当时批评界质疑为"资产阶级人性论"的产物。更有人严肃指出："这里是反映出孙谦同志对于我们社会生活一种极其错误的态度。在他的这篇小说中，我们感觉不到一点阶级斗争的气息，觉察不到一点作者对于革命生活的感情，读者所感到的只是作者对于新的社会生活的感慨和冷嘲。"[②]

回首往昔，于树德的青春岁月是在战乱动荡的年代度过的。在二十岁那年，他就从他父亲开设的文具店里偷偷跑出来参加了抗日战争（小说在这里设下了一个伏笔，于树德的出身为他日后所犯的错误提供了一个符合阶级论的理由）。在一个雷雨之夜，农村姑娘杨玉梅冒

---

① 《长江文艺》1956 年 1 月号。

② 葛琴：《从"人性论"到"写真实"：评孙谦的三篇小说》，《人民文学》1960 年第12 期，第 90—91 页。

着生命危险掩护了他，保全了他的生命，并对他进行精心照顾，使他恢复了健康。此后，他们恋爱、结婚、生子（这样的叙事应和了一个古老的爱情故事模式：美女救英雄——英雄感恩娶美女，同时也为于树德的负心增添了罪孽的砝码）。新中国成立以后，于树德进城工作，被任命为某机关的办公室主任，而妻子和孩子却仍留守在农村。工作的安定，职位的升高，使于树德有了充裕的时间和精力重新感悟在和平年代中自身生命的意义。被战火遮蔽的青春感觉、生命感受被得以重新体验。他变得很会"生活"，很适应城市的生活方式，"爱穿戴，也爱玩儿，还爱跳舞"。这使他不同于普通老干部。尤其是他"像一个正在闹恋爱的小青年"。小说着重表现了于树德感情和灵魂上的畸变。和妻子空间上的距离、身份形象的差别以及感情上的不协调，使他渐渐冷淡了妻子而移情别恋，尽管进城前当他真的要离开老婆孩子时曾经"忍不住地在他的妻子面前哭了"，尽管妻子还是那么一如既往地关爱他。

小说情节的戏剧性是与主人公情绪、情感的戏剧性交融在一起的。在小说中，于树德的形象被有意地漫画化。虽然情人陈佐琴并没有真实地站在他面前，但"一听到是陈佐琴的声音，于主任立刻变得像年轻了二十岁，眼睛也格外明亮了"。与此相比照，当杨玉梅风尘仆仆从遥远的乡下来城里看他时，于树德却由于怕同事们笑话妻子的土气，便"像窝贼似的把她在屋里圈了三天，第四天把她送到了汽车站"。当得知陈佐琴的"怀孕"消息后，于树德便不得不当机立断，回老家和妻子洽谈离婚事宜。

也曾青春美丽的杨玉梅，是作者塑造的正面人物形象。"无论在劳动方面，或是在管理家务方面，她都是桂花村的好把式。"经受岁月磨砺的她不只是一位勤劳朴实的农村劳动妇女，而且成长为桂花村农业社的副社长——一名优秀的党员干部（这是对杨玉梅的政治身份指认）。面对丈夫意外的离婚要求，她先是呆住了。多年的希望、长久的等待，带给她的却是"抛弃、愚弄和耻辱"。个把钟头前她还为丈夫的"荣归"而感到自己是"世界上最幸福的人"。这一突如其来的打击，使她"大颗的眼泪抑制不住地流了出来"。但对于丈夫，她没有谴责，没有乞求，独自坚强地承受着一切。当于树德为了自身利益，试图继续维持婚姻的稳定时，杨玉梅严词拒绝了，坚决地与他分道扬镳。在这里，我们可以看到，文本的话语深层出现了对话双方地位的置换。在这种置换里，一方面展现了新一代农村女性的独立品格——她们不再是男人的点缀和附庸；另一方面，于树德的行为已经将他自身开除出劳动阶级之外，最终被人民所唾弃。难怪 1956 年孙谦将这篇小说改编成电影剧本时命名为《谁是被抛弃的人》。电影上映后，"关于究竟谁是被抛弃者"曾引起热烈讨论。

从上面的分析中我们可以看到，这篇小说的主题在一定意义上可以归属于"痴情女子负心汉"的传统爱情叙事模式的变异形态。其故事结构基于一个"三角关系"：一个男人在年轻的女同事和他的妻子之间的徘徊以及选择。男女主人公分别被赋予了鲜明的意识形态身份，凸显了一种阶级的意识，这使文本在"深度模式"上产生了进一步的"增值"效果。与古典主义不同的是，在政治屏蔽一切的时代背景下，这个新社会的"负心汉"抛弃妻子的不良行为标志着对革命道德、革命理想的抛弃。这是一个异端的、具有危险意义的事件，是"令人不能容忍的政治性的错误"。革命英雄人物的道德应该是完善的，革命者的爱情应该是忠贞不渝的。如果说《在悬崖上》中见异思迁的技术员在妻子的感召下幡然悔悟、重新回到家庭的怀抱的迷途知返之举尚可以受到人们宽恕的话，那么作为革命干部的于树德，他的这种从"规范"向"不规范"的沉沦堕落则必然会受到体制的严厉惩办甚至法律的制裁，因为他已严重偏离政治和道德的既定轨道，走得

越来越远了。

对革命干部"婚变"的描述寄寓着作者的价值评判与理性思考。可以肯定，在创作之前作者的情感倾向已基本确定。我们注意到，作品中"小轿车"这一高级交通工具的设置，是与主人公生活作风的腐化紧密相连的。于树德不仅坐着"小轿车"出席会议、接洽事务，也坐着"小轿车"去百货公司、谈恋爱、回老家。穿越对革命干部进城后腐化堕落的这种政治批判的表象，我们会从更深的层面发现，作品其实凸显了50年代文学中政治规范、道德评价和人的自我建构之间的复杂关系：主体自我的本真感受被置于政治和道德规约之下。略显遗憾的是，荒诞、讽刺笔法的强化，在一定程度上削弱了对人物心理的深层次想象，使超越政治与道德、建构人的自我存在这种潜在的意蕴未得以充分展开和挖掘。但无论怎样，这篇小说传达的相关思考即使在今天也具有积极的建设意义，尽管如前所述的诸种关系可能以更为隐秘的方式存在着。

# 《在悬崖上》

在悬崖上，是人面临危险情境的一种生命状态。从这个意义上讲，《在悬崖上》这篇小说的标题本身便具有了一种严肃的警示意义。小说讲述了毕业于大学建筑系、参加工作不久的技术员"我"在爱情道路上如何移情别恋，险些失足于"悬崖"的一段危险人生经历。这也是一篇较早涉及婚外恋情的小说。它之所以在当时的青年读者中引起强烈反响，不仅在于它演绎了一个主人公悬崖勒马、迷途知返的爱情故事，也在于文本内容与真实人性的切近性、契合性。据介绍，读完《在悬崖上》，有人竟如此扬言，即使是悬崖也要跳下去①。这篇小说不但闯入了"三角恋爱"的禁区，而且将技术员对"第三者"——加丽亚的感情写得细腻有加。在 20 世纪 50 年代这样一种充斥着强烈伦理理想色彩的新兴意识形态空间，这样的小说难免因有宣扬小资产阶级审美趣味倾向之嫌而招致主流思想的批判。

小说中的"技术员"的妻子，属于 50 年代所推崇的女性形象。她质朴、庄重、克制、奉献，关心政治，热爱学习，富有集体主义精神。这是劳动者与知识分子的完美结合体。她对"我"的帮助，她的革命情操和朴实的工作、生活作风，使"我"敬佩，使"我不知怎么一来""就爱上了她"。不难看出，"我"对妻子的这种爱包含着更多的时代、社会性因素，是以对时代的完美人格的崇拜心理为基础的，同时又杂糅着对母性的依恋情结。我们也会发现，"我"的这种爱情生活又在某种程度上压抑着其人性的自然层面。妻子在更多时候像一个政治导师和生活保姆，给予"我"更多的是社会知识、政治思想教育，而少有身心的交流和抚慰。例如对"我"爱读技术书、"不爱读政治书的毛病"的纠正；"我"从工地调设计院工作后，周末才能回家见面，但夫妻间的话题仍被规定为彼此"谈自己一星期来的工作、思想"。

从艺术学院毕业、做雕塑师的姑娘加丽亚的出现，使"我"挣脱了凡庸生活的拘囿和压抑。与"青春激情"已经流逝的妻子相比，加丽亚是那么富有青春活力和魅力，可以说代表着人性的另一面。同时，我们不能不注意到，"加丽亚"这个颇具西化色彩的名字本身也暗示着一种政治危险性。活泼、美丽的加丽亚，情感丰富，尤其是在男性渴慕的目光中更焕发出青春女性的浪漫与激情。与其说主人公

---

① 陈美兰、於可训：《文学争鸣四十年》，华中师范大学出版社 1984 年版，第 95 页。

"我"是成人化的丈夫形象，不如说是需要被唤醒、被催生的青春少年。加丽亚使"我"一见倾心，"我"禁不住心猿意马，觉得以往平静似水的婚姻生活原是人生的一场误会。在"雪地之中穿着一件红绒衣"的加丽亚，让"我"加倍感到她的风姿绰约、青春火热。"我"对加丽亚从欣赏到追求，声称要补上"爱情"这一课。与加丽亚的相遇，可以说是"我"在一种充满激情的革新行动中来找回自我。这是一种青春的回潮、青春的激活，仿佛任何一种道德律令都无法压制这种存在。

在个人情感被公共化的年代，"我"的这种在婚恋中见异思迁的超越俗常的举止自然引起世人的诸多非议。社会理性的责难使"我"感到了孤独和焦虑。而其本身所带有的不稳定的思想追求和难以摆脱的沉重的思想负担，导致了"我"心理上的起伏不定、自相矛盾。时而道德指责淹没在幸福的情感波涛里，时而社会理性重重挤压身心。领导的语重心长，团支部的促"我"迷途知返、婉言相告皆源于"我"走上弯路。"我"在外界环境的一次次挤压下，逐渐找回了"自我"，好像"被脚下的石头绊了一下，我清醒了过来，看到前边已是机关的大门了。看到这个大门，我更加清楚地明白了今天发生的一切"。"大门"这一隐喻性修辞诉说了"我"对被关在了集体大门外的恐慌。"我"唯有放弃自己独有的追求，在群体认同的语境中，如他人所期望的那样回到妻子的身边，才能消除"我"与世界之间的对立。"我"的灵魂中发生着你强我弱、我强你弱的利欲间的冲撞挣扎。作品展示了作为个体的人在欲望与道德之间的艰难博弈。

面对强大的社会道德理性，"我"最终归于失败。因为在道德一统的现世社会秩序中，伦理精神的价值释义是共同的和综合的，而不是龟裂或歧异的。这种结构设置保证了这篇小说"悬崖勒马""改邪归正"的道德意旨。作品在说明需要艰难地克服欲望危机的同时，宣谕这种克服对读者的示范意义。生命之路上固然要面对种种复杂叵测的情景，尤其是个人利欲这一障碍。文本为了强化某种意念以维护道德选择的合法性，牵强地使人物性格扭曲或游离感情发展的合理逻辑。作品后半部分将虚荣、自私、轻浮等品性赋予了加丽亚，以达成一种伦理共契。加丽亚拒绝了"我"一厢情愿的爱情，"我"身上的理智最终战胜了情感。当加丽亚坦言只是将"我"当作哥哥，尚未考虑婚嫁时，"我"觉得感情受到了欺骗。这时，"我"当初要冲破传统束缚的勇气转化为对加丽亚的痛恨，"我"从传统思想的反叛者变成了维护者。于是，"我"在灵魂的扬弃中获得"正名"，重新成长为"主体群"中的一员。

作为 50 年代文学语境中的"陌生人"形象，加丽亚的情爱观念和生存方式对那个时代是一种挑战、一种攻击，因此，她的被"妖女化"也在所难免。那个时代的人们，总是生活在被设置好了的一个先进的"规范"和"模式"中。活着的目的，就是成为这个"规范"、这个"模式"中的一员。加丽亚我行我素、潇洒自由、天马行空的个性表现，以及要在"五亿九千九百九十九万人"中"慢慢地发现"最"理想的爱人"之类的宣言，是不为当时社会伦理所认可的，当然就免不了有被视为"异端"的危险。加丽亚在未婚时追求者如云，这可以视为年轻人对青春之美的向往。加丽亚想保持青春的身份，正是想保持生命的鲜活而不受社会法则的规约。但社会法则对生命的约束及对生命之美的消损又是不可避免的，尤其是在当时的时代语境下。这种标新立异的青春，其本身已经蕴藏着被孤立、被指控的质素。

作品的结尾部分特意告诉读者："你们知道的，我没有离婚。""我"与妻子的团圆是显而易见了，但我们可以试想，如果加丽亚接受他的求婚，"我"还会回到妻子身边吗？"我"在悔恨中进行着深刻的反省，但反省的内容只是对妻子的歉疚、感激，并不是因为对妻子

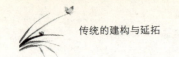

仍有着深深的感情，似乎回到妻子身边只是由于难以承受的道德重负。文本的叙述在这方面存在着明显的裂隙。在这话语裂缝中，我们可以隐约地窥视到作者欲曲折传达的某种潜在意旨：这一婚恋故事圆满结局的背后又将生成新的悲剧。

# 《青春之歌》

在中国当代文学史上，《青春之歌》的出版可以说构成了一个重大的文学"事件"。这部由女作家杨沫创作的长篇小说，在1958年一经推出，便在全国引起巨大反响，仅仅半年时间，就印刷39万册，成为新中国成立后文坛上最早的畅销书之一。1959年小说又改编为同名电影，被列为国庆十周年献礼片，受到观众的热烈欢迎，电影中女主人公林道静的发型、服饰甚至成为当时街头年轻人模仿的时尚。

在当代小说创作中，《青春之歌》无疑是一部"经典性"文本，亦即所谓的"红色经典"。"红色经典"一词出现在20世纪90年代中后期，是对在20世纪50—70年代出现并在当时产生广泛影响的一批革命历史题材作品的约定俗成的指称。"红色经典"中的小说作品又被称为"革命历史小说"，其中长篇小说占很大比重，包括《红岩》《红日》《红旗谱》《创业史》《山乡巨变》《青春之歌》《保卫延安》《林海雪原》等，有人将其概括为"三红一创、山青保林"。所谓"革命历史小说"，其最终指向是要"在既定的意识形态规限内，讲述既定的历史题材，以达成既定的意识形态目的"①。作为特定历史时期的

①　黄子平：《革命·历史·小说》，香港牛津大学出版社1996年版，第2页。

产物，《青春之歌》不可避免地受到时代政治的规约，但难能可贵的是，潜隐在这部作品中的诸多复杂性要素又使它在一定程度上突破了意识形态的禁锢，散发出一种独特的艺术魅力。

青春、爱情、革命、成长是这部小说的关键词。《青春之歌》书写了青年知识分子林道静由一个小资产阶级知识分子成长为坚强的无产阶级战士的曲折遭遇和艰难的心路历程，以此映照出一个时代的历史面貌，揭示出历史运动的本质，传达出一个时代及一个民族的主体精神，从而呈示出文学叙事与历史叙事的某种同一性。

有别于其他红色经典作品，《青春之歌》尽管内蕴着一种强烈的革命情结，但作品没有以读者熟悉的完美高大的男性形象为叙述重心，而是移动审美视角和思考视点，将风云变幻的革命历史进程与女性的人生成长、情感冲突、人性矛盾等相交织，人类日常性话题与终极性话题相交错，通过林道静这一女性形象的人生起伏和命运跌宕折射出了历史的可然性和必然性。在对宏阔的历史场景的呈示和对逝去记忆的钩沉中，《青春之歌》多从女性自身的经验、声音、欲望等特性出发，通过女性性别境遇与革命指向、民族精神、历史境遇的纠缠，将革命的理性启蒙和抽象的意识形态观念较为实在地融入了女性人生的不同层面。在某种意义上也可以说是作者从自身生命中培育和打捞出来的，浸透了个人体验、生命诉求、情感思绪的言说。

革命意味着"断裂"，是向过去的告别。林道静的成长仪式是在三次"告别"中完成的。寻求个性的解放是林道静成长道路的起点。出生在大地主家庭的林道静，为了反抗家庭的压迫和包办婚姻，毅然与旧家庭决裂去寻找个人的出路。但出走之后的林道静并没有就此获得真正的自由，在残酷的现实打击下希望破灭，最后只能选择以死抗争。在这样一个关键时刻，那个在她眼中具有"骑士兼诗人"风度的余永泽出现了，他不但从大海中拯救了林道静的生命，而且让她重新看到了生命的希望之光。然而余永泽却是一个只关心学术不问世事的自由主义知识分子，这使林道静感到一种压抑与不和谐。和余永泽的告别意味着林道静从个人的小家庭走向革命的开始，而革命者卢嘉川、江华对林道静精神的引领则使其灵魂得到升华和洗涤，最终使林道静完成了她成长过程中的第三次告别——与旧我的脱胎换骨的"断裂"。在林道静的成长征途中，三位男性充当了导师和引路人的角色。余永泽给了林道静最初的爱情，唤醒了她的生命意识和自我意识。卢嘉川作为林道静投身革命洪流的启蒙者，催生了她的民族解放意识和阶级意识。江华作为和林道静并肩作战的战友和爱人，最终使林道静完成了成为坚强的无产阶级战士的成长仪式。

在《青春之歌》坚硬的意识形态的外壳下包裹的是柔软的爱情，但这种对爱情的书写并非"才子—佳人""英雄—美人"的传统叙述，其目标指向并非爱情本身，将爱情叙事与民族、国家、阶级等大叙事重叠，建立起个体与历史发展的密切关联，是《青春之歌》中爱情书写的主导价值取向。

《青春之歌》的意义是敞开的，它凝聚和映现着文学艺术与社会结构、历史意识形态之间复杂的互动关联。在以韩寒、郭敬明、张悦然等为代表的"80后"青春文学创作中，青春常常是彷徨、犹疑、苦闷的，其精神抗争更多表现为一种逃避或无尽的感伤。而在杨沫的笔下，青春是满怀激情的，对理想的追求是执着的、明朗的。这是时代的"造化"。林道静作为一个处于革命历史进程中不断成长的、整合状态中的女性形象，她的心与身、灵与肉的复杂矛盾，凝聚着那一时代社会历史的风云变幻。青春的激情、革命的焦虑、精神的抗争和拯救，注定了她无法真正地"沉静"。在"极限情境"中，在一系列残酷的磨难和痛苦的心灵历练中，她的革命觉悟、历史意识及其个人修为不断提升，在被拯救抑或拯救他人中获得新生并实现人性的完满。从一名知识女性到革命女性，不仅是其身份的转变和选择，亦是其人格被提升、被确认，主体价值重建的过程。杨沫为我们奉献的青春文本，是一个时代、一段历史的青春记忆。重读杨沫的《青春之歌》，应该秉持一种"历史"的态度，也就是说要以客观的历史的眼光和学理的态度对其进行历史还原式的阐释和审慎的再解读。所谓的历史研究的当代性，是指把历史作为一个活着的整体过程和统一于现实的精神活动来看待，而不是游离于历史自身的超验的判断，它所要防止的恰恰是价值评估的简单化。

《青春之歌》中青春的寻找和激情以及那种理想主义情怀是感动我们这个时代的精神内核。"红色经典"作为历史留给我们的精神遗产，已超越了有限的时空界限，形成了异乎寻常的、能够产生神圣感召力的精神模式和价值规范，并在新时代里发展延宕。"红色经典"在当下已渐趋"日常化"和"人性化"，不论是认同还是拒斥，它已成为我们日常生活的重要组成部分，这是现代化进程中发生在审美领域的必经过程，也是读者大众的一种历史性的选择。"红色经典"的日常化，不但体现在《红岩》《林海雪原》《青春之歌》等作品被重新搬上荧屏，以新的姿态走进我们的日常生活并赢得了观众，不断地敲打我们的集体记忆之门，而且"红色经典"也渗透进我们日常交往和传播的语境中，比如我们常常把为了信仰勇于付出、不怕牺牲的精神称为"红岩精神"，把那种意志不够坚强、软弱动摇的人戏称为"甫志高"，《林海雪原》中"天王盖地虎""宝塔镇河妖"等土匪的黑话甚至也成为一些人日常生活中插科打诨的语料。而当下文坛对红色历史进行重新书写的行为，如《激情燃烧的岁月》《亮剑》等，从外在表现上看是对"红色经典"的一种延续，但实际上是一个拾掇起被时

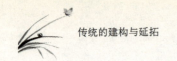

代击碎的文化残片进行重新整合并加以价值确认的过程，更多地体现为一种精神文化的现时认同。这种文本实践和阅读取向不仅是一种怀旧，更是对萎靡、散乱的文化场的精神冲击，对当代的文化拆解行为进行严肃的审判。但需要指出的是，有效的权威文化应该是开放的体系和文化综合的产物，任何一种单一的文化都不足以支撑起民族的精神大厦，这是作者和读者大众需要认真反思的一个问题。

# "十七年文学"的爱情叙事与
# 解放区文学传统

## 一

在共和国诞生之际，胡风便怀着无比激动的心情创作了气势恢宏的抒情长诗——《时间开始了》。在这首诗中，新中国成立被视为国家新生的"神圣的时间"① 和现代性时间开始的时刻。开天辟地的革命打破了古老中国那种"非历史"的自然和空白状态，千年不变的循环的时间轨道发生了"断裂"，并由此更生出真正的历史起点和一个崭新的世界。整部作品充溢着诗人对"时间创造者"的赞美，"创世"之后的骄傲、喜悦以及建构未来世界的激情和渴望。这也是新中国成立之初人们的一种普遍的心态，"十七年文学"正是在这样一种特殊的精神背景下开始了它的行程。

新世界和新历史的发展必然会引发行进在时间轨道上的文学的同频共振，创造"和最先进的阶级、最先进的思想、最先进的社会制度相联系"的"历史上前所未有的一种新型的文学"② 的冲动和诉求随

---

① 胡风：《欢乐颂》，《人民日报》1949 年 11 月 20 日第 7 版。
② 周扬：《文艺战线上的一场大辩论》，《人民日报》1958 年 2 月 28 日第 2 版。

之产生。于是，寻找催生"新型文学"的有效路径便成为国家意识形态领域和主流文学界共同关注的问题。每当新的情境出现，与之相适应的文化体系还未来得及建立起来时，传统便顺理成章地成为人们寻求前进路线的参照系。"更进一步地说，新事物的形式与实质在很大程度上取决于一度存在的事物，并且以这些事物为出发点和方向。新事物吸取了存在于它们之前的某些东西。"① 拥有神圣感召力的解放区文学传统不仅可以为新型文学提供合法性的依据，而且也提供了一种目标定位和行动动力，一种精神模式和价值规范。

解放区的文学建构具有一个明确的未来的目标指向，它一方面为当时的现实斗争服务，另一方面也在为新中国文学的诞生开辟道路。解放区文学与新中国成立后"十七年文学"，本身就具有内在的同质性，它"实际上已经提供了我国当代文学的雏形"②。在中国现代文学的诸多传统中，解放区文学传统自然地成为新型文学建构的根基，这是历史的一种必然选择。周扬在题为《新的人民的文艺》的报告中，以不容置疑的语气指出解放区文艺是"真正新的人民的文艺"，"毛主席的'文艺座谈会讲话'规定了新中国的文艺的方向，解放区文艺工作者自觉地坚决地实践了这个方向，并以自己的全部经验证明了这个方向的完全正确，深信除此之外再没有第二个方向了，如果有，那就是错误的方向"③。周扬从全面总结和肯定解放区文艺取得的巨大成就等诸多方面入手，阐释了他得出这一结论的具体理路。阐释的过程就是"传统"的意义彰显的过程，在这一过程中，新型的革命文学的历史起源和方向的唯一性问题得以最终解决。

解放区文学传统的形成有一个意义的发生、运动过程，对它的理

---

① ［美］爱德华·希尔斯：《论传统》，傅铿、吕乐译，上海世纪出版集团 2009 年版，第 38 页。
② 周扬：《中国当代文学史初稿·绪论》，人民文学出版社 1980 年版，第 2 页。
③ 周扬：《新的人民的文艺》，《人民文学》1949 年创刊号。

解应采取"历史性"的眼光，否则就会脱离一个更大的历史和政治背景，使观照的对象悬置起来而遮蔽掉其内在的复杂性。由于诸多的历史原因，20世纪上半叶的中国选择了暴风骤雨式的革命来解决自身存在的种种问题。革命的目的在于彻底摧毁旧有的秩序空间，从而打破中国历史的循环状态，创造一种崭新的历史。《时间开始了》就体现出这样一种"创世"意识。与新历史的开启相呼应，具有历史创造意义的新的文化、新的文学艺术必然建立。处于特殊时空背景下的解放区文学，自然而然被裹挟进历史进程之中，以一种特殊方式想象和建构着历史，参与着新历史的创造过程。颠覆旧世界、创造新世界成为文学在革命进行中的主要历史作用和功能之一，因此，解放区文学的话语意义首先存在于与历史实践真实的对接关系之中，其创作活动呈现为一个动态的、历史化的过程，也就是"从历史发展的总体观念来理解把握社会现实生活，探索和揭示社会发展的本质和方向，从而在时间整体性的结构中来建立文学世界"①。尤其在"延安整风"以后，解放区文学的内部和外部形态都发生了深刻变化，形成了其作为一种新意识形态的基本构架。解放区文学并非由纯粹的文学要素构成，它是在一定的话语框架中制造出的具有丰富感性的内容。政治化的历史叙事结构决定了解放区文学的文本结构，文学叙事与历史叙事的同构是解放区文学创作的一个重要特征。

解放区的新的意识形态确定了个体在宏大历史进程中的清晰的位置，这在一种新历史的创造行为中是必不可少的。《在延安文艺座谈会上的讲话》（以下简称《讲话》）最终确立了解放区文学的秩序。尽管在不同的时期对《讲话》的解读都不尽相同，但作为一个历史文本，《讲话》还是有着相对稳定的意义结构。在《讲话》中，文学被

---

① 陈晓明：《表意的焦虑》，中央编译出版社2002年版，第475页。

视为革命事业的有机组成部分和推动历史发展的重要力量，这就要求作为历史进程的推动者之一，作家（知识分子）必须消解掉自身的学院化色彩和单纯的社会批判的心态，投身历史的洪流之中，建立起个体与历史发展的密切关联。个体只有把自身的命运和民族的命运联系起来，融入人民大众的事业中去，完成从一个阶级向另一个阶级的情感转换，才会获得力量和意义。这一明确的目标要求，改变着作家（知识分子）对生命自身与历史关系的理解方式，它对于解放区文学来说绝非仅仅是外在的制约性因素，而是最终通过一种有效的渗透和折射成为影响文学创作内部法则的逻辑力量。

在这样一种历史语境下，几乎所有的文学行为都被置于宏大的历史关怀之中，即使是较为"个人化"的爱情叙事也无法拒绝这种"逻辑力量"的规约。在解放区的爱情书写中，爱情并非文学叙事的真正目的，爱情叙事总是作为时代政治的折射被填充进历史叙事之中。解放区的爱情叙事，无不激荡着摧毁旧世界、创建新历史的高昂旋律，体现出文学与社会政治和民族阶级的紧密关系。与民族和阶级的解放事业相比，个人的儿女私情显示出精神上的苍白，对爱情的正面的、内部的描写自然要受到作家的冷落。张志民的短篇小说《再等等》写了解放军战士张小柱与未婚妻以革命利益为重推迟婚期的故事，形象化地诠释了私人的情感与民族事业之间的关系。康濯的《我的两家房东》以含蓄、淳朴、清新的风格叙述了青年男女之间的恋爱、婚姻故事。在作品中，解放区青年男女对自由生活的向往与桎梏人们的传统观念之间，更高层次的精神追求（小说反复写拴柱对一本字典的渴求，显然有暗示意义）与封闭落后的乡村之间构成了一种冲突。小说在冲突的框架中展开叙事，而这一冲突最后的圆满解决则透露出历史的必然趋势，呈现出解放区新的气象和年轻人新的精神面貌，爱情叙事由此获得了超出其本身的更深广的意义。长篇叙事诗《王贵与李香香》则直接将爱情置于中国共产党领导下的革命斗争这样一个宏阔的历史背景下进行演绎。"作者真实地处理了这个革命与恋爱的历史故事，写出了革命斗争的曲折历程，人民翻身运动的正义性及胜利的必然性。"① 作品一经发表，便在全国引起了轰动，受到文艺界高度肯定，被誉为在人民翻身的中国历史发生彻底质变的时刻，"文艺翻身"的一个"响亮的信号"。② 这首诗和《小二黑结婚》等文学作品一起被搬上舞台，在解放区广泛上演，可见其在当时的影响和被重视的程度。没有革命便没有爱情，这是作品要告诉人们的道理，王贵与李香香爱情的最终实现是以反动势力的覆灭和革命斗争的胜利为前提的。共同的阶级身份和革命追求是王贵和李香香爱情的基础，诗作在一定程度上应和了《讲话》对"爱"的话语阐释："所谓'人类之爱'……在阶级社会里是不可能实行的"③，"爱"是具有特定的政治和历史内涵的观念性的东西。上述作品从不同层面为新中国成立之初的文学塑型提供了具有经典意义的范本。

传统是存在于今天的历史因素，它作为一种历经延传、持久存在或一再出现的特殊的社会文化信息系统，支配着人们的思想方法、情感态度以及行为模式，以一种充满感性的力度影响着创作主体的精神构成。需要说明的是，本书将解放区文学视为一种传统，其前提并非只因为解放区文学是现存的过去，而恰恰是因为它是现在的一部分，它不但为新型文学的创生提供了动力和资源，而且在以后的文学运动中也发挥着巨大的作用。

---

① 胡采编著：《中国解放区文学书系：文艺运动·理论编（二）》，重庆出版社 1992 年版，第 1685 页。
② 同上书，第 1692 页。
③ 《毛泽东选集》第 3 卷，人民出版社 1991 年版，第 871 页。

# 二

1949 年以后，随着国家统一局面的形成，来自不同的文化、政治区域，操持着不同的文学理念的作家会合到一起，同时也带来了不同的文学传统。这种局面的形成无疑给新中国文学的多样化提供了契机。但不同文学传统范型的并存必然导致相互之间的冲突，从而给新型文学的构建和与文学一体化格局的建立巩固带来某种深刻的危机。因此，文学力量的重组和整合，将多种成分构成的文学改造成单一构成的文学，在新的国内和国际的复杂形势下便显得迫在眉睫。文学传统作为一种无形的观念，潜藏在作家文化心理结构的深层，并通过创作主体发挥现实的作用。所以，作家精神的"脱胎换骨"的改造成为文学转折这一时间链条中的重要一环。

新中国成立之初开始大规模的思想改造运动，追根溯源，是延安时期改造知识分子的历史行为的延续。在这一"改造"工程中，延安整风无疑起到了典范的作用，《讲话》可以被视为纲领性文献。思想改造被提升到了一个更高的意义层面："思想改造，首先是各种知识分子的思想改造，是我国在各方面彻底实现民主改革和逐步实行工业化的重要条件之一。"[①] 建立新社会的前提是革命新人的模塑。所谓思想改造，简而言之，就是在一种强大精神引导下，用无产阶级思想改造和克服各种非无产阶级思想，从而塑造合格的历史推动者的过程。革命本身就是对人性的改造，《讲话》关于知识分子改造的主导观念

---

① 毛泽东：《中国人民政治协商会议第一届全国委员会第三次会议的开会词》，《人民日报》1951 年 10 月 24 日第 1 版。

的提出便是基于一种对人性的判断："只有具体的人性，没有抽象的人性。在阶级社会里就是只有带着阶级性的人性，而没有什么超阶级的人性。"① 在延安时期，主要针对"小资产阶级"作家的思想改造已经在一个相对封闭的环境中以政治和组织的方式展开。但战争和动荡的时局，在一定程度上影响了思想改造的深入性和彻底性。与延安整风相比，新中国成立后以彻底改造人性为目的的思想改造的社会工程，通过"制度化""组织化"的方式，经由知识分子在"权力话语"压力下的主动参与和认同，达到了更加全面、深刻触及人的灵魂的目的。同时，"思想改造"也成为"十七年"时期文艺界不同阶段思想斗争的一个基本主题。

通过思想改造所摧毁的是"小资产阶级"的个人独立王国，树立起的是带有特定政治色彩的集体人格，这种人格是以"无私"为最根本特征的，"私"之中当然包括私人的情感和私人的生活。历史对作家充满力度的召唤使创作主体形成一种内在的行动理性，这种理性穿透本文的叙事肌理，影响着"十七年文学"中的爱情书写。

在"十七年文学"爱情话语的组织和表达中，解放区文学传统具有规约性的语码一直是控制其精神走向的一种无形的力量。获得优势地位的"传统"时刻保持着警觉，坚决果断地回击可能遭遇到的"挑战"。在给萧也牧的一封公开信中，丁玲对他的小说《我们夫妇之间》进行了批判，把问题提高到涉及文艺思想"倾向性"的高度，并对这种倾向进行了根源性分析："他们反对什么呢？那就是去年曾经听到一阵子的，说解放区的文艺太枯燥，没有感情，没有趣味，没有技术等的呼声中所反对的那些东西。至于拥护什么呢？那就是属于你的小说中所表现的和还不能完全包括在你的这篇小说之内的，一切属于你

---

① 《毛泽东选集》第 3 卷，人民出版社 1991 年版，第 870 页。

的作品的趣味，和更多的原来留在小市民，留在小资产阶级中的一些不好的趣味。"① 可见，"歪曲革命知识分子形象"和"丑化工农干部"在某种意义上说只是《我们夫妇之间》受到批判的表层原因，更深层次的原因在于，萧也牧的创作在一定程度上背离了解放区文学传统，从而接近了其他的某种传统，讲述了私人的生活和私人的情感。对诸多类似作品的批判大多按此逻辑进行，只不过因批评主体的不同，在认识的深度上有所区别而已。《洼地上的"战役"》中，尽管路翎有意将爱情仅仅作为王应洪这样一个青春个体，在战争状态下完成自己独特的人生成长仪式的一个必经的考验关口，可还是被批评者找到了"破绽"。对小说指责的理由主要在于它"把男女爱情的力量和人民战士与朝鲜姑娘的爱情的'正当合理'歌颂得十分伟大"，突出了"爱情对于一个革命战士的思想感情"的"重大"作用，而"人民的教育，党的教育，对他来说，都不是最重要的"。② 有人发出这样的反问："那些久经锻炼的指挥员怎么能像腐朽的资产阶级个人主义者那样对'爱情'（或者一点点爱情的影子）那么感兴趣，而且为它花费那么多的心思呢？"③ 在特定传统中生成和发展，存在于既定的意识形态和社会结构中的"十七年文学"的爱情叙事，通过彻底否定"小我"，构建起无产阶级的道德伦理秩序。

将爱情叙事与民族、国家、阶级等大叙事重叠，建立起个体与历史发展的密切关联，是"十七年文学"中爱情书写的主导价值取向。在作家的笔下，爱情很少被作为生命的自然状态进行叙述，作品中人物对爱情的体认、取舍是与他们对待革命、劳动、工作的态度以及革命信仰的建构统合在一起的。"爱情，只有建筑在对共同事业的关心、

① 丁玲：《作为一种倾向来看——给萧也牧同志的一封信》，《文艺报》1951年第4卷第8期。

② 荒草：《评路翎的两篇小说》，《文艺月报》1954年9月。

③ 巴金：《谈〈洼地上的"战役"〉的反动性》，《人民文学》1955年8月。

对祖国的无限忠诚、对劳动的热爱的基础上，才是有价值的、美丽的、值得歌颂的。"① 被称为新中国文学报晓之作的《柳堡的故事》讲述了新四军副班长李进与农村姑娘二妹子之间青春浪漫的"红色"恋情。李进在指导员耐心细致的引导教育下，认识到爱情不是孤立、单纯的个体情感，从而把个人的情感愿望与整个阶级的革命事业联系在了一起。李进在指导员撑起的船上对二妹子这样表达自己的情感："你放心，我有那一点对不起革命，就没有脸回来见你。"② 此种情境与堤坝上朝气蓬勃、斗志昂扬阔步前行的队伍，激励人心的歌声和灿烂的阳光共同组成了作品意味深长的结尾。宗璞的《红豆》是当代文坛一个具有突破意义的爱情文本。作品尽量避免将出身进步知识分子家庭的江玫与银行家的公子齐虹之间的爱情设计成两个阶级之间的斗争，但革命与爱情的纠缠依旧是贯穿始终的线索。丰村的《美丽》则叙写了投奔革命后的青年女性在新中国成立初期的爱情境遇。女主人公季玉洁为了保持道德清白、精神完美，为了工作、事业牺牲了自己本可以得到的爱情幸福。这样的一种牺牲，在作者看来，是实现了历史和个人结合的精神升华。

革命意味着"断裂"，它必须突出自己的新质。"十七年文学"的爱情叙事走过的历程就是向"旧传统"告别，得到强化的主导型传统不断纯化其文本建构的过程。新中国成立之初，作家们普遍产生了一种解放了的欢快、自由的感觉，被战争压抑已久的生命激情等待着释放，爱情叙事的冲动开始萌生。但由于受爱情等同于小资产阶级生活情调的既有观念的束缚，新中国起步时期的爱情书写还是显得小心翼翼。《柳堡的故事》散发着一股遮挡不住的清新、明朗的青春浪漫气息，但男女主人公的感情却被有意处理得似有似无。20 世纪 50 年代初，随着《婚姻法》

---

① 了之：《爱情有没有条件?》，《文艺月报》1957 年 3 月。
② 石言：《柳堡的故事》，《文艺》1950 年第 1 卷第 3 期。

的颁布，出现了大量的以爱情、婚姻为题材的作品，但随着对《洼地上的"战役"》等作品的批判，爱情叙事也走向了低谷。随着1956年"双百"方针提出，文艺也迎来一个短暂的"百花时代"，这为爱情话语在一定程度上穿越主导叙述规范提供了可能。《红豆》《美丽》《在悬崖上》等给爱情以适当理解、描写较细致的相当成熟的文本浮出文坛，但接下来的反右斗争很快中断了这种可贵的探索。60年代初文艺政策调整时期，爱情话语开始在作品中复苏，但随着1962年底"以阶级斗争为纲"口号的提出，这种谨慎的话语表达也被迫中止。在"十七年"的文艺运动中，"爱情"往往成为被批判的对象，解放区文学批评的原则显示了它的规范意义。历史不断地调整着爱情叙事的走向，以保证它按既定的方向直线前行。《红日》因对政治工作人员刻画不力受到指责，有人干脆建议删节其中的爱情描写，增加写政治工作人员的篇幅，可见爱情在当时文学叙事中的位置。在环境的挤压下，作家的情感逐渐变得冷漠、麻木，爱情话语日渐式微甚至消失，并最终导致爱情叙事的公式化（如"奖章＋爱情"等），爱情沦为新意识形态的载体。

需要指出的是，"十七年文学"的爱情叙事并非解放区文学传统简单的延伸和放大，任何一个时代的文学都有挣脱既定传统的束缚，实现变革的欲望。"十七年"的文学界并没有停止对情感领域的有意义的探讨，虽然这种探讨基本上来源于对解放区文学传统的不同理解，是在认同解放区文学传统权威地位的前提下进行的一种有限的努力。以巴人、王淑明、钱谷融等为代表的人性、人情与人道主义思潮和一大批具有探索意义的爱情文本的出现就是典型的例子。爱情作为文学叙事的一个永恒的主题有着顽强的生命力。"十七年文学"的爱情叙事一次次地试图突破"重围"，又一次次地"铩羽而归"，从这个曲折的历程中，可以透视出一个时代人们真实的情感历程，探寻到丰富、复杂的历史文化信息。

# 历史的想象与建构：
# 中国当代文学中的"长征"书写

　　1936 年 10 月，三支衣衫褴褛、疲惫不堪但仍斗志旺盛的红军主力部队在征服千难万险、付出惨重代价之后，终于在中国的大西北会师，这次震惊中外的长途行军被命名为"长征"。虽然在长征的起止时间等问题上学术界还存在着某些分歧，但这并不影响人们对长征整体意义的阐释。长征不但是中共历史上最重要的事件之一，同时也是人类战争史上撼人心魄的"传奇"和"神话"。对于作家而言，长征无疑充满着无尽的诱惑，它凭借自身所拥有的独特的精神感召力和巨大的想象空间，成为一块备受瞩目的文学"策源地"，不断地激起不同时代的众多作家探寻和书写的欲望。

　　实际上，长征开始后不久便引起了中外记者、作家、学者等人士的关注，并写下了诸多作品。[①] 在中共内部，对于长征的书写尤为重视。在长征尚未结束的 1936 年，中共便筹划发起一场集体写作，编制一部关于长征的作品集。毛泽东为此发出了征稿通知，希望"各首长并动员与组织师团干部，就自己在长征中所经历的战斗、民情风

---

　　① 除《西行漫记》等外国人的著作外，1936—1938 年，由中国人所编辑、撰写的关于长征的作品有廉臣（即陈云）的《随军西行见闻录》、杨定华的《雪山草地行军记》、赵文华的《二万五千里长征：第八路军红军时代的史实——从江西到陕北》、黄峰的《第八路军行军记：长征时代》、集体创作的《红军长征记》等。据考证，《随军西行见闻录》是最早向世界介绍长征的作品。参见张国柱《最早介绍红军长征的专著》，《收藏》2005 年第 11 期。

俗、奇闻轶事，写成许多片断"①。《红军长征记》在 1937 年 2 月 22
日编辑完成，该书共收董必武等数十位作者的回忆性文章百余篇，共
计 30 余万字。《红军长征记》是一部纪实的作品，确切地说是一部
"报告"集。由亲历者书写尚未经过历史沉淀和时间筛选的刚刚发生
或正在进行的重大历史事件，这种颇具"时事性"的写作在很大程度
上是难以用虚构的小说形式来完成的。有别于小说虚拟化的言说方
式，"报告"所具有的客观的纪实性、宣传的时效性决定了它可以对
历史现场进行近距离的触摸，更能直接地与正在进行的历史实践相结
合，发挥出文学的"武器"与"工具"的效能，承担跟踪、记载革命
历史的任务。在战争的状态下，用相对短小的轻骑兵式的纪实作品去
书写长征也许是一种更为现实的选择。前所未有的历史行为必须书写
出来才能真正成为历史，这个书写的过程也是一个将革命实践"历史
化""价值化"的过程。

作为"左联"成员中唯一一位参加过长征的著名作家，冯雪峰在
长征结束后不久便开始了一部关于长征的长篇小说的写作。1940 年
11 月，长达 50 万字的小说初稿基本完成（原题《红进记》，后改题为
《卢代之死》）。"皖南事变"后，冯雪峰在家乡被国民党逮捕，小说的
初稿也随之丢失。新中国成立后，冯雪峰重写这部小说的努力也因政
治运动的冲击付诸东流，这不能不说是文学史上的一个无法弥补的遗
憾。在"十七年"的文坛上，曾出现过话剧《万水千山》和王愿坚的
《七根火柴》等一些反映红军长征的短篇小说，但"文革"的到来旋
即使这刚起步的探索被迫中断。埃德加·斯诺在《西行漫记》中说：
"总有一天有人会把这部激动人心的远征史诗全部写下来。"② 随着有

① 毛泽东：《毛泽东新闻工作文选》，新华出版社 1983 年版，第 37 页。
② ［美］埃德加·斯诺：《西行漫记》，董乐山译，生活·读书·新知三联书店 1979 年
版，第 181 页。

关长征的一些政治禁区的解禁，随着长征沉淀为一段可供后人平心静气地细细品味的历史，斯诺的这个预言在中国文学进入新时期以后出现了实现的可能。

长征作为真实发生的历史事件，一旦进入文学作品，则变成了建构的"历史"，这里便存在着一个如何言说的问题。在海登·怀特看来，事件本身并不构成历史，真正的历史应该指向事件之间的意义或"关系网"。"关系网并不直接存在于事件之中；它存在于历史学家反思事件的脑海里。"① 笔者认为，长征书写的最为关键的问题就在于这种"关系网"的架构，也就是以什么样的历史眼光去观照这一段民族的集体记忆，指导自己用文学叙事这种意识形态的生产手段去书写长征这一历史事件，从而凸显历史想象的深层结构。从这个意义上说，书写长征也就是以文学的方式建构历史的过程。

在新时期以来的长征书写中，一类作品走上了建构"大历史"的创作之途。这类作品通常以"事件"为描写中心，用总体性的宏观眼光观照历史，在文学叙述中更为注重的是梳理历史主流的发展脉络，并在这个过程中力图揭示隐藏在史实表象下的历史的本质、规律和运行趋势。此类作品努力表现出的是"较大的思想深度和意识到的历史内容"②。所谓历史内容，就是指隐藏在社会生活的内部、包含着特定历史阶段的矛盾和特征的典型现象，它最终决定着历史的运动并体现着历史发展的本质和规律。在这个过程中，历史的观念作为一种潜隐的力量控制着长征书写的基本走向和基本方式，其作用更具有"本原性"，它对于长征书写来说绝非仅仅是外在的制约性因素，而是通过它有效的渗透和折射最终成为贯穿于作家思维的精神理路和影响文学

---

① ［美］海登·怀特：《作为文学虚构的历史文本》，张京媛编著《新历史主义与文学批评》，北京大学出版社1993年版，第174页。

② 《马克思恩格斯选集》第4卷，人民出版社1995年版，第557页。

创作内部法则的逻辑力量。革命历史的"元叙事"(如对长征的性质、意义的阐释等)无疑为作家们书写长征提供了现成的参照系,使他们不至于陷入历史判断的迷惘中苦苦思索如何书写这一段并不久远的历史。正因为如此,这些作品并非由纯粹的文学要素构成,革命历史的叙事结构决定了其文本结构,文学叙事与革命历史叙事的同构是它们的一个重要特征。

与"大历史"的建构相呼应,这类作品不同程度地体现出一种创获史诗的欲望,追求的是作品的诗的长度和史的广度。这种创获史诗的欲望一方面来源于作家充当历史学家、建构宏大叙事、把握历史变动中的民族精神的述史冲动;另一方面也源于长征本身所具有的史诗品质对创作主体情感的激发,是由某种历史的规定性所成就的,体现着一定的历史逻辑。革命所带来的无疑是一个"史诗时代"。在革命历史的叙述中,长征往往被描述为这个史诗时代人类历史上前所未有的壮举,一个标志着革命从挫折走向胜利的史诗性事件。而在西方人的眼里,长征的史诗性则更多地体现在精神的层面。索尔兹伯里认为,长征"不是一般意义上的'行军',不是战役,也不是胜利。它是一曲人类求生存的凯歌……一次生死攸关、征途漫漫的撤退,是一场险象环生,危在旦夕的战斗","是考验中国红军男女战士的意志、勇气和力量的人类伟大史诗"。① 20 世纪 80 年代中期以来,中国文坛上陆续出现了《长征风云》(赵蔚,1987)、《地球的红飘带》(魏巍,1988)、《湘江之战》(黎汝清,1989)、《草地龙虎》(陈宇,1995)、《红土黑血》(石钟山,1995)、《山水狂飙》(伍近先,1995)、《大迁徙》(李镜,1995)等描写长征的长篇作品。强烈的纪实性是这些作品一个共同的特征。虽然《长征风云》《地球的红飘带》《湘江之战》

---

① [美]哈里森·索尔兹伯里:《长征——前所未闻的故事》,过家鼎等译,解放军出版社 2001 年版,第 1 页。

几部作品被称为小说（依据图书版权页的标注），但从实际内容上看，它们与20世纪90年代出版的作品一起均应被列入纪实文学的范畴，这种情况的出现也许与不同年代的文体划分标准的差异有关。

与新时期以前的同类题材创作相比，《地球的红飘带》等作品在篇幅上均具有宏大的规模。比较而言，在史诗性的多方位的呈现上，那种足以反映一个时代社会整体风貌的长篇作品更具有得天独厚的优势，它的巨大的呈现功能，使其能够在叙事时间、空间的自由转换中全面、深入地反映变动中的历史场景，对长征进行广泛和富于深度的描述。在黑格尔看来，史诗的根本特征是客观性。史诗描述的是"与一个民族和一个时代的本身完整的世界密切相关的意义深远的事迹"，也就是说，要反映关于整个民族、时代精神的事迹。因此，史诗往往成为"一个民族的'传奇故事'，'书'或'圣经'"①。这些纪实性作品站在时间的高点上对长征进行了俯瞰式的全景描述，在总体气象上则呈现出宏大叙事的气势，通过重大的、有代表性的人物和事件来描绘巨变时期的历史画面、生活场景，把握时代精神，努力接近的恰恰是史诗这一目标要求。这些作品往往以一种"崇高的声调"而非"私人声调"叙述。正像凯塞尔指出的，"事实上史诗的表现方式非常特别，叙述人比听众具有一个更高的观点，他像一位史诗的朗诵者，一位先知、一位圣者那样讲话，好像通过他文艺之神的声音在对人类讲话。作为一种声音因此产生了一种崇高和庄严"②。魏巍的《地球的红飘带》是中国出现的第一部反映长征的长篇小说。作者在小说的"卷首语"中写道："中国英雄们的长征，是中国人民的史诗，也是世界人类的史诗。这部史诗是中国人民和中国共产党人用自己的脚步和鲜

---

① ［德］黑格尔：《美学》第3卷（下册），朱光潜译，商务印书馆1981年版，第107—108页。

② ［瑞士］沃尔夫冈·凯塞尔：《语言的艺术作品》，陈铨译，上海译文出版社1984年版，第268页。

血镌刻在我们这个星球上的。它像一只鲜艳夺目的红飘带挂在这个星球上，给人类、给后世留下永远的纪念。"① 这段对长征的观念性描述，实际上对小说的创作起到了引领的作用，预设了作品的价值诉求，透露出作者追求史诗品格的创作意向。小说从湘江之战写起，这场使中央红军损失过半的惨烈战役给作品带来了一种悲壮、忧郁的氛围，同时也透露出路将向哪里走的历史信息。这样的开篇显然是作家有意安排的，因为这种写法更有利于凸显长征由挫折走向胜利的历史脉络。作品重点描写毛泽东、周恩来等历史转折时期的枢纽性人物在长征中对红军前途和命运的思考，对行动策略和指导思想的调整和修正。小说各有侧重地描写了四渡赤水、巧渡金沙江、强渡大渡河、飞夺泸定桥、爬雪山、过草地等长征途中发生的几乎所有重要事件，再现了中央红军长征的艰险、壮烈的动态过程。同时，作品也揭示了长征中红军的内部斗争，描述了国民党方面的相关部署，通过李德这一历史人物牵扯出共产国际的情况以及当时的国际形势，这些都有助于全面、深入地向读者展示那一段历史的丰富内涵。1995 年由解放军出版社出版的"长征纪实文学丛书"包括《红土黑血》《山水狂飙》《草地龙虎》三部曲。三部作品采用传统的章回体的方式分时段描写长征，在创作中尽量回避二元对立思维模式的干扰，共同营造出一个巨大的历史空间。衡量一部作品是否具有"史诗性"，体裁并非一个必备的要素。三部作品虽然被称为报告文学，但在叙述历史的同时，尤为强调的仍然是诗与史的结合。《红土黑血》叙述视角独特，故事情节跌宕起伏，扣人心弦，具有强烈的"诗"的色彩。但在上述作品的创作中，由于其重心在于对真实历史事件的叙述，而"诗"只是使历史叙述得以充分展开并使"大历史"以形象化、可感知的姿态出现的

---

① 魏巍：《地球的红飘带》，人民文学出版社 1988 年版，第 1 页。

必要方式，因此"诗"也难免为"史"所淹没。

评价一部作品是否可以称得上真正的"史诗"，是一个涉及具体的文学观等方方面面因素的复杂问题，本书对此不再赘述。如果说上述作品在特定的历史叙述的框架内，在一定程度上获得了史诗性，在某种意义上可以称为史诗的话，那么这样的诗史应该是"创世"史诗。由于诸多的历史原因，20世纪上半叶的中国选择了暴风骤雨式的革命来解决自身存在的种种问题。革命的目的在于彻底摧毁旧有的秩序空间，建立一个新中国，从而打破中国历史的循环状态，创造一种崭新的历史，长征即被视为中共这一宏大历史实践中的一个重要关节点。革命中心由南方苏区到陕北根据地的转换并非简单的空间位移，而是具有时间（历史）意义。毛泽东指出了长征的"创世"意义："讲到长征，请问有什么意义呢？我们说，长征是历史记录上的第一次，长征是宣言书，长征是宣传队，长征是播种机。自从盘古开天地，三皇五帝到于今，历史上曾经有过我们这样的长征么？"① 长征被视为中共领导人民缔造现代民族国家、创造新世界的筚路蓝缕的宏大历史进程中的一个富有转折意义的重大历史事件，一个新的历史阶段的起点。上述作品立足于长征的描写，以此反映现代中国的历史动态，传达出的是创造新世界的历史主旋律。这些作品没有回避长征残酷的一面，但残酷所带来的并非悲剧，而是正剧。长征走的多为绝路，可以说其自身已构成一个神话、一个绝处逢生的神话。正因为如此，这些正剧也被涂抹上神话的色彩，而这种神话恰恰是传奇式的英雄们创造的。正如斯诺所说："冒险、探索、发现、勇气和胆怯、胜利和狂喜、艰难困苦、英勇牺牲、忠心耿耿，这些千千万万青年人的经久不衰的热情、始

———————————
① 《毛泽东选集》第1卷，人民出版社1991年版，第149—150页。

终如一的希望、令人惊诧的革命乐观情绪，像一把烈焰，贯穿着这一切，他们不论在人力面前，或者在大自然面前，上帝面前，死亡面前都绝不承认失败——所有这一切以及还有更多的东西，都体现在现代史上无与伦比的一次远征的历史中了。"① 这些作品具有浓重的英雄主义的基调，着力塑造了创世英雄的群像，展现他们身上不屈的精神，并以此使人们相信，任何困难都无法阻挡这支红色的队伍冲破黑暗、走向光明。

虽然真正地还原历史是不可能的，但人们并没有就此放弃逼近历史本相的努力。作为没有亲身经历过长征的后代作家来说，史料的搜集、筛选、辨别和运用是他们接近历史、激活历史的可靠途径。在这些长篇纪实作品中，作家以历史学家严肃、求实的精神，尽可能地在充分占有史料的基础上，对史料进行精心组织。此外，这些作品往往描写一些曾经被遮蔽的历史人物和事件，以此来达到周详地映现历史原貌的目的。《大迁徙》从历史事实出发，以中央红军的长征为叙事主要线索，同时描写了过去被历史所忽视的红四方面军，红二、六军团，红二十五军等其他红军部队的艰苦征战，对博古、李德、张国焘等有争议的历史人物也没有进行简单化的处理。《草地龙虎》中首次披露了毛泽东与张国焘在抚边小镇初次会面的详细经过等许多鲜为人知的史实和内幕，几乎所有的叙述都有史料的支持，力求忠实于历史和复现历史。但对于这些作品来说，"纪实"并非最终的目的，而恰恰是达到目的的创作手段和策略。值得注意的是，由于考察、描写对象的一致和创作中对纪实风格的追求，不同作家所创作的长征题材作品难免重复着一些相类的故事母题，以至于形成一种互文性的叙述模式。如果文学的叙事模式可以被视为一种有意味的形式，那么这些作

---

① ［美］埃德加·斯诺：《西行漫记》，董乐山译，生活·读书·新知三联书店 1979 年版，第 164 页。

品对某些类似故事和主题的重复便是在重复着某种意义，同时力图使这种意义得到强化和"增值"。

文学与长征的相遇之初，便被置于历史的辐射之下，但这并不意味着文学在历史面前只是一个消极的、被动的客体。在上述作品中，历史对文学的规约更多的是在一种宏观的视野下进行的，它还不可能对文学实行全面的掌控，这就为文学在历史中的生存提供了一个缝隙。在这些作品的长征书写中，文学在宏观叙事上服从历史的约定，而在具体叙事中则不同程度地体现出一种文学独有的魅力。《红土黑血》试图在宏大叙事中渗透进"小叙事"。作品浓墨重彩地描写了王铁和于英、张东来和吴英、王伟和汪芳几对恋人荡气回肠的爱情故事，为血与火的征战增添了几分人性的温柔。在无法预知明天的战争状态下，爱情的命运是飘忽不定的，随着生命的结束，美丽的爱情也会永久地飘逝在硝烟弥漫的战场。正因为如此，战争中的爱情绝少轻快和浪漫，却在很大程度上让人感觉到了某种残酷。在《红土黑血》中，几对恋人对爱的坚贞不渝总是与革命的信念、忠诚结合在一起，他们的爱情也随之显得悲壮和崇高。新兵刘二娃短暂的长征经历是《红土黑血》中一条引人注目的叙事线索。作品通过刘二娃的眼睛证实着长征的艰险。在黑漆漆的夜幕下，行走在陡滑山路上的战士一个个摔下山崖……作品真实地展示了这些场景给人带来的恐惧和绝望，以及在绝望和恐惧面前人基于求生本能的退缩，呈现了在绝境中普通人的心理状态。而刘二娃退出长征、离队"回逃"以及在村民和家人被白军凌辱、屠杀的惨状刺激下的最终发疯，则构成了长征"绝无退路"的隐喻。但需要指出的是，在宏大历史叙事框架的限制下，上述作品中的"小叙事"难以深入展开，最终只能成为一种辅助性、补充性叙事。

与以"大历史"的建构为总体叙述目标作品不同，中篇小说

《灵旗》（乔良）、《夕阳红》（程东）、《马蹄声碎》（江奇涛）①、《苍茫组歌》（赵琪，1996）以及长篇小说《走出西草地》（邓一光，1996）等作品则将俯瞰的视点下移，以平视的视角探视长征的细部，触摸它的枝枝蔓蔓，以各自不同的叙事角度和表达方式，试图走进历史现场去感悟历史，由具体的历史细节展现出历史原生态的真实性与复杂性，力图以此在另外一个层面还原真实的长征。在这些作品中，作家没有建构史诗般的宏大叙事，而是试图走出"大历史"的摄照区域，在"大历史"的边缘处拣拾被遗弃、被漠视的历史碎片并加以组合、拼接，从而在"大历史"的背景下书写出"复线"的"小历史"。这一类长征书写有效地填补了在"大历史"的建构中未来得及充分涂抹的历史叙事空间，对长征、对历史进行了一次深度的体验和思索，同时也开辟了解读长征这一历史记忆的另一条路径。

在这一创作序列中，一些作品在"大历史"的叙述框架内，选取特定的人物、事件和特定的角度对长征进行细节化、具体化，并对"大历史"加以适度的补充和延伸。在《苍茫组歌》《走出西草地》《马蹄声碎》中，那个活跃在追求史诗性作品中的英雄群体被分解成一个个富有质感的生命，蹚过历史的河流走进文学的空间。《苍茫组歌》以主人公红军团长肖良长征中的传奇经历和情感遭遇为叙事核心，在兼顾外部事件描述的同时，尽可能多地关注人物内在的精神律动。《走出西草地》讲述了红四方面军一支由被编入"改正队""甄别队"的"犯人"组成的特殊人马的长征故事。这些人虽然也是红军，但却被视为革命队伍里的"另类"，成为被整肃的对象。尽管如此，他们仍然勇猛地战斗，竭尽全力履行革命者的

---

① 三篇作品汇聚在"长征笔会"的专栏中，发表于 1986 年第 10 期的《解放军文艺》。

职责。在漫漫远征途中，他们承受着沉重的精神压力，但从未放弃革命的信念，最终凭借超人的意志和顽强的生命力走出茫茫的西草地。《马蹄声碎》描写的是红四方面军（这一点在作品中虽未注明，但依据内容可以作出明确的判断）运输营的一个女兵班在长征中途"被甩掉"后，在饥饿、疾病和死亡的威胁下追赶大部队的艰险历程。在非常的状态下，她们首先是战士，然后才是女人。这是长征中并未受到多少特别照顾的特殊的一群，承受着的却是男人们都难以承受的艰难和困苦。作品描写了她们在生命极限状态下基于自身的认知方式、情感结构对外部冲击所作出的反应，从这些鲜活的生命中，迸射出的是一种难以形容的精神力量。这些作品中的人物具有典型的意义，在他们身上承载着的是长征所筑就的主体精神。显然，这些作品以长征为背景依托，着力建构的并非重大事件的历史意义，而是一种富有质感的"精神史"。讲述长征历史并非简单地追忆与缅怀，而是一种精神意义上的寻找。这种寻找复活了民族的英雄记忆，淡化了长征的所具有的悲剧感，最终成为精神消遁的时代里一种神圣的仪式。在《苍茫组歌》的结尾，作者建构精神史的欲望通过晚年肖良那纷乱的思绪表现出来："长征到底是什么呢？……不错，'长征是宣传队，长征是播种机……'还有什么呢？……还有那些热血与勇气呢，英雄与神话呢，胜利与憧憬呢，无畏与牺牲呢，幻想与传奇呢，信仰与光荣呢。如果说那一路收获了什么，那就是这一些。许多事实，后人将无法置信，将会以为听到的是一部悠远辽阔、苍凉嘶哑、开天辟地的祖先的古歌。当然，他承认，那时的歌声也并不总是那样高亢明亮的。也许，有过沮丧与失败，有过犹豫与绝望，有过退缩与怀疑，有过在死亡面前的飞奔与在生存面前的躲闪，但它们也绝不是毫无价值的。它们将与光荣一起流传于世，成为瑰宝与财富，成为一支民族创世纪的歌谣与史诗中的一部分，从而在人类中永久地传唱。这就是长征。"① 肖良对长征的沉思具有某种历史"总结"的意味，在这"总结"中隐藏着观照历史的另一视角。但我们也应注意到，这种定评式的总结同时又难免使刚刚敞开的历史思考再次封闭。

"大历史"的建构总是要淹没一些难以容纳在它的叙事框架内的剩余的历史碎片，而这些隐藏在历史深处的碎片却往往是展现历史真实面貌的不可或缺的材料。《夕阳红》则将笔端对准了另外一个特殊群体——"流落红军"，让沉寂多年的事件和人物浮出了历史地表。在长征途中，由于伤病、掉队等原因，曾有为数众多的红军战士流落民间。在当时的情况下，离开了集体便意味着接近死亡，他们不但受到国民党武装和土匪的追杀，甚至还要成为不明真相的村民的杀戮对象。然而，这个曾经为革命做出重大牺牲的群体却在"大历史"的建构中难觅踪影，成为历史叙事中沉默的一群。《夕阳红》将他们中侥幸活下来的人邀请到小说中，去讲述属于他们自己的历史，并以此发出了自己的声音。他们所述说的故事是只能通过正史来了解长征的后人无法想象出来的。可以说，作为长征的亲历者和见证人，他们的记忆与"大历史"的叙述有着同样真实的内涵和重要的意义。小说具有浓厚的"口述史"的色彩，从中我们听到的不只是战争的震撼、英雄的传奇和杀戮的残酷与血腥，而且还有活动在历史中的具体的人的生命状态和命运沉浮。小说描写了他们过去所经受的种种严酷的考验，同时也揭示出这一群体现实处境的尴尬。他们虽然在民间仍然保持着英雄的情怀，但"流落红军"这一特殊身份却使其无法真正地分享到"大历史"赋予英雄们的荣耀。

同样是书写"小历史"，《灵旗》似乎走得更远一些。如果说《夕

① 赵琪：《苍茫组歌》，《解放军文艺》1996 年第 10 期。

阳红》还是在以书写"小历史"的姿态，用鲜为人知的史实为"大历史"补缺的话，那么《灵旗》的长征书写则在历史的观念上一定程度地逸出了"大历史"叙述的边界，呈现出一种复杂的文本状态。《灵旗》的写作过程也是作者与历史对话的过程。在谈到湘江之战时，乔良写道："一切都是偶然。谁能说红军注定会有一小半人要从那铁桶般的钳制下脱身？一切又都是必然，既然事实如此，那不等于说，红军注定会逃过这场劫难而最后获得成功？这就是历史，你说得清吗？"① 就在这种历史的迷惑中，乔良完成了《灵旗》的写作。在他看来，既然历史的是非曲直难以言说，那么还不如索性把这个判定的任务留给后人，自己能做的只是平静地把这段历史尽可能真实地记述下来，让人的善良和残暴、人的崇高和渺小乃至人性中复杂的方方面面尽情地上演。小说真实地再现了战争更为真实和残酷的一面。战争无论是正义的还是非正义的，从来都是残酷的和违反人性的。从人类生存意义上说，死亡终究是一种巨大的不幸和痛苦，即使革命战士在死亡面前表现得视死如归。小说以青果老爹的回忆展开了那一段特定的历史，在这回忆当中，历史和现实"混融"在一起，难分彼此，扑朔迷离，也许这才是历史的本真状态。可以说，《灵旗》这篇被众多评论者称为新历史小说的作品最终仍未完全脱出"大历史"的言说框架。作为"长征笔会"中的作品，其创作的显在目的是"为那些亡灵们特别是至今仍曝尸山野的红军的亡灵们唱一支安魂的挽歌，或是写一篇如灵旗般飘摇的祭文"②。湘江战役的悲壮和惨烈，红军将士的英勇不屈、大气凛然都包含在这挽歌或祭文中了。小说中二拐子的"讲史"显得庄重甚至有些神秘，充满了对历史的敬畏，这也正构成了整篇作品历史叙事的基调。这种基调的产生无疑是长征中所蕴含的一种

---

① 乔良：《沉思——关于的〈灵旗〉自言自语》，《小说选刊》1986 年第 11 期。
② 同上。

具有强大征服力的精神辐射的结果，这种精神可以穿越意识形态的差异和时代的变迁，像一只无形的手操控着人们回忆长征、想象和建构历史的情感向度。

历史总是在被后人的书写中不断地向未来延伸，从这个意义上看，"长征"并没有终结。由于时间间隔的进一步拉开，人们在回望已沉淀为历史的长征时更能保持一种平和、冷静的心态，而这样一种心态也正是书写长征这一极易调动起人们各种情绪的特殊对象时所需要的。对被视为一种象征的长征的书写其本身就是一种具有象征性的行为，但必须明确的是，无论创作主体以怎样的视角和方式、出于怎样的意图介入长征这段历史，都应该持有一种客观、公正和尊重的历史态度，只有这样，才能为作品在时间中的长久存在构筑一个坚实的基础。

# 重建“父性文化”及精神秩序：20世纪90年代以来的军旅小说的文化解读

在解放区和新中国成立后“十七年”的军旅小说中，父亲的形象很少出现。在那些以再现宏伟历史场面为创作宗旨的作品中，活跃着的是一个朝气蓬勃的英雄群体。他们面向现在和未来，在一种强大精神引导下，以坚忍不拔的意志创造着前所未有的历史，他们本身就是“历史的父亲”，浓厚的理念化色彩使他们变得神圣而难以接近。同样，在20世纪80年代军旅小说的辉煌期，作家们在摒弃了神化英雄的创作规约的同时，更注重塑造性格多面、内心世界丰富的当代军人的立体形象，即使作品中偶尔出现了“父亲”，也大多是一种模糊的陪衬式的影像。与现代和当代文学的过去阶段不同，在20世纪90年代以后的军旅小说创作中，产出了一批以“子辈”的视角观照“父亲”（父辈军人）、书写“红色家族”的作品，并构成了一道引人注目的风景：邓一光的《父亲是个兵》《我是太阳》，石钟山的《父亲进城》（邓一光和石钟山的诸多类似作品习惯上被称为“父亲系列”小说），裘山山的《我在天堂等你》，马晓丽的《楚河汉界》，都梁的《亮剑》，项小米的《英雄无语》……这些小说作者绝大多数出身军人家庭，这一点构成了他们创作此类作品的先天优势。在他们的笔下，那个曾使几代读者激动不已的英雄集体被分解成一个个富有质感的生命，蹚过历史的河流走进文学的空间。由书写"历史的父亲"到讲述"父亲的历史"——在一个远离战争和英雄的时代里，军旅小说这种叙述视点的位移无疑构成一种耐人寻味的复杂的文化现象。

作为人类潜意识中的古老原型，"父亲"不仅是一个源于血缘关系的家庭中特定成员的称谓，而且还承载着特定的文化内涵。在家、国同构的中国传统宗法社会中，"父亲"作为一种文化符号更具有其象征意蕴，成为国家、民族历史文化变迁的外在表象。"父亲"代表着一种传统，在社会的转型期，传统往往成为人们关注和思考的重要对象。在五四时期的文学作品中，"父亲"要么是不在场或衰老无能的（象征"父亲"的没落和文化使命的丧失），要么是作为落后的传统和吃人文化的代表受到"儿子"们的彻底清算。父子的冲突成为两种文化的较量，"弑父"是那个时期作家的普遍情结。20世纪80年代，作为"大院子弟"的作家王朔则以戏谑的笔法勾画出一个个处于边缘位置的"灰色"父亲，以此来完成一场众语喧哗时代消解权威和中心、颠覆崇高的文化演习。在中国文学史上，几乎每跨入一个不同时期都要对父亲的形象进行一次重新塑造。可见，是否写父亲、如何写父亲的背后，潜隐着作家不同的文化选择和复杂的情感向度。

在20世纪90年代以后的军旅小说中，"父亲"扮演着文化母体的角色。作家们通过回忆使父亲的形象变得更加遥远和神秘，而理想化、传奇化的人物处理又让父亲的形象凸显出符号化、理念化的特征和一定的文化象征意义。这里的父亲已不再是生龙活虎的战士，而化作一段凝固的历史，沉淀为一种永恒的精神。对"父亲"的书写实质上是一种面向现实的历史性沉入，通过沉思"父亲"的历史保留在这个世界中逐渐消失的东西，并使之成为一种绝对的要求。裘山山是在一种疑问和沉重中完成《我在天堂等你》写作的："在当今时代，人们所崇拜的往往是具有当下价值观的英雄人物……人们很难再把那些时间久远的英雄人物、英雄精神摆上神坛了……可是面对历史呢？我们的割舍就会那么决绝吗？我们的割舍就可以那么决绝吗？更何况这段历史还没有走远。即使酒神时代和太阳时代已经走远，那它们的精神呢？"① 可以肯定的是，作家们在父亲的身上寻找到了一种当下稀缺的精神资源，他们对精神家园的坚守和钢铁般的意志对庸俗和腐朽造成了强大的冲击。作者在与现实的联系中展示"父亲"的生存状态和精神状态。他们在和平时期的政治运动、人际关系乃至家庭生活中四处碰壁、一筹莫展，如入"无物之阵"，英雄无用武之地。"父亲"光荣的历史被无情地尘封在他们的记忆中，昨日的英雄已不是这个变革时代的"弄潮儿"，在喧嚣的现实中显得格外落寞。他们生存艰难，这种艰难更主要集中表现在精神的层面。《英雄无语》便展示了处于"小人时代"的英雄们的生存困境。"父亲"的现实遭遇一方面使他们的形象被涂抹上一层悲剧的色彩，另一方面也在严厉地拷问着现实，揭示出时代精神的悲剧性匮乏。

在本节所论及的作品中，普遍潜藏着一种过去军人或军旅文学作品很少渗透出的年轻一代对自身能力的忧虑和困惑，这种情绪可以被归列为一种"文化焦虑"②。在小说中一些晚辈身上隐约可见"父亲"精神某种危险的现时断裂。《父亲进城》中爱好文艺的石海敏感病态，暗恋着自己的姐姐，阳刚之气荡然无存；《楚河汉界》中的周和平复员后成了一个寡廉鲜耻、唯利是图的人，而最受老将军周汉青睐的周南征虽然在部队里春风得意，但已失去了太多军人宝贵的品性。在这些形象的刻画中透露出作者对于"种的退化"的深深忧

---

① 裘山山：《〈我在天堂等你〉创作手记》，《中国文化报》2001年3月29日第3版。
② 孟繁华：《"英雄文化"的现代焦虑——90年代军旅文学中的英雄文化与文化认同》，《解放军艺术学院学报》2003年第1期。

虑和内在恐惧。这种文化焦虑与现时的文化状况密切相关。急剧裂变与转型的中国社会被一个商业化和技术化的文化环境所包围，历史所建构起的包括道德、情操、信仰等文化观念系统受到空前的解构而变得破碎不堪，平面化、世俗化、粗鄙化的欲望和利益追求吞噬着精神的空间。在这样的背景下，对于父亲这个形象的塑造具有了它的象征意义。

在这些军旅小说中，"父亲"的历史没有终结。讲述父亲的历史并非简单的追忆与缅怀，而是一种精神意义上的寻找。寻找父亲实际上是寻找信仰、寻找生活支柱、寻找精神的皈依。这种寻找复活了民族的英雄记忆，淡化了"父亲"的遭遇所具有的悲剧感，使作品获得了昂扬向上的精神气质。同时，更为重要的是，从这种寻找中我们感受到了创作主体的一种重建"父性文化"的诗性冲动。离弃"父亲"势必造成精神的痛苦，真正意义上的"父亲"的缺失也就意味着整个社会的崩坏，如何重建"父性文化"与精神秩序便成为作家的叙述动力和作品的重大主题。

所谓"父性文化"即一种具有至上权威性的主导型文化，它规约着一个社会的精神秩序。在中国人的传统意识中，"家"是"国"的缩影，在家庭内部以"父"为天。"父亲"是不可逾越的力量、秩序和中心精神权威的象征，而与之相对应的"儿子"则代表着人的自身。在20世纪90年代以后的军旅小说中，"父性文化"被赋予了特定内涵，它具体是指父辈们在一个非常的年代里共同创造的、曾经引领了一个时代的精神财富。这是一种阳刚型的文化，它与信仰、理想、忠诚、责任、激情、浪漫、英雄、崇高、悲壮等字眼紧密相连。这样的文化传统在"父亲"们的身上被真切地体现出来。这些作品中的"父亲"类似于西方学者所谓的"天父"的形象：他们"充满自信，富于侵犯性、竞争性并崇尚武力……崇拜光和力量"；他们生活和工作于外部世界，"把无限的、神秘的、多产的、亲密的抚养责任和亲属联系都留给了他的对立面地母"①。以关山林（《我是太阳》）、石光荣（《父亲进城》）、欧战军（《我在天堂等你》）、李云龙（《亮剑》）、周汉（《楚河汉界》）等为代表的父辈军人都曾有过战功赫赫的辉煌历史，是叱咤风云、阳刚气十足的战神式的职业军人。他们都具有浓厚的英雄主义情结，争当英雄、敢当英雄，在战场上机智果敢，不怕流血牺牲；他们固守着做人、做事的道德良心，与人肝胆相照，无私、侠义、大度、刚正不阿；他们无比珍视军人的尊严和荣誉，而这些又总是与军人的职责构成一种必然联系。李云龙对孩子们这样说："军人的荣誉感比命都重要……在穿上这身军装之前，你们可要想好，一旦穿上，你们对国家和民族就有了一种责任，就应该随时准备把自己的命交出去……如果作为军人怕死，那是世界上最丢面子的事。"② 在父亲们的精神结构中，释放着一种强大的人格力量。不管受到多大冲击，他们都不向命运屈服，豪气依旧，不改英雄本色。"我是太阳！"这是关山林的精神宣言，太阳也曾跌落过，但它明天照样升起来！

"父亲"始终处于文本的中心位置。为了彰显"父性文化"的权威感，作者甚至不惜冒着受女性主义者和挑剔的批评家指责的危险，在"父亲"的身边设置了一个个美丽、温顺、善良的女性，重复着传统的"英雄＋美人"的叙述模式。不管作为妻子的女人们是否有自己的事业，都无一例外地被"父亲"的精神所笼罩，成为"父亲"的陪衬。"琴"（《父亲进城》）就像是"父亲"手里的一件从未奏响的乐器。她对父亲最主要的反抗方式就是沉默，虽然一直怨恨父亲毁了她的美好爱情，一生都没有和父亲真正融合在一起，但她也只能在对充

---

① ［美］阿瑟·科尔曼、莉比·科尔曼：《父亲：神话与角色的变换》，刘文成、王军译，东方出版社1998年版，第28—29页。

② 都梁：《亮剑》，解放军文艺出版社2001年版，第519页。

满"小资"情味的爱情的憧憬和想象中被动地适应着组织上包办的婚姻。"乌云"(《我是太阳》)仿佛注定是为关山林而生的,她是关山林的忠实崇拜者和追随者。在"太阳"的照耀下,同样作为出色军人的她也只能发出"月亮"的光辉。"父亲"的经常不在家并不意味着他在家庭中的"缺席"。在"儿子"们进入青春的生长期,"父亲"会越来越强烈地意识到他们需要引导。"父亲"施展其精神的权威,按照自己理想的模式塑造他的儿子们,为儿子们脱离家庭走向外面的世界提供有效的模式。"父亲"要千方百计地磨去母亲打在孩子们身上的印记,为此常常与母亲发生冲突,而最终的胜利总是归于父亲。石光荣不顾妻子的反对将儿子石林送到边远的哨卡当了一名边防军人,由妻子实施的调动计划在他的干预下也最终破产。"儿子"们对"父亲"既有依恋、崇敬的一面,又有畏惧乃至妥协的一面,他们按照父亲预设好的方式成长和生活,并以父亲为镜子检视着自己。在作者的精心安排下,"父性文化"成为文本中的一种合目的的现实存在,其权威性和合法性得到了有效的印证。

对"父性文化"的重建是一个拾掇起被时代击碎的文化残片进行重新整合并加以价值确认的过程,更多地体现为一种精神文化的现时认同。这在个过程中,作家的"文化的焦虑"得以有效缓解。"一个遥远的历史时代能够成为人们憧憬和崇敬的对象,并能够用以示范和评断当前将会流行的行为范型、艺术品范型和信仰范型。相信人类曾经生活于一个'黄金时代',比人们现在的生活都更为淳朴和单纯,是思想史上的一个常见主题。"[①] 每当新的情境出现,与之相适应的文化体系还未来得及建构起来时,历史便顺理成章地成为人们解决问题的参照。可以看出,作家们在塑造"父亲"形象时的情感态度多少有些复杂,在作品

---

① [美]爱德华·希尔斯:《论传统》,傅铿、吕乐译,上海世纪出版集团 2009 年版,第 220 页。

中，回荡着作家两种不同的声音，在描写父亲闪光形象的同时又对父亲表达了某种"不满"。他们一方面是"战争之神"，另一方面战争又"异化"了他们，使他们过于好战甚至嗜血，在没有战争的年代里，他们只能面对军用地图和沙盘玩着虚拟的战争游戏，在家庭中"寻衅闹事"以释放过剩的能量，变得性情狂躁、不近人情。他们一方面是顶天立地的英雄，另一方面仍然可见霸道、野蛮、粗俗的草莽之气或小农意识，甚至连温情脉脉的恋爱也被波及。对于妻子和儿女，他们似乎并未尽到应尽的责任，家庭在他们的眼里只是部队的缩影，军队的管理方式经常在家庭中得以强行运用。然而，如果就此断定这些作品具有一种冷峻的"审父"或强烈的"叛父"意识的话恐怕有一厢情愿的嫌疑。上述小说中暗藏着的"子辈"的叙述视角为我们分析作家的创作心态提供了一个有力的线索。在这些小说中，很少从父—子的关系中展开叙事，父子冲突的脉络显得微弱而模糊。"父亲"往往被回忆为"如神的巨人"，他们身材高大、健壮，声若洪钟，威风凛凛。即使是在和平年代，告别青春的父亲仍具有强大的震慑力。《父亲是个兵》中这样描写在几分钟内杀死几十只鸭子的父亲："父亲杀掉最后一只鸭子，立起高大魁梧的身子，手里提着滴着鸭血的菜刀，刀刃如锯齿。父亲站在那里，刚毅的脸膛直泛着冷冷的红铜色，清瑟如水的秋风从花园深处吹来，在父亲的脸上打出一阵阵的金属撞击声，也发出自己被撞疼了的呻唤声。"① 晚辈们对父亲的看视既非审父式的冷峻的平视，亦非叛父式的俯视，而是崇父式的仰视、凝视和畏父式的侧视，他们被放置在一个缺乏真正意义上的主动性的观看位置上，成为一个被教育者和被感动者。"父亲"的种种缺点并未构成对父亲形象的拆解，反而在作者充满深情和敬意的对"父亲"的理解与体悟中，成为一种有效的外层点染或补充，使"父亲"性

---

① 《邓一光文集》（中篇卷），长江文艺出版社 2000 年版，第 21 页。

格更加丰富、形象，更加真实可信，更加容易让读者接受，强化和夸张了父亲形象所包含的精神内核。《英雄无语》以当代人"我"的视角讲述了"我爷爷"（这只是因为叙述者的身份不同造成的称呼上的差异。作为石光荣们的同代人，"我爷爷"应该被纳入"父亲"的行列）这位革命者对女性的歧视态度，对"奶奶"的辜负以及对儿女、家庭的不负责任，然而这些指责在透析"我爷爷"忍辱负重的襟怀和英雄品性的同时受到瓦解，在作品的结尾，多音合奏变成单声独鸣，子对父达成了最终的妥协和谅解。

作家们将重建"父性文化"的重任交到"儿子"们的肩上，我们欣慰地看到，欧木凯（《我在天堂等你》）、周东进（《楚河汉界》）等新一代军人正在忠实地履行着重建的使命，并为"父性文化"传统增添了一些新的内容。周东进是继承了"父亲"品性的现代型的英雄，然而，他在时代的旋流中进行着的精神突围，在环境的压迫下已变得十分艰难。当下中国的主流文化一方面受到西方强势的政治、经济、文化的威胁和挤压；另一方面，其中心和权威的地位也面临着国内社会结构变动所引起的文化裂变的震动和颠覆。一个想续写辉煌的民族必须具有一个令全民共同尊崇的文化价值体系，否则"最后一定会导致思想上的贫困和政治上的停滞"[①]。从这个意义上讲，军旅小说作家们重建"父性文化"的写作实践对萎靡、散乱的文化场的确构成了不小的冲击，对当代的文化拆解行为进行了一次严肃的审判。但需要指出的是，"寻找"和"认同"势必削弱理性的反思，最终使文化重建的过程充满了"我不能成为父亲"的焦灼。更为重要的是，有效的权威文化应该是开放的体系和文化综合的产物，任何一种单一的文化都不足以支撑起民族的精神大厦，这是作者和读者们需要认真反思的一个问题。

---

① 萧延中编著：《"传说"的传说》，中国工人出版社 1997 年版，第 180 页。

# 身体的浮沉与历史的映现：
# 李铁的"女工系列"小说

## 一

作为一位工人出身的作家，丰富的工厂经历无疑会为李铁"想象工厂（工人）"提供巨大的库存，他似乎更有条件在小说中演绎出有关工厂（工人）的丰富多彩的故事。然而，耐人寻味的是，他的作品却总是在重复着一些相类的故事母题，以致形成一种属于他个人的互文性的叙述模式。我们说，小说叙事是一种想象性的虚拟行为，也是一种建构性的主观行为。作家的创作往往沉淀着相对稳定的思考方式和意义建构方式。如果小说的叙事模式可以被视为一种反映作家创作心理的有意味的形式，那么李铁小说对某些类似故事的重复便是在重复着某种意义，同时力图使这种意义得到强化和"增值"。重复的过程也是不断展露作家内在"情结"的过程。这种隐秘的"情结"对于李铁来说是挥之不去和不吐不快的，我们从中窥见的是作家的关怀视野，以及在失序、半失序的经济转轨或社会转型的事实压迫下，创作主体无力把握现实和未来的"迷思"与"焦虑"。

　　"工厂""女工""下岗"成为李铁小说的关键词，处于时代变迁的历史夹缝中的女工的身体遭遇占据了其文本的叙事中心。"我们的身体就是社会的肉身。"① 小说作为在具体的历史语境中反映社会生活的感性方式，历来存有大量的关于身体的在场书写。在这当中，女性的身体往往成为重要的故事质料。有关"女人""身体"的叙事是小说追求"好看"、吸引读者的一种惯用手段，但在李铁的小说中，其精神诉求和叙事行为却绝非仅仅停留于此，虽然女工的身体在工业变革和社会整合的语境中被持续表现并经常处在文本的中心位置。在《乡间路上的城市女人》中，李铁这样描写农民出身的个体老板孟虎子面对他倾慕已久的城市女工杨彤的身体时的微妙心理："事情做完以后，孟虎子惊奇地发现身边的女人好像一下子苍老了许多，她脸上的皱纹十分明显，身上的肉很松弛。但他还是有一种很满足的感觉，面对杨彤的身体，就好像面对一座城市。而征服杨彤，也好像征服了一座城市。"杨彤的身体在孟虎子的眼里承载着特殊的意义。孟虎子对杨彤身体的"征服"是一种象征性的行为，从中我们直接感受到的是城乡的隔膜以及由此所生成的人们扭曲的心态。下岗后的杨彤流落到乡间孟虎子的工厂，过去年轻美丽的身体最终成为别人圆梦的工具，所有这些都意味着曾经"高贵"的城市工人的"身份"在社会结构变动中的失落。由此可见，身体，在李铁的小说中，不仅仅是单纯的生物肉体，而且是一个意蕴复杂的与历史变迁、伦理道德、社会政治密切关联的文化表征。

　　"身体"作为一种具有戏剧性隐喻的符号形式，既是个人的，又是历史的。身体在历史中发挥着作用，历史也压迫和操纵着身体。女性是社会的"神经"。恩格斯指出，一部人类文明的历史，在特定意

---

　　① ［加］约翰·奥尼尔：《身体形态——现代社会的五种身体》，张旭春译，春风文艺出版社1999年版，第10页。

义上就是妇女地位不断沦落的历史，妇女解放的程度，是衡量人类社会解放的天然尺度。[①] 这种陈述在今天或许已不是很合"时宜"，但它在某种程度上还是有助于我们理解李铁不断地书写女工身体遭遇的动因所在。与林白、陈染等以内视点书写身体的女性作家不同，李铁对女性身体的关注更多地蕴含着外在的历史性，很自然地将其看成是历史的一部分。在李铁的小说中——呈示出的女工的身体，成为一种渗透了作家主观意识和社会内涵的意象，被赋予了特殊的历史意味。权力的转移、生存的挣扎、道德的崩陷……纷纷围绕着身体展开，身体任由各种社会、历史信息铭刻其上，纷呈的身体意象令原本抽象的历史成为可触摸的实体。李铁似乎在努力寻找着个人和历史的联系，用女工的身体遭遇去映射时代，用女性的命运来把握社会转型时期历史的律动。历史遵循着它的必然律以不可抗拒的姿态傲然前行，但却忽略掉了在历史旋流中苦苦挣扎的弱小的个体生命。李铁以"大历史"为背景，聚焦女工的身体境遇，映现或补白这段属于她们的"小历史"。这种写作姿态无疑为李铁的小说打造了一个耐人寻味的标识。

李铁小说不是经由速写去构成有关身体的形象，而是介入了身体与历史交汇的复杂地带。在这个地带中，没有刻意地渲染和煽情，经历着分裂与冲突的身体诉说着由日常经验、生活细节构筑的历史故事，而镶嵌在身体之中的历史也在改写和塑造着身体，使其铭刻上历史的一道道印痕。在激烈竞争的市场经济语境中，伴随着国有企业的改革重组，难有作为的传统工人已经从历史舞台的中心退出，作为"下岗者"或者"打工族"播散到城镇的边缘、乡间的路上。作为影响个体生存的决定力量，历史绝不是外在的。女工们被裹挟进这一历

---

① 《马克思恩格斯选集》第 3 卷，人民出版社 1995 年版，第 727 页。

史进程，她们的身体在新的社会机制中被重新捕获和建构。社会学家玛丽·道格拉斯指出："'小宇宙'形象——肉体的身体可以象征性地复制出大宇宙即'社会肌体'的脆弱与焦虑。"[①] 身体作为一种文化符码，陈述着当代中国的历史主题及其结构变迁，倾诉着身体所隐含的历史伤痛。李铁小说通过至少两代工人身体遭遇的展呈，象征性地思考和诠释着工人的历史及其命运，其身体意象或明或暗地指涉着属于当代中国工人的群体记忆，为我们解读历史、感知个体生命在历史中的真实处境提供了一种独特的视域和思考方式。

处在历史变迁中的女工的命运被充满变数的历史所牵引，这一群体为社会变革付出了更多的成本。任何一份工作都不再是保险的，任何一个职位都不再是安全的，甚至任何一项技艺都不再是长期有效的。我们看到，在"男人留岗、女人回家"的经济转型期，女工承受着巨大的失业压力，她们常常听到这样的告诫："岗位竞争，女工很难竞争过男工，你要有下岗的心理准备才行。"（《修复一朵花》）被剥夺了外在权利的女工，似乎只有身体还属于自己，身体成为女性唯一的自我资源。但是，现实是，"对于力量（技术的、政治的、历史的）而言，人变成一种简单的东西，他被那些力量超过、超越和占有"[②]。女工们最终还是不可避免地丧失了传统意义上的对身体的"拥有感"。同时，在新的体制下，新生的权力也在有策略、有意图地反复地改造和生产着他们所需要的身体。

女工身体开始与家庭、婚姻、爱情相脱离。这些尚未认真体验初恋美丽的身体需要为自身以及群体从事种种"苦役"，生存的残酷，使她们"告别童贞的固执"（《修复一朵花》）。"舞厅在这家饭店的顶

---

① ［美］苏珊·鲍德：《解读苗条的身体》，艾秀梅译，转引自《文化研究》第3辑，天津社会科学院出版社2002年版，第277页。

② ［捷］米兰·昆德拉：《小说的艺术》，孟湄译，生活·读书·新知三联书店1995年版，第2页。

楼，里面灯光昏暗，走进去秋菊一下子就像掉进了一口陷阱。但她十分清楚，这陷阱是她自愿跳下来的，为了董强的仕途通达，也为了自己的一个愿望。"（《花朵一样的女人》）类似的情节在李铁的诸多小说中都有所描写。女工们为了个人生存、为了爱人或集体的利益不得不以肉体为筹码。身体的牺牲奉献，显然并非来自身体之间的互为欣赏和尊重。于美人"穿着红色吊带上衣，水磨兰的牛仔短裙"（《纪念于美人的几束玫瑰花》），时尚、裸露的服饰代替了厚实、朴素的工装，穿着的变化暗示着生存情境的历史性转换。她凭借身体的敞开姿态介入权力关系网络中，此时，她的身体是自然的，又被非自然的诱惑所包围。在请客的包房中，女工张连萍的身体正在制造出另一身体的需要和欲望。"两个人各拿了一只话筒，身子却挨得很近。杜一民有好几次看见场长的头几乎撞见了张连萍的头，张连萍不但不躲，反而迎合，她的秀发与场长的耳头不断摩擦，杜一民觉得那摩擦发出的声音远远在他们的歌声之上。"（《杜一民的复辟阴谋》）在处理各种复杂的世俗关系中，张连萍的身体发挥了强大的功能性角色，与将要出现的个人和群体生存的转机紧密联系在一起。此种情境下身体已物化为一种重要的生产力，成为权力意志的产物。在这个身体和身体之间的色情游戏中，生存境遇对个人的身体造成一种直接的塑造和鼓动力量，人的趋利性与自我保护性和权力达成了某种妥协。当身体被视为一种进入社会生产和交换场域的资本符号，成为他者可利用的消费品，身体也就沦落为"物"，身体之美成为改变生存处境的最直接、最原始的资本。在权力和身体的纠缠中，女性的优雅情怀和羞涩之心，全都被无情地撕扯掉，道德和价值的底线产生了松动。这正如马歇尔·伯曼对现代社会所描述的那样，"一切固定的冻结实了的关系，以及与之相适应的古老的令人尊崇的观念和见解，都被扫除了，一切新形成的关系等不到固定下来就陈旧了。一切坚固的东西都烟消云散了，一

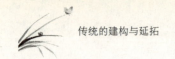

切神圣的东西都被亵渎了"①。

李铁的小说经由女工身体揭示出的是女工们具有悲剧性的历史宿命。身体既然被物化，即使风韵犹存，被抛弃或被取代的命运也在所难免。更年轻漂亮的小叶的突然出现，无疑使红杏面临着失去用身体谋来的岗位的现实危机。"红杏有一种措手不及的感觉……小叶居然长得和十年前的红杏十分相像，这令红杏非常不自在。"（《出墙的红杏》）同样，在新来的"刘美人"面前，于美人也迅速捕获到了类似的寒气逼人的不祥预兆，"眼前的这个小刘，有着和她一样的长发，和她一样的身材，脸庞似乎比她还秀气，善动的眸子饱含着莫名其妙的柔情。"（《纪念于美人的几束玫瑰花》）不难想象，作为红杏、于美人的新的"复制品"，小叶、刘美人即将重复的是与她们的前辈（红杏、于美人）相同的命运轨迹。女工的身体的历史令人恐惧地在一代代循环着。这种循环还要持续多久？这个令人心碎的问题恐怕正是故事的制造者李铁本人也不断追问又难以回答的。

## 二

身体无法脱离具体的时空而存在。李铁小说里的女工的自然身体形象的塑造多构成一种时间性的跨度，即从青春的身体到渐趋衰老的身体，而这两个阶段恰恰与国企改革前和改革后两个时空单元相对应。女工们往往被赋予花朵一样美好的名字：秋菊、春兰、红杏、小叶、小荷……命名本身便体现了自然时序所带给人的生命深层的忧伤

---

① ［美］马歇尔·伯曼：《一切坚固的东西都烟消云散了：现代性体验》，徐大建、张辑译，商务印书馆 2003 年版，第 122 页。

以及人与时间的某种隐秘联系。李铁小说里的青春女性焕发着身体的魅力，有着亭亭玉立的身材和楚楚动人的容貌，美丽得令人怜惜。小说中用正面描写和侧面烘托等方法着力展示着她们超凡脱俗的容颜，引发的并非读者感官上的刺激，而是对美的尊重。然而，身体就其本质而言毕竟是一个花开花落的过程性的现象，时间的侵蚀最终会使它的美丽像万花筒一样碎裂。相对于男人来说，身体对于女性更有不同寻常的意义。如果说男性靠的是力气、金钱、权势、地位等来证实自己的价值，女性则首先凭借自己的身体而存在。当女性的存在成为一种"身体"性的存在，她们自然会为身体的衰老感到焦虑，因为身体的生命是短暂的。一种苍老的感觉令杨彤疲惫不堪："她看见了自己的肚腹，一条浅色的疤痕一直通向肚脐，疤痕的四周是松弛的带着皱纹的皮肉。接着往上看，她看见了一对松软摊开的乳房，如没有装满东西的兜袋。再往上看，是翘起的下巴和下巴两侧的两缕长丝，这长丝枯黄如草，令她震惊。"（《乡间路上的城市女人》）这是对身体侧重于整体性的一种自我看视。视线有序、流畅地移动着，从腹部、胸部再到头部，自然的身体特征在历史以及个体的生命历程中不知不觉地发生着变化，而与身体相关的不同体验和记忆，苦难的、幸福的，个人的、群体的，也伴随着具象的身体浮沉变幻。

其实，工人的身体从来没有真正地"整一"过。作为历史的创造者和历史的决定性力量，工人的身体在计划经济体制下是与"政体"严密勾连的，个人的身体及其命运被消融在社会集体以及制度和制度具有的结构特征当中。吉登斯说："身体不仅仅是我们'拥有'的物理实体，它也是一个行动系统，一种实践模式，并且，在日常生活的互动中，身体的实际嵌入，是维持连贯的自我认同感的基本途径。"①

---

① ［英］安东尼·吉登斯：《现代性与自我认同》，赵旭东等译，生活·读书·新知三联书店 1998 年版，第 111 页。

如果说曾经被主流政治所支撑的工人阶级的尊严感、神圣感还能使他们产生一种"身份认同"，他们的身体还保持着相对整一的话，那么在时代的变动与转化的历程中，他们的身体则更趋于破碎，认同感也随之断裂。历史的利刃将富有意识形态色彩的"工人身份"从它昔日所附着的工人的身体上剥离下来，剩下的只是一个个赤裸裸的丧失"家园"的孤独"肉身"，飘浮于新时代的滚滚红尘之中。

在李铁讲述的女工的历史中，即使是在国企改革前的"红色"时代里，女工的身体仍然没能改变受权力和欲望支配的客体地位。她们要么成为厂长公子等权贵们的情感猎物，要么是班组长和师傅等男人们的欲望对象。"我"、乔师傅、春兰、秋菊、红杏、于美人等女工的命运均在这一轨道上滑行。"既当了工人，就要学好手艺，这是那时候青工们的信条。"（《乔师傅的手艺》）年轻的乔师傅入厂后就抱定了这个信条。在这里，身体不仅是蕴含着生产性的劳动力，为了学到手艺，乔师傅不得不用她美丽的身体去充当穿越身怀"直大轴"绝技的"斜眼刘"欲望的陷阱、抵达目的的工具。对技术的舍我追求终究瓦解了传统的贞操观念，这正是女工命运中的一种悖论所在。"乔师傅躺在斜眼刘的身下，她先是紧闭着眼睛，她感觉斜眼刘滚烫的身体撞击到她冰冷的身体时很像一种东西在做机械运动，像什么东西呢？她想着想着想起来了，像直轴，轴是热的，直轴的工具却是冰凉的。"从这些略带调侃色彩的"车间语言"所营造的情境中，散发出的是无法消解的痛楚。

虽然过去的时代给女工们的身体造成种种难以抚平的创伤，但她们还是对逝去的青春岁月充满了难以释怀的眷恋。或许这眷恋是在"新""旧"对比中产生的幻象，只是反映了现实的缺失，但对女工们来说却是真实的。在乔师傅眼里，过去的时代"是个艰苦奋斗的年代，也是个崇尚技术的年代。那时候的工人手艺不好是会被人瞧不起的，手艺出众的八级工匠是人们尊敬、羡慕的对象，绝不像时下工人普遍被人瞧不起"。有关国营工厂的记忆作为杨彤身心的深度体验，已经永久储存在杨彤的个人无意识里："红旗机械厂地处这座城市的郊区，院墙外面就是一望无际的田野。厂院很大，也如田野一样一眼望不到边。从厂院里走，可以听到从各个车间传出来的机器的运行声，那声音把眼前的空气都震出了一条一条好看的波纹……"（《乡间路上的城市女人》）李铁的作品一次次返归"美丽往事"的叙述可被看作是对历史的找寻，亦可被看作是对个体生命的找寻。当杨彤听到"红旗厂就要全面复工"的消息时，她的眼睛里迸发出一种奇异的光芒，满怀着热情与期望，尽管这个消息是孟虎子编造的，她仍愿意相信那是真实的。虽然孟虎子付给她的报酬并不少，但如果工厂复工，她还会义无反顾地弃之而去。在经历了世事的变迁和人生的冷暖之后，唯有过去的工厂成为杨彤灵魂的寄托之所，因为只有在那里还残存着些许有关尊严和温馨的记忆。对于"红旗厂"所代表的那一历史时期的深情回眸，并非出于对已逝的"皆大欢喜""无忧无虑"的时代的单纯迷恋和怀旧。但改革开放后现实与历史之间断裂的事实不可能迁就"杨彤们"的心愿。我们看到的是这样一个意味深长的场景：若干年过去了，随着对工具和技艺无比崇尚时代的结束，乔师傅用沉重代价换来的手艺也就没有了用武之地。所幸争取来一次难得的直大轴的机会，而乔师傅却悲壮地倒在了去拿已生了锈的老工具的路上。"乔师傅"的黯然逝去，分明昭示了一个时代的终结。历史记忆和现实压力纠结着个人命运的沉浮起落，赋予了李铁小说挥洒不去的追怀的力量，在这种追怀中，我们读出的是一种浓雾般的无奈和苍凉。

尽管在时代和生活的挤压下，女工们不得不以一种屈从的身体面对她们基本的生存，尽管她们的身体被外在的力量悬置起来而不能自已，但她们在被压抑、被侮辱和被损害的同时还是试图用精神拾掇起破裂的身体碎片，极力维护着对身体的拥有感和身体的整一性。在缺乏意识形态支持的岁月里，她们的这种行为还只能算作一种孤独的"战斗"。李铁笔下的女性形象中几乎没有贞女或者天使，但这并不意味着可以就此将她们等同于堕落的"妖妇"。李铁在对女性身体进行种种编码、置换过程中，没有在同一层面平铺式地展开身体的情状，而是力求开拓出身体形象所负载的多重复杂的意义。下岗后的春兰自食其力，艰难地守护着骨气和正义（《花朵一样的女人》）；游走于城市和乡间讨生活的杨彤仍然坚守着作为人的最后的体面和尊严，不失高贵的品性。而在一些小说中，李铁则试图建构起一种"反抗的身体"，凸显了身体的"革命性"。《修复一朵花》是一篇颇具震撼力的作品。小说运用第一人称的叙事方式让处于弱势的女工发出自己的声音。为了保住用筹集来的 5 万元钱谋来的"锅炉工"位置，"我"有意识地利用自己的身体靠上一个权力人物。殷红的血迹饱含了女性走向成熟的经验，也表达着失去自身的内在的疼痛。但不幸的是，身体在权力所设置的种种镜像之中不断陷落，权力留给身体的自由空间越来越小。"只要存在权力关系，就会存在反抗的可能性。"① 小说这样写道："这天晚上，在自己的小屋里，我端坐在镜子前反复端详着自己的面容。……我没有开灯，我的影像在镜子里模糊了。不知过了多久，我觉得自己的影像又清晰起来，那是一种幽冥的清晰……一束目光像电筒一样将我罩住，我看见了自己的前程，然而，这中间有一堆我厌恶的狗屎。"暧昧的语境，模糊不清的世界，映现出的则是一个在无助的困境中苦苦找寻着的清晰的自我。在濒临疯狂中爆发的"我"，决定修复自己破裂的处女之身，结束噩梦般的过去。身体的修复也是灵魂的修复，其目标指向是"捍卫心灵，捍卫正义，捍卫美丽

---

① ［法］福柯：《权力的眼睛：福柯访谈录》，严锋译，上海人民出版社 1997 年版，第46—47 页。

风景中的一朵娇嫩的小花"。然而，无论身体以怎样的形象出现，进行怎样的追寻，权力总是能够不断调整形式，依旧牢牢地附着在身体之上。当"我"满怀热望迎接新生的时候，"我"却又被强大的外力推回原来的生活轨道，命运再次循环，而"助纣为虐"者偏偏是"我"寄托厚望的爱人。在这里，即便是爱的神圣性也遭受到了颠覆的命运。对绝望的反抗是悲壮的，然而这种悲壮却被李铁无情地瓦解掉了，剩下的只有反抗的虚妄。

独特的叙述基点使李铁的小说在当下的创作界虽然没有尽领风骚，却总是能自成一世界。在多重的社会关系网络中，在社会性别的公正问题尚未得到真正解决的历史语境中，女性还是处于底层的弱势的象征。对女工的身体及其历史的书写的确使李铁小说在很大意义上抵达了对社会底层历史命运的触摸和关注。但这并非全部，"女工"只是李铁观照社会、现实和历史的一个突破口，以此为意义的出发点，所要辐射的却是一个并未进入历史主流的更为广大、不容忽视的群体。实际上，现实也在组织和改变着男性的身体，正如《花朵一样的女人》中男职工小吴为了提升，甘愿向寂寞的经理夫人秋菊献身一样，他们的身体在各谋所需的交换中得到价值的确认。在李铁用朴素的语言创造出的富有质感的普遍的表象世界中，我们倾听到了从断裂的社会结构内部发出的弱小者的声音，这种声音在国企改革这一不可逆转的现代性历史进程的滚滚车轮的轰鸣中，已显得十分微弱。李铁的小说从一个侧面指涉了当今社会存在的一个需要深思的问题：这个由历史性的变动所创获的世界对"底层"来说到底意味着什么？是幸福还是苦难？是安宁还是破裂？

还是那句老话：现实永远比文学沉重……

# 大众传媒时代的小说策略：
# 须一瓜的小说建构

一

不管是认同还是拒斥，大众传媒已经把我们带进一个日益媒介化的时代。正像约翰·汤林森描述的那样，在这样的一个时代中，生活日渐分裂而变得支离破碎，"大众媒介的巨大身形无所不在，已经使得其他更为悠久的社会传播工具徒具边缘的身份。……人们尚且能够保持一个社会的'整体'感觉，察觉他们与社会的关系尚且存在的主要渠道也就只剩下了大众媒介"①。大众传媒营造了一个巨大的话语平台，根据自己的意图与模式对其他非传媒话语形式进行改造和再组织。大众传媒的强势介入使原本还算平静的"文学场"产生倾斜，不得不通过不断的内部格局调整和外部的关系协调来保证自身的生存空间。

大众传媒依仗自身所拥有的文化权力，对读者、作家、语符化的文学作品进行全面的渗透与消解。早在 20 世纪上半叶，本雅明就敏

---

① ［英］约翰·汤林森：《文化帝国主义》，冯建三译，上海人民出版社 1999 年版，第118 页。

锐地意识到，随着信息社会的到来，以叙事性为主的古典艺术很有可能自然地走向终结，代之而起的将是与信息这种传播方式相对应的机械复制艺术，一个"艺术的裂变时代"将悄然而至。在本雅明看来，导致这一现象的决定性原因便是信息的传播："不论新闻报道的源头是多么久远，在此之前，它从来不曾对史诗的形式产生过决定性的影响；但现在它却真的产生了这样的影响。事实表明，它和小说一样，都是讲故事艺术面对的陌生力量，但它更具威胁；而且它也给小说带来了危机。"① 在大众传媒的包围之下，小说遭遇到前所未有的困境，其存在的理由受到现实的质疑。造成这种状况的主要原因之一便是以新闻为代表的大众传媒叙事逐渐取代了小说叙事在公共空间建构中的突出地位，从而给小说带来了沉重的压力。出于市场的需要，"新闻报道不得不装扮起来，从形式到风格都近似于故事叙述（新闻故事）。事实和虚构之间的严格的界限日趋消失了"② 哈贝马斯的这段话为我们认识当下小说状态提供了一个有利的视角。在新闻传播中生产出的大量的泛小说化文本，为人们奉上了原来只有小说才能提供的"精神食粮"，而这些产品显然更适合大众的口味。

　　大众传媒的某些特性已经不动声色地浸润到小说的写作行为和写作过程之中，小说不可避免地被涂抹上媒介化的色彩，这或许是处于边缘话语地带的小说叙事的宿命。在大众传媒的步步紧逼之下，小说如何通过不断的探索、不断的创新以应对挑战便成为作家们必须面对的问题。一部分作家坚守纯文学的立场对抗传媒的威吓，以此来捍卫小说独立自主的身份，避免其沦为传媒权力的工具；而另外一些作家则完全屈从传媒叙事的图式和法则，主动或被动地去迎合传媒的生产

---

① 陈永国、马海良编著：《本雅明文选》，中国社会科学出版社1999年版，第296页。

② ［德］哈贝马斯：《公共领域的结构转型》，曹卫东等译，学林出版社1999年版，第196页。

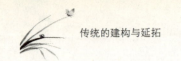

逻辑。与上述两类作家不同，须一瓜的小说创作似乎走了一条"中间路线"。

作家原本就与传媒有着密切的关系，而须一瓜既是一个作家，又是在传媒时代具有天然优越性和特殊地位的"无冕之王"——一个新闻场中人。在世界文学史上，相当数量的作家曾从事过记者这个职业，如美国的海明威、马克·吐温、欧·亨利等，这无疑是个耐人寻味的事实。的确，一个缺乏与现实世界直接接触的作家很难创作出令人称道的作品，因为小说从很大程度上说是对人生经验的提纯和表现。记者的职业生涯不但使须一瓜获得了一个观察世界的独特视角，同时也为她的小说创作提供了一个得天独厚的优势地形。她可以充分利用自己的职业"特权"，与社会各阶层的人士广泛接触，游走于由三教九流构成的都市社会之中，凭借职业的敏感搜罗和汇聚千奇百怪的信息，为自己的小说创作积累下不可或缺的社会、人生体验和生动、丰富的生活素材。

须一瓜以记者的行动精神进行着她的小说创作。作为一个兼具新闻记者身份的小说作家，她的创作与传媒的密切联系具体体现在小说叙事当中。须一瓜将"新闻"邀请进小说的话语生产的空间，作品也由此被打上了新闻的印记。这样的做法无可厚非。小说与新闻这两个看似彼此分离的领域（一方是推崇虚构的文学作品，另一方则以传播真实信息为主，是反虚构的），实际上存在着诸多的同一性。新闻报道同样具备"叙事"的特质和与一般的故事相类似的结构。"我们用'新闻故事'（newsstory）这一术语，这意味着新闻可能是种特殊的叙事结构。"① "传奇性"是衡量新闻价值的重要标准，而在中外小说尤其是古典小说当中都或多或少地带有传奇的色彩。班固在《汉书·

---

① ［荷］梵·迪克：《作为话语的新闻》，曾庆香译，华夏出版社2003年版，第1页。

艺文志》中谈道："小说家者流，盖出于稗官，街谈巷语，道听途说之所造也。"这其实已经涉及小说的新闻性问题。

新闻主题周旋于传奇的浪漫故事、冒险动作故事、神秘领域的故事等类型之间，与此相对应，须一瓜的小说往往将具有新闻性结构的故事作为文本意义的生长点。《蛇宫》中，两个青年女性被锁进盘踞着一千八百八十条蛇的透明玻璃蛇宫，在这个令人窒息和毛骨悚然的狭小空间里，她们将创造人蛇同居五千小时的吉尼斯纪录。这就是小说叙事展开的背景，而背景本身已经构成了可以强烈吸引公众目光的新闻性事件。随着蛇宫内的寂寞生活被那个神秘的看视者所打破，在三个人之间又发生了一系列温馨、怪异、残酷的故事，这些同样具有新闻效应的故事将作品推向了一个更加奇崛的情境之中。一个晚报专跑公检法线的记者自然要接触各种类型的案件，而法律事件在某种程度上来说更具新闻元素。须一瓜的诸多作品都涉及"案件"：《淡绿色的月亮》由一桩入室抢劫案作为叙事的起点，《雨把烟打湿了》写了一起令人费解而又合乎情理的杀人案，而《04：22，谁打出了电话》则写了一个牵动警方的"鬼故事"。经过如此的操作，须一瓜的作品具有了侦探小说、恐怖小说、警匪小说、志怪小说和新闻调查等质素，在小说内部形成了一个丰富的想象空间。也正是因为如此，她的作品显得颇为"好看"，读者被带入他们以前从来没有接触过的领域中，阅读欲望被不断地激发和调动起来，有效地实现了常常被一些作家所忽视的小说的娱乐功能。须一瓜的小说洋溢着现代化城市的生活气息，读她的小说总能产生出一种犹如走进自己熟悉的市井社会的亲切感觉。传媒本身富有大众性，具有新闻性因素的小说也就会比较容易获得一种平民化的色彩。

须一瓜的小说传递着与现实生活进程同步的多元经验，展示具有某种"流行"色彩的事件或"问题"，在作品中创造出一个信息迅速

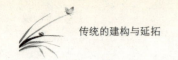

流动的公共空间，帮助读者透过戏剧性和仪式性的故事去感知生活的世界。她的小说中时常出现"报纸""记者"等传媒"符码"，而这些"符码"又实质性地参与了小说的叙事过程和文本世界的架构。在《尾条记者》《地瓜一样的大海》等作品中，"记者"扮演着侦探、精神分析者、旅游者与裁判的角色。在作者有条不紊的精心调控下，这些"符码"尽职尽责地传递着经验或信息，扩大了文本的容量，同时，因为它们的在场，造成了新闻即时播报的效果，"传播的现时性"促成了作品中事件的"现场感"以及传递者的"在场感"。由于缺乏对现实世界所发生的一切做出迅速回应的机制，传统的虚构小说在当下面临着读者流失而又孤芳自赏的尴尬境地，此时，须一瓜的创作便具有了一种启示意义。

## 二

大众传媒并不一定会置小说于死地，相反却有可能成为小说重构的一个动力场。既然传媒可以吸纳小说的营养壮大自己，小说为什么不可以反其道而行之？从这个意义上讲，须一瓜的创作可以被视为大众传媒时代小说的一种抵抗和延伸。

须一瓜的书写方式绝非在大众传播的话语强势下小说向新闻与大众传播叙事的投降和归顺，而恰恰体现出特殊语境下小说应对挑战的一种策略。兴致盎然的读者被"心怀叵测"的须一瓜带进她巧妙设置的故事游戏圈套，可是走不了多远他们就会发现，这里并不是休闲、消费和逃避的场所，他们进入的是一个幽深的意义迷宫。正如批评家李敬泽所评价的，须一瓜"轻巧而快乐地借用和篡改大众表意系统中的各种策略和符号"，由此达到了提出根本性追问的目的。①

在人们评论须一瓜的小说时，总是习惯于将她的创作与她的记者职业联系起来。但须一瓜却非常看重创作主体自身素养的作用，一如她在《我希望小说像把手术刀》里提及的，写作者本身才是第一位的，对其作品起着决定作用，而不是职业。

米兰·昆德拉认为，"认识是小说的唯一道德"。小说应该探索人的具体的生活，抵抗"存在的被遗忘"。他"赞同海尔曼·布洛赫的固执的重复：发现只有小说才能发现的，这是小说的存在的唯一理由"②。须一瓜的小说通过具有穿透力的故事叙述，展示人真实的生存状态尤其是人的精神困境，在脆弱并充满争议性的世界中寻找着某种意义。大众传媒体现出的是被遮蔽在政治多样性后面的"共同精神"，而须一瓜的创作则呼应了米兰·昆德拉的另外一个判断："小说的精神是复杂性的精神。"③须一瓜以自己特异的写作方式证明着小说存在的理由。

以新闻性事件为小说写作素材并不意味着一定会结出"新闻小说"的果实。须一瓜的小说叙事并非以事件为中心内容，事件本身只是小说意义的触发点。推动须一瓜小说情节发展的不是由一系列突发、偶然事件所构成的戏剧性的冲突，而是非常态情境中人灵魂的挣扎，这就使她的创作明显地有别于侧重于事件演绎的新闻小说。作者无意进行具有强烈感官刺激的细节描写，血腥和暴力的场面、侦破的具体过程等都被作者有意地遮蔽掉了，剩下的只是新闻性故事的框架，这个框架需要用小说的方式填充内容。为了不分散读者的注意

① 李敬泽：《远行者和离家出走者的小说——〈小说极限展〉2004 导言》，《中国当代文学研究》2004 年秋冬卷。

② ［捷］米兰·昆德拉：《小说的艺术》，孟湄译，生活·读书·新知三联书店 1992 年版，第 4 页。

③ 同上书，第 17 页。

力，须一瓜不去展示直观的画面，尽量对此作淡化、虚化或转换等处理。蔡水清（《雨把烟打湿了》）的杀人过程被处理得不惊不乍，平静得就像是一次完美而又寻常的技术操作。《淡绿色的月亮》的全篇并未被浓重的恐惧氛围所笼罩，劫匪"大灰狼"和"小白兔"的出现甚至给整个抢劫过程带来了某种喜剧色彩。

作者的创作指向制约了其对即将进入小说的素材进行择取的基本视角。被须一瓜"擒获"的新闻性故事大多具有较为广阔的阐释空间，从中可以透视人性的秘密。须一瓜多将作品中的人物置于人类生存情境的极致状态，由此本真地凸显人性或敞亮或晦暗或纠结等多重的复杂层面。一个受政府重视、受他人尊重的青年才俊为什么会杀人，这确实让人难以理解。令人烦躁的雨夜、病痛的发作、回家的急切、与粗蛮司机的冲突似乎可以对蔡水清的杀人动机作出合乎犯罪心理学的解释，但作者并没有就此止步，她躲到了事件的背后，对杀人者进行了冷静、细微的人性剖析。来自贫困乡村的蔡水清真诚地接受城市文明的改造，但获得的只是一副人格的假面。他憎恨、压抑着那个野性的自我可又无法摆脱。他杀死了那个长相酷似自己的司机其实是杀死了那个隐蔽的自我，此刻，蔡水清才最后完成了"脱胎换骨"的仪式。在作品中，人性的悲哀、无奈暴露无遗，对读者的灵魂形成了强大冲击。须一瓜把小说的重心从外在描写转移到内心的揭示和灵魂的解剖上，以此确立了小说独立的审美地位。

与总是给出符合传媒话语规则的结论、创造现实的新闻叙事不同，须一瓜的小说为读者呈现出的是人真实的生存境遇和精神状态。她的小说并不提供现成答案，而由于生活本身的模糊性、不确定性和无限的可能性，这种答案实际上也并不存在。在须一瓜的小说中没有最高的道德法官，没有价值判断。正因为如此，须一瓜和阅读者之间并不是简单的发送和接收的关系，读者并没有被置于被动消极的位置；相反，他们应邀参与了作品的解读，和作家一起成为主动找寻意义的创造者。在《淡绿色的月亮》中，始终折磨着芥子的一个问题是，高大健硕的桥北面对明显弱于自己的劫匪为什么不反抗？在危急时刻作为一个丈夫为什么不去履行自己的职责保护妻儿和财产？这个问题如同毒蛇一样缠绕着她。虽然桥北"制造"的一个温馨的"事件"使芥子似乎艰难地爬出了她为自己掘出的道德追问的陷阱，但这个永远没有答案的问题将伴随她的一生。芥子的问题实际上是我们每个人面临的一个充满了人生伤痛和悖论的永恒的问题，这个问题的无法索解恰恰体现了人们所固守的貌似强大的理性原则在现实生存面前的不堪一击。在须一瓜小说充满思维迷惑的话语空间中，读者常常感到不知所措，或许这才是真正的人生常态。

新闻性因素的介入并没有干扰须一瓜的创作对小说文体自身的追求。须一瓜面对的是如何处理好小说叙事与新闻事实的关系问题，在这一问题面前她显得相当成熟与机智。须一瓜远离大众传媒特有的"工业化语言"，用富有个性和质感的文学语言进行着她的小说叙事，在她的笔下，那些被讲述的故事并没有变成一种新闻式的闲言碎语，而是转化成了有意义的经验。作者没有沉沦于新闻真相的泥潭之中，去按照严格的"现实主义"方式复制似曾相识的现实，而是特别强调小说虚构的力量。须一瓜无疑是讲故事的高手。在她的小说中，作为素材的新闻性故事原有的那个光滑的叙事圆圈被打破，叙事的线索被不断切割、重组，不断地填充进新的要素，最终形成充满一种诱惑力的叙事迷宫，而这个叙事迷宫恰恰与她小说中的意义迷宫互相支持、相互纠结。在此过程中，悬念的设置必不可少。《蛇宫》中那个神秘的来访者所讲的故事被一次次打断，而每一次打断都是新的悬念产生的开始。须一瓜的小说显得有些诡秘甚至怪诞，《04：22，谁打出了电话》是须一瓜小说中"鬼"气十足的一篇。是否真的有鬼魂出现？

这个疑问成了读者永远打不开的死结。随着调查的展开，疑问的解除似乎有了些许的希望，但随之又被相互矛盾的混乱信息撕搅得扑朔迷离，鬼魂的身影变得更加亦真亦幻。当读者绞尽脑汁也无法破解这个疑问的时候不得不沉静下来，此时，他们似乎从中获得了某种暗示，终于转向了对表层问题背后的小说深层精神意蕴的思索。

须一瓜的创作策略使她的小说与众多作家的作品产生差异，散发出一种独特的魅力。华语文学传媒大奖最具潜力新人奖的获得将她的写作置于一个新的起点，作为一个 20 世纪 60 年代出生的作家，须一瓜还有很长的路要走。海明威曾深有体会地说："新闻工作不会损害一位年轻的作家，如果他及时把它摆脱，这对他是有帮助的。……可是过了一个特定的时刻，新闻工作对于一位严肃的有创造力的作家会是一种日常的自我毁灭。"[①] 记者的职业使须一瓜获益的同时也意味着一种危险。如何避免由职业所带来的诸如小说素材选择的"内闭化"倾向等问题的困扰，从而不断地超越自己，是须一瓜创作中需要思考的问题之一。

---

① ［美］乔治·普林浦敦：《海明威访问记》，董衡巽编选《海明威研究》，中国社会科学出版社 1981 年版，第 61 页。

# 走在归"家"的路上：女真的小说创作

在女真精心建构的那个数量颇为可观的小说系列中，绝大部分作品与女性话题有关。然而，值得注意的是，作为一位女性作家，女真并非我们习见意义上的女性主义者。她的小说既没有刻意确立一种女性的话语模式以对抗和颠覆男性的话语权威，也没有单纯地依赖女性的私人经验去营造一种高度个人化的言说领地并进而彰显所谓的女性意识。女真的小说叙事为读者展开的是女性在整个现实世界中真实的生存景况和生命状态，这种超然于某种既定的观念或理论预设的写作姿态，一方面在一定程度上导致她的女性书写更接近于女性生活的"原生态"，另一方面也有效地避免了抽象的理念可能带来的褊狭和武断以及由之而来的对人性的简单化、符号化表述，从而为读者与文本的对话预留下一个开阔的话语空间。

人们习惯于依据不同的标准将女性群体划分为传统女性、现代女性等不同的类型，如果试图按照这种方式对女真小说中的女性形象进行分类的话，恐怕要感到无所适从。女真小说中的女性身上浑融了生活中真实女性的种种质素，她们面临着现实的各种可能，生活在各自的悲欢里，在我们的周围随处可见她们的影子。这样的形象塑造显然是对主观想象的一种拒绝。作者将这些普通女性生活中所遭遇到的生存的艰难、精神的危机以及种种沉重、尴尬和无奈真切地呈现在读者面前，并投注进对她们现实生存境遇和未来生存前景的关怀和忧虑。

在女真的小说世界中，女主人公基本上为成年女性（尤其是中年女性），成年女性几乎成为女真小说中女性性别群体的一种指称。这种对女性成长阶段的"时间性"的选择书写，在一定意义上可以看作是作者有意为之的一种创作策略。经历了岁月洗礼和磨炼的成年女性，情感的体验和生活的感受更为丰富，精神世界也更为复杂。由于成年女性与社会生活的诸多方面均构成密切联系，从她们身上所牵扯出的纷纭的话题也就更有利于立体地表现女性与现实的物质关系和精神联系。成年女性是小说创作中待挖掘的"富矿"，但进入这一领域进行开采和探寻是具有一定风险和难度的。女真的小说创作以其本色而质感的叙事、富有张力的文本结构，在对女性人生进行观照与建构的交互运作中，传达出一种静水流深的本事意蕴，最终化解掉了这种难度和风险。

书写当下城市女性的生活，女真并没有像诸多女性作家那样将女性活动集中在酒吧、迪厅、写字间、购物广场、摩天大楼等都市的标志性场所，"家"成为她小说中的一个重要空间性符码。家的主体是由两性构成的，这一点决定了它注定成为一个反映两性关系的敏感地带，通过对这种关系的描写可以达到发掘人的精神深度的目的。家对于普通女人来说是希望与意义的所在，而对于一些女性主义者来说则是禁锢和吞噬女性生命的罪恶的渊薮，是必须打破的樊篱。实际上，就文学创作而言，任何一种对女性与家庭关系的单一视角的解读都会在一定程度上遮蔽女性的真实处境。在女真的小说中，"家"并没有被赋予上述那种固定的象征意义而演绎为观念的负载，而是被还原为一个日常化的真实的现实存在，成为作家探寻女性生存的出发点和落脚点。在《这些感觉你是否都懂》中，作者没有流于对婚姻和家庭的表面描述，而是深入生命情感的内部对女性的生存状态进行了多方位的审视。四十岁女人陈果在"硝烟弥漫"的家庭现实中的生活感受是烦、闷、乱、闹、疼、吵、恨、慌、爱。想摆脱却又摆脱不掉的琐碎的现实生活，交织着焦虑与沮丧的变奏。现实的生存挤压着她们的生命空间，而自身的欲求却无处言说、无法实现。《青蛙跳》中的田腊梅作为一个普通女人，相貌平平，工作不稳定，在公公婆婆面前没有地位，经常处于失语的状态，但她依旧隐忍和坚强地直面生活，担负着教育孩子等日常的家庭责任。

在女真笔下的"家"中，男性经常是"缺席"的。他们或因工作和应酬迟迟而归（《过敏》："他又恢复了早出晚归的习惯，经常带回来一身的烟气、酒气"；《生儿育女》："董大梅从三点钟以后就再也没睡着。自从夏原出去开夜班车，董大梅的睡眠变得极其糟糕。……一对没有交流的夫妻，白天没有时间见面……董大梅伤心，可是，她不能哭出声来，不能让女儿听见。"）；或心生别恋与情人厮守在一起（《我是太阳、月亮、星星》："这个漂亮女人，她是个妖精，不知道施了什么魔法，让我想恨却恨不起她来。我爸就是这样被她迷住的……那一夜我没睡好。爸又没回来。"）；或过早逝去（《生为人母》："刘人毅死的时候她才四十几岁。"）；或离开妻儿远走他乡（《钟点工》："一晃儿，丈夫去新西兰十二年了。一起去的老柴、老王都回来了，只有他郑伯春不但留在新西兰，而且十二年里居然一次都不回来！"）；即使在家，也很少参与家庭事务，安逸得神游天外（《这些感觉你是否都懂》："母女俩大包小包地往下倒腾东西时，钟而实只管坐在沙发上吸烟，就像他根本不在家似的。"）。这种在作品中反复出现的现象，一方面揭示了当代家庭这一私人空间所存在的部分现实；另一方面，从叙事角度上来讲，也为作品集中地体现女性人生的某些方面提供了有利的语境。

不论男人还是女人，本质上都是一种时间性的存在。而时间对于女人而言，由于其生理和心理的特殊性，或许具有更为微妙、特殊的意味。岁月的流逝留给女人的不仅是容颜的衰老和生理的变化，而且还有莫名的感伤、失意甚至信心的动摇。在女真的小说中，那些中年女性往往生活在这种时间性的焦虑和恐惧之中。"卫生间里有一面落地大镜子。……水雾中的何媚端详着镜子里的那个女人，怎么看也是一个明显的中年女人的形体了。……最让她沮丧的是镜子里的那张脸。年轻时，何媚的皮肤有名的好……现在呢，镜子里的那张脸，缺乏光泽不说，已经隐隐约约有了几块浅褐色的斑，眼角的鱼尾纹，眼睑上的碎纹，即使刚刚经过水汽的蒸烫也没能舒展多少；还有额头上的细纹，就像那种带绉的杭州丝绸一样，是经经纬纬织进去的，用手怎么抚摸得平。"这是《镜子里的女人》中女主人公何媚站在镜前对自我形象进行审视时的心理波动。在这里，作为文学中经典意象的镜子成为何媚与自我对话的载体。时代的变迁使得婚姻、家庭已不再简单、纯粹，变得越来越难以把握。何媚想照镜子又不愿意多照镜子，这种内在情绪的呈示，表面上看传递的是女性在如刀剑般剥蚀生命的时间面前的不自信和不可抑制的压迫感，实际上它的背后隐匿的是女人对失去男人以及与之相连的婚姻、家庭幸福的一种忧惧。

意识到危机到来的中年女性纷纷采取了"自救"的措施，缺乏安全感的两性关系由此展开。她们通过做美容、精心打扮获得自信，对丈夫的行为进行"监管"并采取各种方式防范男人周围那些年轻漂亮的女人。辞去小学老师的职务、在家当专职太太并没有造成经济的拮据，但却抽去了盖晶晶的自信（《过敏》）。"白天儿子上学、丈夫上班，家里就她一个人……各种丰富的想象也开始了。"恐慌、脆弱、空虚、敏感、怀疑成为她的主要精神症状。她不仅恢复了结婚以前去做美容的习惯，而且上街为自己添置职业装。她试

图通过形而下的性的活动拴住自己的男人，但这种做法并未使她感
到如愿。内心深处积郁已久的不安和焦灼终于以极端的方式爆发出
来。半夜醒来的常宽在月光下惊愕地看到，"他的妻子，手里拿着
一把削水果皮的刀，水果刀尖，正对着他的命根子。……水果刀寒
光闪闪，让他睡出了汗的身子一下子起了鸡皮疙瘩，连心都哆嗦
了！好在，握刀的那只手抖抖的，给他留下了挽救自己的机会。"
在《谁的眼泪在飞》中，丈夫的经常不回家，使妻子翁海玲提高了
警惕并从此变得疑神疑鬼。除了在丈夫身边安插"眼线"进行监视
之外，她认为也应该在自己身上找些不足。在她看来，恢复漂亮的
体态和容貌是解决问题的根本。但不成功的吸脂手术却使翁海玲变
得更加神色恍惚，精神濒于崩溃的边缘。任何人与时间对抗都是徒
劳的，女人当然也不例外。如果说翁海玲是通过修复自身体貌去守
住所谓的家庭幸福的话，《明人暗事》中的刘爽则进行着在生活、
心理及事业上覆盖住自己男人的努力。故事在冯凯旋即将升迁的人
生转折期展开。颇善经营的刘爽不甘为丈夫的婚外情所困，通过策
划敲诈等手段，暗中与冯凯旋角逐、较量。依凭自己的智慧，刘爽
迫使冯凯旋在官场和情场上做出取舍，重新回到家庭的怀抱。作者
以平静的语调进入了两性纠缠的暧昧的、灰色的地带，对女性心理
的畸变进行了令人触目惊心的剖解。

　　用"爱"来解释女性在焦虑状态下非常行为的动因是难以自圆其说
的，爱是建立在两性之间健康而亲密的情感联系，而上述种种消极的、
被动的行为实际上更多地源于女性的一种"需求"，唤起这种需求的恰
恰是女性对男性的依附意识。对当代女性来说，经济的独立并不一定意
味着精神的独立。"家庭，乃至家族，从它出现的一刻起，便是以男性
为标志、为本位、为组织因素的。家的秩序是严格的男性秩序……不
过，家庭对女性生活的意义远远大于对男性生活的意义。实际上，女性

的一生都受家庭规定，妇女的本质和地位亦即她的家庭地位。"① 传统文化将女人的命运与男性捆绑在一起，这种根深蒂固的观念已化为一种无意识以隐性的方式影响着当代人的日常生活。对于普通女人来说，选择一个男人，就意味着选择一个家，选择一种生活。男性文化为女人所作的种种规定已幻化为多重"镜像"，成为左右女真小说中诸多女性日常行为的参照物。女真的小说常常将女性的"自救"行为置于戏剧化的场景中以突出它的荒唐，从而消解掉这种所谓自救的意义。"在中国，并非大多数女性都有解放自己的明确概念，真正奴役和压抑女性心灵的往往也不是男性，恰是女性自身。"② 在女真小说中女性这种"绝望"的自救中，我们品味到了一种久久挥之不去的沉重感。

在女真小说中，那些失家和无家的女人们丝毫也不掩饰对家的依恋和渴望。被一个男人爱着的大龄女子方书卓，体验着一种死过去又活过来的感觉。面对男人要把她"调到"家里去的回答，方书卓有了一种再生的喜悦（《女人来自月球》）。带着儿子独自生活多年的古春芳，看着新结识的男人怀沙给她发来的短信，心热起来，也觉得充实起来，因为"一个新的男人，他可能给你一个新的未来。"（《正月歌谣》）《生为人母》中的汪月芬也是一位单身母亲。尽管儿子的长大成人对她来说是一种精神的安慰，但这种安慰始终不能代替老肖带给她的那种对"家"的拥有感。在《心碎》中，结束了一段刻骨爱情的肇红，怀着一颗破碎的心独自奔波在人生的旅途上。但曾经沧海的她并没有拒绝对家的向往。在四十五岁生日的那一天，"她为自己买了一只蛋糕，还有一瓶红酒。她把自己灌醉了。躺在高层公寓宽大的双人

---

① 孟悦、戴锦华：《浮出历史地表——现代妇女文学研究》，中国人民大学出版社2004年版，第5页。

② 《铁凝文集》第4卷，江苏文艺出版社1996年版，第1页。

床上仰视窗外南方的星空，她想：什么时候自己会成为奶奶呢？她还有这样的机会吗？"家在这里仍然是她心灵的归宿。

"叛家"的女性是女真小说中的另类形象。女真早期的小说《再嫁一次》讲述了两个女人试图离开家庭、寻求"再嫁"的故事：一个是处于过去完成时的路婶儿的再嫁经历，一个是处于现在进行时的鸽子的再嫁的诉求。两个故事的情节交错运行，互为映衬。"鸽子发现赵大江虚伪，路婶儿发现路叔不如她后来想嫁的那个男人英俊而风度翩翩。"路婶儿的再嫁以悲剧收场，她最后被作为精神病患者投进了疯人院。可以说路婶的再嫁遭遇是一面镜子，在某种程度上映射出鸽子再嫁的结局。在作品的结尾，"我"意味深长地向鸽子独白："再嫁一次对女人来说一定是件充满了诱惑的事情吧……鸽子，如果有机会，我还想给你讲一讲路婶儿的故事。我想告诉你，你不是第一个、也不会是最后一个想要再嫁一次的女人。我非常想告诉你这个。"这其中包含了"我"对女性宿命的理解和无奈的慨叹。

《苹果与天使》将女性置于婚外恋情的旋涡中加以观照，诉说着隐秘而又无法索解的女性情感。故事的讲述平缓、从容，仿佛一切都来得那么自然。"你"渴望孕育一个生命，但丈夫却一直态度犹疑。仙浴湾的一次旅游打破了"你"平静的生活，也激活了"你"生命的感觉。"你"在慌乱、不安、甜蜜之中接受了另外一个男人的激情。令"你"没想到的是，一个小生命就此在"你"的体内开始生长。强烈的生育渴望最终使"你"撕去了道德的面纱，孕育并呵护着这意外降临的"小天使"，实现了做母亲的愿望。生育是女性证明自己能力和生命价值的一个途径，也是女性区别于男性的精神标志。在小说中，作者始终保持着道德评判的缄默，将一个母亲在怀孕、分娩中的身体和心理感觉进行了诗意的描述，使作为生命实体的女性得到了某种更接近其原貌的书写。从中我们也可以看出，女真小说关注的并不是仅仅作为"性"的女性，而是作为"人"的和作为"类"的完整的女性。

江婉婷是《晚霞中的红蜻蜓》中塑造的一个逾越了寻常的规矩，既不贤惠为妻也不慈爱为母的女性形象。她拥有一个稳定的家庭，一个令人羡慕的丈夫，一个可爱的女儿，但平淡的婚姻并未带给她更多美丽的生命体验。她从来没谈过男朋友，"但她从文学作品中所受的教育是，谈恋爱应该双方先认识，有了好感然后再谈婚论嫁。像这种一开始就抱着婚姻目的的认识，跟过去媒婆的保媒拉纤有什么区别？一点都不浪漫，一点都没有戏剧性"。一种神秘的力量驱使她走向了舞场，去从头体验她心中那种爱情的滋味。她一改守身如玉的传统女性形象，抛夫弃子，在情感的旋涡里边追求边幻灭。江婉婷这种匪夷所思的行为，或许是埃莱娜·西苏所说的那种"身体的表达"："她的肉体在讲真话，她在表白自己的内心。事实上，她通过身体将自己的想法物质化了；她用自己的肉体表达自己的思想。"[①] 在小说结尾，穿了一套红衣服的江婉婷，已"是一个乳腺癌患者。或者割掉乳房成为一个男不男女不女的人，或者像一只蜻蜓那样飞"。"得了乳房肿瘤的女性，被切除乳房的女性，等于是一个被逐出男性审美体制的女性，她不再是被欲望的对象，但她也因此不再被抽空，能够面对自己的生活和生命的内容。"[②] 身心俱伤的江婉婷在暮色中呼吸着有限而珍贵的氧气，她的生命之旅将如何继续行走？作品开放式的结尾预示着没有展开的另一面潜伏着悲剧，也寄托着希望。

女真的女性书写采取了一种多元的、宽容的、平和的话语方式，以理解取代批判，经由解释达到对话的目的，因而更容易与女性的生

---

① 张京媛编著：《当代女性主义文学批评》，北京大学出版社1992年版，第195页。

② 荒林、王光明：《两性对话——20世纪中国女性与文学》，中国文联出版社2001年版，第214页。

活现实相切合，更有利于获得现实的穿透力。她试图采取“超性别”的视角，亦即铁凝所谈到的“第三性”的视角来展开她的女性叙事。铁凝在谈到自己的创作时说：“我渴望获得一种双向视角或者叫作‘第三性’视角，这样的视角有助于我更准确地把握女性真实的生存景况。……当你落笔女性，只有跳出性别赋予的天然的自赏心态，女性的本相和光彩才会更加可信。进而你也才有可能对人性、人的欲望和人的本质展开深层的挖掘。”①

“超性别”的视角并不意味着与女性意识的格格不入。实际上，在女真的小说中始终流溢着作家特有的女性意识。大龄女子李桦“是一个渴望家庭、渴望有人爱、渴望有一个聪明孩子的女人，但是她不会乞怜，也不变态”，在世俗注视的目光中，仍然坚守着女性的独立和自尊（《抓小偷》）。《夜晚是明亮的》这篇小说借助“乔”这一独身女人的形象，表达了女性对男性的普遍失望。其实乔的“要求也不高，有教养就行。不随地吐痰，别满口脏话，对女人绅士一些”，但在乔看来，当代社会里的许多男人已失去振奋人心的理想光彩，难以支撑女性纯洁的爱情殿堂。然而，女真的小说并没有就此采取二元对立的思维模式，对男性刻意地作出矮化和弱化处理，而是遵从现实的逻辑架构文学中的两性关系。女真的女性意识是包容的、沉静的、接纳式的，这就使她的女性叙事总是给人一种亲切的、自然的在“家”的感觉。“老妈妈俱乐部”与张洁《方舟》中的“寡妇俱乐部”不同，它并非女性的“乌托邦”，一个排他性的女性群落。它的存在针对的并非男权话语，而是关爱自身，女性在这里交流培养儿女的感受，互相慰藉、温暖，照亮和拓展彼此的精神空间（《老妈妈俱乐部》）。在作家的笔下，同样也对诸多的男性形象进行了精当的把握和分析。

---

① 《铁凝文集》第4卷，江苏文艺出版社1996年版，第1—2页。

《生为人父》讲的是一个二次婚姻家庭的故事。一对离异的中年男女带着各自的孩子走到了一起，共同求取生存之光。男主人公程秋实与妻子李小平的婚姻已不再理想化、浪漫化，但却更接近生活的真实。特殊家庭复杂微妙的夫妻关系、母子关系、父女关系在作品中被细腻、真切地表现出来，而小说的结尾则让读者体味到了一种由家庭中两性主体共同创造的感人至深的亲情。的确，女性所遭遇的生存问题，诸如婚姻、家庭等，同样也是摆在男人面前的问题，是需要人类共同面对的人生难题。从这个意义上讲，女性作家对男性群体的生存关注，也意味着女性对自身、对人类世界的关怀和担当。

族谱是记录家族历史的一种方式，而上面却没有女人的名字。女真在一篇散文中对此进行了质疑，并发出了这样的慨叹："没有人能够万寿无疆。有了名字并不能代表永生……一片叶子，春天娇嫩可人，像花一样报过春，夏天遮盖阴凉，是知了的栖息之地，秋天由绿转黄转红，让多情的人悲秋惆怅，冬天，不与寒风挣扎，随风而落，化作春泥更护花。也没什么不好。就做片叶子吧。做皈依自然的子民。一个普普通通的女人。自己快乐，也让身边的人快乐……"① 散文是人心灵真实的告白。在这段表述中，我们可以窥见作家对既成的性别秩序的不平和无奈。这并非对男性世界的妥协，而是女性对生命意志和伦理的保有，是在消除了紧张、焦虑的弱者心态之后面对人生的达观与超脱。这无疑也是女真小说创作的一个重要的精神支撑点。

作为目前活跃在文坛、创作势头强劲的女性作家，女真的"故事"还远未结束……

---

① 女真：《我是哪棵树上的一片叶子》，《福建文学》2006年第3期。

# "本体"的进入与问题的重识：
# 解读李洁非的延安文学研究

　　李洁非认为："中国现代文学史有两个主要的源流，一个是'五四'新文学，一个是延安文学。一百年的文学，几乎都是由它们引导的。从实际影响力来看，延安文学的重要性，超过了'五四'。"① 虽然这样的观点尚有继续讨论的余地，但却指出了一个文学史上难以回避的事实。的确，延安文学是中国新文学史上一个不可忽视的"巨大存在"。以新文学整体性的发展观来考察，延安文学恰恰是 20 世纪中国文学发展链条上一个十分重要的关节点，它不止是存在于一个政治"特区"和一段非常的历史时期，其文学规范在新中国成立以后凭借其所属意识形态的话语权威，以不可抗拒的姿态牢牢地控制着共和国文学的走向。虽然后来的意识形态格局的调整使得文学创作的规则产生了某些松动，但随着时间的推移，延安文学已悄然内化为一种文学传统，从这个意义上说，它的影响则更为深远。可以说，延安文学是研究中国现当代文学一个绕不开的关口，不科学地、客观地深入探究延安文学，在很大程度上说就不能有效地阐释现当代文学史中某些关键性问题。

　　李洁非的延安文学研究的展开基于他研究"支点"的选择。与简单地强调革命战争、社会变革等现实危机与文学的互动不同，李洁非

---

　　① 李洁非、杨劼：《延安文学研究：为什么研究和研究什么》，《西南民族大学学报》2006 年第 1 期。

特别关注的是源于现实危机的精神困境以及困境中的突围与文学之间的关联。李洁非认为，由于外力的强行楔入，20世纪中国精神文明一直处在激烈冲突与不断寻求恢复平衡的两难之间。由古典精神文明"突然死亡"和西方文明强行介入所造成的精神困境，仍在能量释放过程中。因此走入"现代"以来的中国所面临的难题，远远不仅限于各种现实危机；相反，在看得见摸得着的现实危机之外，还有无形的然而又深刻存在着的精神困境，尽管后者在某种意义上不像现实危机那样直接威胁着民族的生存危亡。他认为，通过文学而表现出的历史，是现代中国精神困境的一部分，作为民族精神活动的浓缩物和最活跃形式，现代文学研究的独特价值以及它最值得深究细论之处，在于这种文学如何展现了20世纪中国精神困境，做出了怎样的应对，其中又留下了什么启示。李洁非的这一研究支点既显在地体现了其研究的目标指向，同时又作为一种研究的思想背景隐含在他的诸多论述之中。

李洁非上述研究支点的选择源于他对研究对象的理性的判断和体认。如果将文化、审美形式以及意识形态等诸多要素纳入学术视野，我们就会发现延安文学内部的构成是相当复杂的。李洁非用"超级文学"这样一个概念来概括延安文学的复杂属性，他认为，"用传统的文学理论，已经很难解释延安文学；文学在延安被开发成一种具有前所未有的功能的庞然大物，应该说，是文学，又不仅仅是文学"，"如果不置于现代中国精神困境这样一个文化性的宽广语旨下，延安文学研究不仅将是黯淡无光的，而且也根本遮蔽了它固有的超乎寻常重大而丰富的价值——显而易见，延安文学的问题往往既是文学问题，也是文化问题，这种复合性特征的唯一解释，就是它们都不单纯地源于和停止在文学层面"①。对人类精神困境的求解和超越历来是文学书写

---

① 李洁非、杨劼：《延安文学研究：为什么研究和研究什么》，《西南民族大学学报》2006年第1期，第70—71页。

的"重中之重"。因为文学不仅是现实生存的映像，更是人类的精神史、心灵史。延安文学是在内忧外患的历史进程中展开自身存在之维的，承载着那一时期特定的精神特质。在文学与历史对接的曲折历程中，作家所遭遇的精神冲击与心灵震撼最为深切也最具有典型意义。因此，从精神困境观照延安文学，可以聆听到历史背后传来的声音，探寻到丰富、复杂的精神信息以及历史文化密码，进而找到知识分子精神困境的症结所在。当时代以及作家的主体精神尚未被真实阐释和把握的时候，任何一种解读或许都是存在罅漏的。目前学界从精神困境这一"隐性存在"出发对延安文学所进行的研究还远远不够，李洁非的这一研究视角不仅可以深化和拓展对延安文学现象的认识，使得文学史上原先被遮蔽、压抑和淡出的许多研究对象走上研究者的案头，而且可以有意识地根据作家的精神线索或思维指向反观其文本的建构，体味其笔下人物内心所纠集的矛盾以及历史重负下的挣扎。

综观近年来的延安文学研究，进入研究对象的"本体"，还原其历史本质及原貌，进而建构一种文学研究的学理范式，一直是一个重要的主题。研究的指向明确之后，以怎样的路径进入"本体"以及对于研究对象的本质的抽取便成为关键性的问题。以现代中国所面临的"精神困境"为研究基点，李洁非主要从"细读"和"叙事"两条路径进入研究对象的本体，走进"历史现场"，由具体的历史场景、文本、作家的心路历程等诸多方面引发出问题，展现出历史原生态的真实性与复杂性。

首先，李洁非特别强调"细读"的学术价值。文学史研究的深化离不开史料的不断发现，也有赖于研究者对文本的不断挖掘和解读。李洁非认为，"无论对于史料还是延安文学的具体作品文本，尽可能细读，唯细读才能从看似寻常的背后挖掘出丰富而新鲜的意味"①；

---

① 李洁非、杨劼：《延安文学研究：为什么研究和研究什么》，《西南民族大学学报》2006年第1期，第70—71页。

"解读延安小说，要从细节入手。有人以为，延安小说跟政治关系直接，意识形态色彩浓厚，经不起艺术上的细读。其实不然。延安小说不但宜于细读，而且非细读不可；只有细读，才能发现延安小说是一个有趣的对象"①。细读在开拓和诠释文本的价值及意蕴方面具有理论思辨与逻辑推论无法替代的作用。穿越既定的思想观念和话语模式，以历史的和美学的眼光重新进入文本，对文本进行精细的解读和细致的分析，才能真正回归文学研究的本体。在延安文学研究中，《在延安文艺座谈会上的讲话》（以下简称《讲话》）的"经典化"是所有研究者无法回避的问题。李洁非对这一重要历史文献所进行的再解读，没有在限定的话语模式中作穿针引线式的注脚或旁白，而是指向《讲话》的深层次的丰富蕴含，抽取出了《讲话》对传统的根深蒂固的知识分子中心论的瓦解、《讲话》的本土化取向的实质以及本土文化与外来文化的纠结等富有发现性的问题。在《〈讲话〉的深层研读》一文中，无论是对《讲话》"奠定了国家秩序"这一文本所具有的特殊力量的解析，还是关于学界对《讲话》存有的误读倾向的入情入理的阐释，均显示出了作者敏锐的洞察力、历史理解力和审美判断力。

李洁非对延安文学的细读，主要围绕艺术形式的改造和变革展开。在《延安的形式变革》《旧形式的利用和改造》等文章中，李洁非将形式视为一种建构性的力量，在形式与历史、与意识形态之间探究延安文学的生成转换及其意义空间。在文学形式当中，李洁非更为关注的是语言。他认为："真正的文学革命，都会在语言上反映出来，并归结于语言。"②"语言问题，是延安文艺整风所欲改善的有实践意义的主要方面之一，也是文艺整风的一个起因。从语言细节入手，考

---

① 李洁非、杨劼：《直击语言：〈讲话〉前延安小说的语言风貌》，《西南民族大学学报》2006 年第 3 期。

② 李洁非、杨劼：《形式实验场（下）》，《小说评论》2009 年第 2 期。

察《讲话》前延安小说的风貌，可以具体、感性地了解'脱离工农兵''洋八股'这类批评的现实性。"① 由毛泽东发起的延安语言革命，在推进语言通俗化、大众化的历史进程中，加速了农民话语在"象征体系"的中心化，也终结了"五四"以来新文学语言"俄味""欧化"等风格。语言以它特有的表达方式和作用方式介入并存活于历史进程当中，作为审美意识形态的文学作品则是历史嵌入语言结构的一种外在表现。在这个意义上说，语言与历史、与意识形态具有内在的同构性。这正如伊格尔顿所指出的："生产艺术作品的物质历史几乎就刻写在作品的肌质和结构、句子的样式或叙事角度的作用、韵律的选择或修辞手法里。"② 李洁非以周立波发表于1941年《解放日报》的小说《牛》为例，详释其中的俄式或欧化文句及修辞，解读了其所体现的文学趣味和情调与接受语境之间存在的隔膜和冲突。立足于基本的语言细读并融进对文本鲜活的审美感受，李洁非尽量把这一复杂的语言表述现象还原和沉潜到叙述情境当中，在让文本本身说话的过程中使问题得到彰显与重释。

李洁非对延安小说语言的细读并不只是对某一文本作孤立分析或一般性观望，而是将其作为一个有机的整体进行认知和研读。经由对诸多文本的细读，他敏锐地发现延安小说中存在着富于原创质地的语言，例如尽显"真我"胸襟而无"流行色"的丁玲的小说语言。李洁非以《在医院中》和《我在霞村的时候》为中心，通过对丁玲小说语言内在机理、文本裂隙等精细微妙之处的深刻洞察，充分肯定了丁玲在个人体验基础上所进行的个性化语言的创造，并指出："这借以改造知识分子的理由之一，并不适合丁玲。丁玲的语言固然不'大众

---

① 李洁非、杨劼：《直击语言：〈讲话〉前延安小说的语言风貌》，《西南民族大学学报》2006年第3期。

② ［英］伊格尔顿：《历史中的政治、哲学、爱欲》，马海良译，中国社会科学出版社1999年版，第114页。

化'，却也绝不'盲目学习外国'；她是相当个人的，是能将语言统摄
于自我性情而使其成为内心自然流泻的作家。"① 由此李洁非进一步强
调："延安小说的语言面貌，远不是通常想象的那样单调，似乎只用
'革命话语'就可一笔带过。"② 不可否认的是，我们现在所经常提及
的典型的延安小说多产生于《讲话》后，但这却并非延安小说的全
部。李洁非指出："在那以前，已经有上百篇小说登在延安的各种出
版物上，尽管它们后来失去了'延安小说'的代表性，但对历史来
说，仍然应当被包括在'延安小说'的全貌内。今天研究延安小说，
很重要的一点是能够认识到'完整性'这个概念；在这概念下，延安
小说将呈现出各种我们始料不及的面目和价值。"③

其次，李洁非把"叙事"提升为一种学术手段。针对文学批评和
文学研究中存在的单方面重视理论、强化观念的倾向，李洁非提出了
自己的观点："解读的工具不仅仅是理论，也包括叙事，后者可能更
重要，因为叙事对于事物具有复原、重构和发现其各种联系的非常活
跃的功能，这是纯粹的理论分析所无法起到的作用。"④ 在这里，李洁
非特别强调"叙事"的力量，并在《"叙事"的学术价值——读〈整
风前后〉有感》《磨合——早期的延安知识分子状况》《枪杆子，笔杆
子——1940 年代前后延安的新景观》等著述中从历史还原的角度对延
安文学进行追踪摄迹，实践着自己的学术理念。李洁非说："我所看
重的一点是它（指叙事，引者注）可以改变一般读者对学术著作的印
象，包括带动学术著作话语风格的改变，使人感受到学术著作也是可

① 李洁非：《〈讲话〉前延安小说的语言（三）》，《文艺报》2006 年 4 月 22 日第 2 版。
② 李洁非：《〈讲话〉前延安小说的语言（一）》，《文艺报》2006 年 3 月 25 日第 2 版。
③ 李洁非：《〈讲话〉前延安小说的语言（四）》，《文艺报》2006 年 5 月 13 日第 2 版。
④ 李洁非、杨劼：《延安文学研究：为什么研究和研究什么》，《西南民族大学学报》
2006 年第 1 期。

读的、亲切的、有生活生命气息的。"① 在传统观念中，"叙事"是一个在文学创作领域高频出现的术语，但在当前"叙事"已为多学科共享。叙事在过程展示、人物塑造、意义建构等方面的功能吸引着学者的目光。荷兰学者米克·巴尔如是说："除了文学中叙事种类的明显优势而外，我们随便就可以想到叙事可能会'出现'的许多地方，它包括诸如诉讼、视觉形象、哲学探讨、电视、辩论、教学、历史写作等。"② 历史不是抽象的，恰恰是由无数人的具体行为组成的。叙事是将人的各种行为组织成有现实意义的事件的基本方式。有别于抽象的理论概括和逻辑的演绎，叙事作为对一切经验进行表述的最基本的语言实践活动，直观形象、生动具体，在表达上有着充分的自由性和丰富性。

人们通过叙事"认识"历史，也通过叙事"讲述"历史。李洁非指出，"认识历史的方法与渠道，包括理性和感性两种，不可以偏废。但在学术上，往往容易轻视感性的方式。以文学研究为例，一直以来，都比较重视理论与分析，而忽视材料和叙事。思想的力量当然很伟大，追求思想性也很值得提倡；然而，如果学术只重思想深度，忽视对事实尤其是其细节的考察，很可能流于空洞，甚至根本建立在讹误的基础上"③。文学研究的历史感正是源自事件、材料的原始性和丰富性。李洁非说："文学史本身其实却是活的，有血肉的，文学的历史内容其实和我们的生活空间一样，有异常丰富的细节，有一言难尽的性格、情感、心理现象，无法预先意料的人与事、人与人、人与自身的互动，遍布偶然性，无论作家的创作、作品的接受传播、文学现

---

① 赵晋华：《"人"是一个观察点——李洁非访谈》，《中华读书报》2009 年 2 月 25 日第 13 版。

② ［荷］米克·巴尔：《叙事理论导论》，谭君强译，中国社会科学出版社 2003 年版，第 263 页。

③ 李洁非：《"叙事"的学术价值——读〈整风前后〉有感》，《西南民族大学学报》2006 年第 7 期。

象的生成与发展……都是如此。"① 通过营构浓厚的历史氛围，叙事可以将鲜活的事实内容引入读者视域，并对其进行梳理与阐释，将历史生活中很多中断的、非连续性的事实、现象变成连续而透明的可理解体，个体经验以及民族经验经由语言的叙述遂在现实中复活并被赋予意义。为避免研究中意图的观念化和表现方式的图解化，李洁非尤为强调作为叙事基本要素的历史细节在文学史叙述中的重要性。通常说，细节既是生成叙事意图的渊源，又是叙事意图生动真切的体现材料。那些尘封于历史泥沙中的具体的生活细节、鲜活物象、人物细节以及制度细节等，体现着历史的具体性和独特性，历史细节给了我们某种进入历史之真、心灵之境的途径。

"在他通常的凛然端严之外，还有一种必须被捕捉到的表情——犹豫。此词在这里含义比较复杂：不坚决，惶惑，不忍，勉强，不解，疑问……可能都有一点。"这是李洁非在《不同的周扬》中对周扬一个表情细节的捕捉以及对这一细节意义的表达。在历史旋流中浮沉变幻的周扬，正如作者所言，他的命运是一首变奏曲。作者对解读对象进行直觉把握，把周扬的整个人生境遇放在 20 世纪历史时空中去考察，用平实而非审视的语言勾画了他以及以他为代表的一代知识分子的精神结构。在精确再现和合理想象中，通过历史细节透视和亲证人物的心灵境况。叙事使生命和情感得以还原，并拓展着人文关怀的可能，这是理性分析难以重现的，其所传递的不仅是历史人物刻骨铭心的生存体验和真切的精神境况，也体现着讲述者敏感的心灵和丰富的情怀。由此，李洁非的批评文本既不乏理性的观照，又具有了生动的气息和人性的温度，成为一种有生命的形式。

随着共和国的成立，延安文学研究也被纳入新生的学术体制中，

---

① 赵晋华：《"人"是一个观察点——李洁非访谈》，《中华读书报》2009 年 2 月 25 日第 13 版。

在主流意识形态预置的轨道上运行。延安文学研究所承担的重述历史的重任使其获得了"显赫"的地位，同时也导致了研究者对"党史化"的述史模式的共同遵循以及研究方法的单一化。20世纪80年代后，诸多富有创造性的见解为延安文学研究带来了某种新的变化，但与中国现代文学中其他领域相比较而言，延安文学研究从总体来看还缺乏突破性。延安文学产生于一个地缘文化和意识形态方面相对特殊的区域，这就使它具有了某种特异性的要素。李洁非的延安文学研究灵动而富有质感，在他的独特的阐释中，文学史研究中的一些模糊认识得以澄清。这对于拓宽延安文学的研究视野和领域，更新研究方法，更准确、完整地认识研究对象的内在构成及历史面貌，具有积极的理论推进价值和现实意义。

# 一个理想主义者的看护和守望：
# 关于孟繁华的当代文学研究

　　说到底，孟繁华是一个理想主义者。在日常语境中，孟繁华是风趣、快乐、率真的，但在学术语境中，他却是峻急、沉毅而谨严的。

　　在谈到"左翼文学"与"底层文学"这一话题时，孟繁华说："我对左翼文学充满了憧憬和怀念。当下文学更多的是'物'的迷恋和炫耀，是白领趣味的彰显和生活等级的渲染。我们在当下文学中已经很难再读到浪漫和感动。而'左翼文学'的最大特点可能就是它的浪漫精神和理想主义，是它的批判精神和战斗性。"① 在他看来，理想并非总是指向过去，它是可以重新发现的。"基于区别旧理想主义以及理想幻灭后造成的巨大精神真空的现实"，孟繁华将他所理解的理想主义命名为"新理想主义"。"所谓新理想主义，包含着对文学的如下理解：无论时代发生怎样的变化，文学都应当对人类的生存处境和精神处境予以关切、探索和思考，应当为解脱人的精神困境投入真诚和热情，作家有义务通过他的作品表达他对人类基本价值维护的愿望，在文学的娱性功能之外，也应以理想的精神给人类的心灵以慰藉和照耀……我们将努力去发现理想，尽管它还不那么清晰，甚至还遥

---

　　① 　孟繁华：《游牧的文学时代》，作家出版社 2009 年版，第 200 页。

遥无期。"①

孟繁华正是以这样一个"新理想主义"者的姿态，阔步行走在自己的学术之旅……

一

这是一个异常"喧嚣"的时代，到处散落着无尽的"碎片"。跨越了漫长的文字时代，"机械"的节奏和话语霸权渗透在我们的生存语境中，情感、价值、信仰、精神都被实在化，人类传统思维中有关"时间积淀"的观念正在无声地消解，在时间的绵延性中存在的文学阅读、文学批评及至整个文学研究在时代机体的高速飞旋中被碾磨、被消费。喧嚣的世界更注重的是学术在"空间"的占有、完成以及表演，这使我们深切地感受到，我们的精神跋涉、思想维度，我们的文化语言，都在承受着空间范畴的框划。如果说空间的时间化更倾向于把实体的物质转换为形而上的精神境界，那么时间的空间化则意味着世俗化、物质化。这无疑构成了一个时代的精神隐忧。

在这样一个时代里，理想主义者注定是"孤独"的。孟繁华指出了理想主义者的这一精神宿命："新理想主义是'个人'的理想，它是'违时'的，因为它显然在时尚之外，在'适时'的思想潮流中，它愿意在时代的边缘换取另一种精神，甘愿坚持在所剩无几的精神高地。"② 真正的文学研究产生于"孤独的个人"，这或许就是学者的宿

① 孟繁华：《众神狂欢：世纪之交的中国文化现象》，中国人民大学出版社2009年版，第170—173页。

② 同上书，第173页。

命。"孤独之思"可以使学者与环境拉开适当的距离，保持一种生命的警觉，从而构建一个可以保有中立的价值立场的清净的容身之所，静静地去领悟文学的真谛，还原文学存在的真实状态及其潜藏的种种精神症候。孤独并非指寂寞的生活状态，它实际上是一种精神的守望，体现为澄澈的胸怀、凝神的关注、冷峻的思考、坚定的价值取向和与高贵情感的沟通。从这个意义上看，孤独的成就也就意味着新思想的生长和一种精神的开启，凸显的是一种自我救赎、自我建构的方式。孤独也并非自我封闭和消极遁世，它的目标指向应该是积极"入世"。学术主体在孤独中获取进入世界的精神能量，由此，他的研究才能最终显示出学术的"在场"，才能真正发挥在重重的时间帷幕中反思历史、看护现实、构造未来的作用和效力。

在一个真正的理想主义者那里，历史是考量现实和未来的重要的坐标系统。在孟繁华的凝视而非俯视的阅读空间中，文学是人类历史时空中隐含着巨大精神能量、潜藏着无尽秘密的有生命的存在。孟繁华的当代文学研究是在历史的维度上展开的，这不仅使其研究对象获得了实实在在的意义参照和阐释背景，而且也使他的文学研究客观上具有了历史的深度。但需要指出的是，"历史"只是他切入对象的研究视角，而不是价值判断的尺度。孟繁华在文学研究中所要秉持的正是一种"历史"的态度，也就是站在新的精神立场上，以客观的历史的眼光和学理的态度介入文学研究，对其进行历史还原式的阐释和审慎的再解读，将文学放入一定的历史网络中进行考察，在更宽广的语境中理解研究对象，进而进行从外部到内部的研究，探究"历史"对文学的规约机制及其在文本等方面的深层表现，力求做到每一个结论都从历史事实和发展过程中得出，并以此去接近研究对象，探寻当代文学的存在之由和变迁之故，对其作出更为合理的解释。

纷纭复杂的文学现象，一旦进入史的框架，则变成了建构的"历史"，这里便存在着一个如何言说的问题。在海登·怀特看来，事件本身并不构成历史，真正的历史应该指向事件之间的意义或"关系网"。"关系网并不直接存在于事件之中；它存在于历史学家反思事件的脑海里。"① 文学史书写的"困难"主要就在于这种"关系网"的架构，也就是述史者以怎样的观念作为指导去组织文学事件，从而凸显文学史的深层结构。

历史变迁中的文化要素是孟繁华观照中国当代文学的一个重要视角，而视角的选择必然带来方法论层面的拓展。在孟繁华的文学研究观念中，中国当代文学史很大程度上是依靠文化的力量建构的。解析"文化的权力网络"是孟繁华考察中国当代文学运行的重要策略。他的著作《传媒与文化领导权》以及论文《大众文化与文化领导权》等成果均探讨了文学在"文化的权力网络"中的象征和仪式性的表达。文化是历史的沉淀物，历史进程中喧嚣一时的政治意识形态等坚硬的力量最终都会软化为文化散落在人们的意识中，并对作家的文学行为发挥作用。柯林武德指出："历史的过程不是单纯事件的过程而是行动的过程，它有一个由思想的过程所构成的内在方面；而历史学家所要寻求的正是这些思想过程。一切历史都是思想史。"② 同样，文学史也并非单纯的"文学的历史"，它是多种力量卷入、碰撞、互渗的结果。伊格尔顿认为，小说是服从历史的，因为小说是取决于历史的一种意识形态结构的文学生产。文学的历史其实"就是我们这个时代的政治与意识形态的历史的一部分。文学理论就其自身而言，与其说是一种知识探索的对象，不如说是观察我们历史的一种特殊看法。……那种'纯'文学理论不过是学术上的神话，因为我们在本书里研究过

---

① 张京媛编著：《新历史主义与文学批评》，北京大学出版社 1993 年版，第 174 页。
② ［英］柯林武德：《历史的观念》，何兆武、张文杰译，商务印书馆 1997 年版，第 302—303 页。

的某些理论在它们不理睬历史与政治的企图中最清楚地表明了它们是意识形态的东西"①。近代以来的中国文学在相当长的时间里充当着改造社会、创造历史的工具,甚至到今天仍然如此。因此,考察中国现当代文学,文化、政治意识形态与文学创作的关系可以说是一个不可回避的核心问题。"文化"对当代文学的作用机理可以表达为"文化规约",它作为一种潜隐的力量控制着文学行为的基本走向和基本方式,其作用更具有"本原性"。"文化"对当代文学来说绝非仅仅是外在的制约性因素,而是通过它有效的渗透和折射最终成为贯穿于作家思维的精神理路和影响文学创作内部法则的逻辑力量。关于孟繁华的文化研究的思想深度、学术品格以及富有创见的学术观念体系等,已有学者进行了深入阐释和评析。在这里笔者想表达的是,历史是复杂的,具有多张面孔。深入历史和文本细部,从更深的层次揭示和还原文学史的真实,这是孟繁华在这个领域学术探求的重要意义和贡献。

对于文学史家而言,文学的发生和精神源头无疑是一个首先遭遇到的问题。面对复杂的当代中国历史场域和既有的文学史书写资源、标准的话语模式,孟繁华没有在限定的思想观念中作穿针引线式的注脚或旁白,而是表现出了探讨问题的求真意志。"当代文学的历史叙述,通常是以重大的政治事件作为重要标示的,这一叙事方式本身就意味着政治与文学的等级关系或主从关系。但这种叙述方式却难以客观地揭示当代文学发展过程中的真正问题。"② 基于对上述文学史叙述方式的校正,孟繁华通过深入阅读和重识散在的、原生态的历史文献和文化文本,返归充满变数的历史现场,对新中国成立后文学的发生的话语空间及其规范生成进行了溯本探源式的解析。在《中国当代文

---

① 〔英〕伊格尔顿:《文学原理引论》,刘峰译,文化艺术出版社1987年版,第228—229页。

② 孟繁华、程光炜:《中国当代文学发展史》,人民文学出版社2004年版,第6页。

学发展史》《中国当代文学通论》等著述中，孟繁华以宏阔的历史识见和清晰的艺术逻辑，对隐含着知识、结构、欲望、意志与权力之间的多重矛盾与纠葛的"意识形态素"进行了细针密缕的阐发，重点探讨了权威的政治文化及其制度措施是如何参与并推动文学的历史建构的。为避免研究中意图的观念化和叙述方式的图解化，孟繁华关注了作为叙事基本要素的历史细节在文学史叙述中的重要性。《中国当代文学发展史》列专节描述了第一次"文代会"的现场的隐形秩序，细密解读了周扬和茅盾所作的两个报告的文本。细节的挖掘不仅丰富了文学史叙述的真切性和生动性，也是把握历史之真、进入文学之境的重要途径。

风云变幻的历史给了人类"存在"一种深度，但同时也造成了人类难以超越的精神困境和心灵苦难。从历史的维度切入批评对象，并不意味着从批评对象中简单取证以完成对批评理念的诠释。回望历史，其实是回望历史中的人，回望特定历史语境、文化生态中的人的精神景况和心理历程。人的命运与民族境遇、历史境遇的显隐纠缠和碰撞，彰显和演绎着生存中无数令人惊惧、悲壮或悲哀的心灵景况。孟繁华更为关注知识分子这一特殊的群体在权力关系网络中的精神困境及其深层心理结构。经由与"本文意图"的审美对话，他善于穿越"事件系列语境"，目标指向历史风云背后的心灵之声、灵魂之音。例如他对知识分子作家艾青、何其芳、郭小川等精神景况的深刻揭示。针对新中国成立后文坛上的"何其芳现象"，孟繁华首先进入作家艺术精神的深处，以《我们最伟大的节日》《回答》两首不同风格基调的诗作为例，进行细密解读和比较诠释后指出：这两首诗"所呈现的矛盾现象，仿佛是何其芳作为诗人一生的缩影。事实是，诗人一生都在为自己的精神蜕变进行着痛苦的、没有终结的自我苦斗。……他似乎时常处于内在的紧张之中，他不断地怀疑、否定自我，总是不断地在思想上深刻地反省、检视自己;他内心的冲突和矛盾似乎从未平息过,这不仅是作为诗人的何其芳一生的精神历程的特点,从某种意义上说,它也典型地浓缩了现代中国知识分子的精神历程"①。这种摒弃学术研究的主观先验之见,回归文本、贴近历史情境透视和亲证人物的心灵境况,其所传递的不仅是历史人物刻骨铭心的生存体验和真切的精神状态,也体现着研究者敏感的心灵和丰富的历史情怀。如果说战争的经济的或政治的困境、危机都可以在历史的旋流中加以阶段性了结的话,精神困境的走出却更为艰难。作家是社会历史中最为重视精神生活的群体,也最易感受和遭遇精神困境。当作家的主体精神尚未被真实阐释和把握的时候,任何形式的分析在实质意义上都是存有罅漏的。


二


"历史"对于文学而言,其实是一个容易进入而难于深入的命题。人类在历史中生成,通过历史,人类自身的实在性获得了规定。历史构成了人类现有的知识和记忆,拒绝历史语境、切除所有外部联系的文化真空是不存在的。文学创作、文学批评、文学研究,任何形式上的言说都会有一个潜在的历史维度来架构、支撑,拥有着种种意义生产能力的"历史之重"决定着主体的思维范式、情感取向以及言说方式。当然,人类也在文学世界中求得对历史的解释、表达历史的经验,进而理解、规范和建构着历史以及人类自身的存在。"历史是作

---

① 孟繁华:《中国当代文学通论》,辽宁人民出版社 2009 年版,第 103 页。

家的一个梦。"这是孟繁华在解读刘醒龙的《圣天门口》时说过的一句话。身处历史感淡化、人类正在失去历史记忆的当下，孟繁华在其文本实践中有意识地选取了历史维度与整体化的批评方式。"历史意味着一种贯穿'过去''现在'与'将来'的事件联系和'作用联系'。"① 在与作家的想象力共同纵横驰骋的同时，他进一步将文本历史化，在"文本与历史语境"的深层关系中，在"人与历史"的复杂关系中，去洞察和追问文学的存在，人的存在，从"存在方式""存在本质"到"存在的意义"。同时，将研究对象置于文学史整体秩序中进行审视和考察，梳理文本间际的历史承传关系。这一研究维度的选择是基于他对研究对象的理性的判断和体认，伴随着对社会历史进程的自觉意识和深刻的体验。他的重要的学术问题都是从历史中来，答案也在历史之中。历史总是孟繁华问题意识的"策源地"，而现实的触动又往往促使他回到历史当中去寻求阐释的路径。他的《资本神话时代的无产者写作》《左翼文学与当下中国文学》《新人民性的文学》等诸多著述均从不同历史时期相类的文学现象入手，探寻其"互文"背后掩藏的神秘的力量。历史总是惊人的相似，彼时的文学现象在历史的循环中于今天以别样的姿态重现，这足以引起研究者的警觉。

20 世纪 90 年代以降，转型期文学生产新旧机制发生了分野、交锋、断裂、整合，市场意识形态和官方意识形态相互渗透并占据了社会生产和社会生活的主导地位，支撑知识分子作家的朴素的激情正在减退，知识分子的批判性话语或被排斥或被弱化或被喜剧化。孟繁华通过对新世纪文学中的知识分子形象的分析，以"背叛、出走、死亡"为关键词描述并阐释了知识分子阶层的生存状态及价值选择。在

---

① ［德］海德格尔：《存在与时间》，陈嘉应、王庆节译，生活·读书·新知三联书店 1987 年版，第 445 页。

《民粹主义与 20 世纪中国文学》一文中，结合文学创作实践以及作家心态，适时对民粹主义这一文化思潮及其与文学的关系、知识分子与民众的关系进行了重识和反思，对阐释中国现代文学和文化发展的历史起到了不可忽视的重要作用。他在文章最后指出：民粹主义"作为一种已经枯竭的思想资源和它内在结构的难以剥离，它的生命力和有效性已可想而知。与其开掘几经翻检的旧资源，不如建立知识分子的新传统，以新的理性精神和批判精神确立自己独立的精神地位，在世纪之交的苍茫时分仍不失特立独行的精神品格"①。切中肯綮的观点体现出作者对当下文化状况、知识分子精神重建的深切关注。

社会的重新分层给中国带来了新的现实矛盾和时代问题，"底层写作"成为重要的文学思潮之一。围绕着"底层写作"的理论与实践问题，文学界也展开了争论。面对论争中出现的简单、片面化等倾向，孟繁华从文学谱系学的意义上探究了底层文学与中国 30 年代左翼文学的渊源关系，在倡导和扶持底层写作的同时，非常敏锐地提出了文学如何与现实建立关系、究竟该怎样进入公共论域这一问题。"文学走向公共论域，必须关心书写文学之外的'公共性'问题，对这些问题有提出和担当的愿望和能力。在我看来，文学的社会性和文学性不应也不会构成矛盾关系。所有的经典文学如果没有对社会问题的关注，它的经典性是经不起时间考验的，又如何能够进入公共论域呢？如果仅仅潜心于'纯文学'，文学就只能在小圈子里流传和欣赏。"② 实实在在的文字触及了问题的实质，体现了人文知识分子高度的历史责任感和历史判断力。"这不是没有社会历史内容的抽象的苦难书写，而是直面现实的真实文字。这些写作者对这个时代的时尚和

---

① 孟繁华：《民粹主义与 20 世纪中国文学》，《文艺争鸣》1996 年第 3 期。
② 孟繁华：《文学该怎样进入公共论域：关于"底层写作"》，《深圳特区报》2010 年 8 月 23 日第 B6 版。

潮流并非一无所知，甚至他们可能一览无余，但他们坚持和崇尚的，还是没有被污染的淳朴和诚实，还是底层生活的本真、善良和博大。汹涌的时尚不能改变他们内心的坚守，短暂的苦难当然也不能改变他们的文学信念。"①把握并触摸作家作品的精神深处及时代情绪，努力使历史和现实语境中被遗忘、被遮蔽的存在显现出来，这样的批评文字燃烧着批评主体的主观感受，也带给读者以激情满怀和无尽思考。这不只是对包括工人阶级在内的底层写作的概括评述，也是一位理想主义者的心灵告白。

基于对 21 世纪突出的乡村叙事破裂现象的观察以及文学永恒主题的思考，孟繁华提出了"超稳定的文化"这一范畴。知识分子作家自古以来就和乡村乡土、田园大地有着亲缘关系，乡村图景是其文学叙事、审美想象的重要领域。但随着现代化、都市化、全球化进程的加快，乡村这一独特的时空体在历史进程中渐渐被边缘化。曾经是中国主流文学之一的乡土文学陷入低潮，成为一种潜文化景观。孟繁华敏锐地发现了文学中乡村叙事的这一现代性变迁。他指出，在现代文学时期，乡土叙事是分裂的、矛盾的。一方面穷苦、愚昧的农民被当作启蒙的对象，另一方面平静的田园又是诗意的所在。而在当代文学中，乡村叙事则表现出了强烈的"整体性"，这主要是与"中国共产党建立现代民族国家的目标密切相关"。革命的红尘在中国基本落定，以《创业史》等为代表的一系列文学创作使"中国乡村生活的整体性叙事与社会历史发展进程的紧密缝合"。然而进入 21 世纪，这种"整体性"逐渐被拆解，乡村叙事呈现为一种破裂状态。"这种变化首先是历史发展与'合目的性'假想的疏离，或者说，当设定的历史发展路线出现问题之后，真实的乡村中国并没有完全沿着历史发展的'路

①　孟繁华：《坚韧的叙事：新世纪文学真相》，福建教育出版社 2008 年版，第 15 页。

线图'前行，因为在这条'路线'上并没有找到乡村中国所需要的东西。这种变化反映在文学作品中，就出现了难以整合的历史。"① 面对乡村中国整体性叙事的瓦解和碎裂，孟繁华以"重新发现的乡村历史"为题进行了专章讨论。他发现，中国乡村社会内在的深层世界，在社会结构、伦理秩序、风俗习尚、生存思维中存有一种超稳定意义的文化结构，它是历史中的文化遗留、文化记忆。"不同地区、种族、群体中，那些具有'超稳定'意义的文化结构，对族群的生活方式、行为方式、思维方式以及道德准则具有支配、控制功能的文化结构，就是文学应该寻找和表达的永恒的主题。"② 在通常的文学创作和接受中，对爱情、正义、善与美、英雄、勤劳等的歌颂，对邪恶、丑陋、怨恨、战争、贪婪等的批判一直被视为文学永恒的主题。但在孟繁华看来，这些已获得普遍认同的抽象的概念，必须附着于具体的行为和文化方式中才有可能得到具体的表达。可以说，"超稳定的文化"这一范畴照亮了话语迷雾中的 21 世纪乡土文学叙事，它更为贴近历史语境和文学创作的价值诉求，为文学批评、文学研究开创了新的维度和空间。

## 三

21 世纪以来，文学批评自身也陷入了"生存危机"和"信誉危机"。批评家尽管没有了以往的政治意识形态重负，却又受制于繁文

---

① 孟繁华：《总体性的幽灵与被"复兴"的传统：当下小说创作中的文化记忆与中国经验》，《当代文坛》2008 年第 6 期。

② 同上。

缛节以及物欲丛生的人生疆场，精神的空间被挤压和分割，超越的沉重使文学批评难以回归真正的理性高原和成熟形态。对此，诸多专家学者各执一词。当代"西方马克思主义"批评家詹姆逊在《元评论》一文中指出，"传统意义上的那种'连贯、确定和普遍有效的文学理论'或批评已经衰落，文学'评论'本身现在应该成为'元评论'——不是一种正面的、直接的解决或决定，而是对问题本身存在的真正条件的一种评论"①。作为"元评论"，批评理论不是要承担直接的解释任务，而是致力于问题本身所据以存在的种种条件或需要的阐发。在孟繁华看来，詹姆逊的这一概括和论断虽然暂时缓解了我们对"方法"的焦虑，但批评的困境并没有真正得到解决。面对批评界无边的躁动和矛盾冲突，孟繁华直面问题的本质，维系了批评的精神追求与价值高度。"把文学批评的全部困惑仅仅归咎于商业化或所谓'批评的媒体化''市场化''吹捧化'等等，还没有对文艺批评构成真正的批评。""批评的困境"源自我们"内心的困境"，我们的文学批评未能创造出阿诺德所提倡的"纯正和新鲜的思想潮流"以及苏珊·桑塔格所说的"自己独特的灵性"。批评和批评家应有的尊严和地位，只有在批评中才能获得。②这种批评的态度，这种对待批评的态度，让我们看到了一位有足够道德勇气、学识智慧，可以见证这个时代高端文学成就的批评家的风采。

的确，文学批评的价值失范和解释失效的内在根源，在于批评主体思想信仰的缺失所导致的思想的焦虑。批评话语并非简单的个人言说，实质上体现的是一种对世界的理解和把握方式。当下的中国文学是一个动态的、开放的体系，伴随着精神信仰的缺失，批评界处在历

---

① ［美］詹姆逊：《快感：文化与政治》，王逢振等译，中国社会科学出版社 1998 年版，第 3—4 页。

② 孟繁华：《批评的困境与内心的困境：我对当下文学批评的理解》，《光明日报》2009 年 3 月 20 日第 9 版。

史性焦虑和现代性焦虑之中。孟繁华在对赵剑平的长篇小说《困豹》进行细密解读后，在文章结尾曾无限感慨地说道："我惊异于赵剑平对当下知识分子存在状态和心态的真实刻画与书写。百年来知识分子英姿勃发、雄心大略、坐而论道、舍我其谁的气概和面貌已经荡然无存了。似乎他们实现个人价值、生存于独立精神空间的可能性只有下海经商。这也是一个'困豹'式的群体——既难以立足于生存艰难的世俗社会，也没有确切的精神宿地。因此，《困豹》不仅是豹子'疙疤老山'困境的描绘，同时也是对乡村中国和知识分子阶层生存困境和精神困境的真实书写。"[1] 包括批评家在内的知识分子已无法面对思想的真实、无法真正面对心灵，也就难有富于创造性的思想阐释。"信仰是超越真实而存在的，信仰与现实的一切利益、功利无关，它像太阳一样照耀人的心灵，像雨露一样浇灌抚慰人的精神世界。"[2] 这是孟繁华关于"信仰"的一段非常动情的描述，是情之所至，也是思之所至。拥有坚实而理性的价值观念，这样才能不断生出自己的文学见解与思想，参透文学要义、存在本相。这也正如黑格尔所指出："事物的深刻方面却仍不是单凭这种鉴赏力所能察觉的，因为要察觉这种深刻方面所需要的不仅是感觉和抽象思考，而且是完整的理性和坚实活泼的心灵。"[3]

针对文坛的问题与不足，孟繁华坚守自己的立场和判断，坦率地表达意见。面对台湾李安导演的作品《色·戒》，批评界几乎集体缄默。孟繁华直言不讳地指出：这种批评缺席现象，"反映了批评界在立场、价值观和历史观上的问题，它应该是近年来批评界存在问题的

---

① 孟繁华：《生存困境与精神困境：评赵剑平的长篇小说〈困豹〉》，《小说评论》2007年第1期。
② 孟繁华：《坚韧的叙事：新世纪文学真相》，福建教育出版社2008年版，第135页。
③ ［德］黑格尔：《美学》第1卷，朱光潜译，商务印书馆1981年版，第19页。

集中反映"①。当然，"这种混杂和矛盾或许不是一件坏事，但这并不是批评的真相。事实上，真正的批评、正义的批评不仅依然存在，而且，就批评的理论深度和整体水平而言，肯定它的发展和进步应该是最基本的评价"②。为此，他以青年批评家谢有顺的文学批评为个案，写了一篇题为《为了批评的正义和尊严》的长篇评论文章。文中从"正义、尊严的批评品质""敏锐、独特的艺术直觉""严厉、勇敢的自我拷问"三个方面概括阐释了批评家具有的品格和素养。"要维护批评的尊严和正义，必须维护和文学相关的人类最基本的价值尺度。""一般来说文学批评并不是简单的价值判断和权力式的裁决，批评是一种智者之间的对话，是高尚的心灵生活在别处的倾心交谈，是互相心仪并发现之后的意外邂逅。"③作者的生命感觉充溢于文字当中，一改峻急、雷厉的风格。"梦想一种批评"，这是在勉励批评家，也是在勉励自身，是对批评的一种温情的憧憬。

吴义勤著文提出，当代文学研究目前存在不少问题，其中之一就是批评界无力让全社会在当代文学问题上形成普遍的共识；文学批评和文学史跟不上当代文学的发展节奏，使成千上万的文学作品成为"无物"，文学批评建构文学史的能力受到削弱。④的确，批评本身关涉文学史的解释方向和当代文学的解释方向。文学批评是一种思想性行动，文学批评家既是文学思想的实践者，又是文学思想的生产者和表现者。批评家不断拓展着文学理论、文学史与文学实践的接触面。但在长期的文学研究中，逐渐形成了文学理论、文学史和文学批评分属不同学科、各守畛域的学术格局。就具体学者来说，也往往因选择某一主攻方向，就会围绕这一方向形成自己的学术积累和学术风格。

① 孟繁华：《元理论终结后的文艺批评》，《文艺研究》2008 年第 2 期。
② 孟繁华：《为了批评的正义和尊严》，《当代作家评论》2003 年第 4 期。
③ 同上。
④ 吴义勤：《新世纪中国当代文学研究的现状与问题》，《文艺研究》2008 年第 8 期。

韦勒克、沃伦合著的《文学理论》中也对文学理论、文学批评和文学史各自的主要功能进行了区分，但作者同时强调了它们内在共通的学术逻辑，以及相互的蕴含性、多向的互证互释性。在这当中，文学批评作为人类精神生产活动的一个特殊领域，其发生、发展和演变在一定程度上确实具有某种自足性，但其在理论与实践之间的"中介"身份，又将批评家的能动精神赋予了实践的品性。文学批评在理论与对象的具体对应中显示着人类文学思想的行进程度，这也正如苏联美学家鲍列夫所指出的："批评为美学生产着'知识半成品'，向后者提出各种问题，而解决这些问题就会推动理论继续前进。"[1]

孟繁华以历史的眼光观照当下的文学创作，有效地参与了当代文学历史化（经典化）的过程。当文学事实作为一种现实出现之后，其历史性需要经由话语来最终给定。一般来说，文学批评往往会与创作同步，总是与具体的、新的问题产生交锋，表现出活跃的、不稳定的特性。面对当下文学批评与文学史之间不断出现的"裂痕"，孟繁华在文学批评与历史、现实尤其是与当下中国经验的联系等方面投入了较多的关注。他与程光炜合著的《中国当代文学发展史》无疑体现了弥合文学批评和文学史之间"裂隙"的努力。文学史家、文学理论家、批评家的多重角色和身份，使孟繁华能自如地从不同研究范式的比较中发现彼此在概念、范畴等方面的会通之处或衔接点。他对不同写作现象、创作风格或进行理论命名，或进行经验总结、特征概括，以历史化、理论化的方式将当下一些重要的文学批评的结论有效地纳入了既有的文学史秩序和文学理论体系的建构中。例如，他把底层文学、边缘文化书写等本土的文学实践进行理论上的分析、判断和升华，将其纳入对现代性的总体反思之中，与文学史实现了对接；将

---

① ［苏］鲍列夫：《美学》，乔修业等译，中国文联出版公司1986年版，第513页。

"新世纪文学"作为独立一章融入了当代文学史的书写之中，同时提出了"文学第三世界""无产者写作""超稳定的文化""新人民性"等诸多具有超越意义和前瞻性的概念；肯定了"中篇小说"这一文体样式在文学发展史中的地位，对作家作品的精彩阐发在很多方面都成为文学史的结论。

作为当代文学批评界的标志性人物，孟繁华同时也是一位文学史家、文学理论家。史家的眼光赋予他观照批评对象时的历史纵深感，理论家的深刻又使他的批评话语焕发出理性的光芒和清晰的学理立场。"从文学经验提炼思想"，"从批评自身提炼思想"，不仅丰富了批评的内涵，也涵养了文学观念与文学思想，使理论研究、批评实践与文学史书写在学理层面融会贯通。这种打破学科边界，推动文学理论、文学史论从文学批评中汲取活的灵性的研究范式，不仅意味着文学研究视角逻辑的可贵转型、在文学史写作方法论等方面具有启迪意义，亦孕育着一种新的文艺学形态的萌芽。